汤 锐 著

中国当代儿童文学理论文库

现代儿童文学本体论

方卫平 主编

河北出版传媒集团
河北少年儿童出版社

图书在版编目（CIP）数据

现代儿童文学本体论 / 汤锐著 . — 石家庄：河北少年儿童出版社, 2023.11
（中国当代儿童文学理论文库 / 方卫平主编）
ISBN 978-7-5595-3939-7

Ⅰ . ①现… Ⅱ . ①汤… Ⅲ . ①儿童文学 – 本体论 – 文学研究 – 中国 – 当代 Ⅳ . ① I207.8

中国版本图书馆 CIP 数据核字（2022）第 247547 号

中国当代儿童文学理论文库
现代儿童文学本体论
XIANDAI ERTONG WENXUE BENTI LUN

方卫平　主编

汤　锐　著

选题策划：段建军　孙卓然	责任编辑：戴　扬
美术编辑：季　宁　孟恬然	装帧设计：陈泽新等

出　　版　河北出版传媒集团　河北少年儿童出版社
地　　址　石家庄市桥西区普惠路 6 号　邮编　050020
　　　　　电话　010-87653015（发行部）
发　　行　全国新华书店
印　　刷　河北新华第一印刷有限责任公司
开　　本　720 毫米 × 1020 毫米　1/16
印　　张　18.25　彩插 0.25
版　　次　2023 年 11 月第 1 版
印　　次　2023 年 11 月第 1 次印刷
书　　号　ISBN 978-7-5595-3939-7
定　　价　72.00 元

版权所有　侵权必究

汤　锐　出版人，儿童文学批评家。著有专著《比较儿童文学》《现代儿童文学本体论》《北欧儿童文学述略》《酒神的困惑》《中国现代儿童文学史》(合作)等。论文《不断发展的童话创作》获全国首届儿童文学理论评奖优秀论文奖，专著《现代儿童文学本体论》获教育部人文社科成果、北京市第四届社科成果二等奖。

方卫平　鲁东大学儿童文学研究院名誉院长，近年出版个人著作《童年观与中国当代儿童文学》《中国儿童文学四十年》《儿童文学的难度》《方卫平儿童文学随笔》《方卫平儿童文化答问录》《方卫平学术文存》(10卷)等。

目录

绪论　儿童文学究竟是什么 / 001
　　一　"天问" / 001
　　二　倾斜的理论 / 007
　　三　先于本质的存在 / 011
　　四　超越目标 / 016

第一篇　现代儿童文学的内驱力 / 020
　　一　儿童文学作家的自白 / 021
　　　　1. 儿童文学难写 / 021
　　　　2. 你为何而写 / 023
　　　　3. 谁需要儿童文学 / 030
　　二　被误解的成年人 / 032
　　　　1. 永远的儿童 / 033
　　　　2. 童年情结 / 036
　　　　3. 游戏冲动 / 046
　　　　4. 重造童年 / 052
　　三　被误解的儿童 / 055
　　　　1. "体验生活"——成长的需求 / 055
　　　　2. 审美需要距离 / 059

1

3. 自我中心主义 / 062
　　　4. 并非一张白纸 / 065

　四　人的本质力量的对象化 / 067

第二篇　机制：人格叠印 / 070

　一　儿童文学的特殊性 / 070

　二　三种时态 / 076
　　　1. 第一种时态——过去时 / 077
　　　2. 第二种时态——现在时 / 086
　　　3. 第三种时态——将来时 / 093

　三　创作机制——人格叠印 / 101
　　　1. 三种时态——三重人生叠印 / 101
　　　2. 作家与读者——人格叠印 / 105
　　　3. 原型——人格叠印的内核 / 109

第三篇　交流：审美过程中的生命轮回 / 113

　一　交流的三种理论形态 / 113
　　　1. 宣泄←→代偿 / 115
　　　2. 成长←→回归 / 121
　　　3. 同化←→顺应 / 130

　二　再谈儿童文学的功能 / 137
　　　1."教育"的必然性与限定性 / 138
　　　2."美育"的必然性与限定性 / 143
　　　3."娱乐"的必然性与限定性 / 150
　　　4."再现人生"的必然性与限定性 / 156

第四篇　现代儿童文学的美学特征 / 162

一　两种审美意识的对立统一 / 162
1. 并非重合 / 163
2. 视野相交 / 167

二　双重性格 / 169
1. 与成年人的创作心态相呼应 / 170
2. 与儿童内在生命韵律相呼应 / 178

三　表述方式 / 186
1. 作为本质外化的表述方式 / 186
2. 成长——永恒的母题 / 189
3. 寓言结构 / 193
4. 两种语态的交叉 / 196

四　开放的文体 / 201
1. 文学潜意识中的同构复演 / 202
2. 1+1＞2 / 206
3. 安徒生的启示 / 210

外一篇　追寻理想 / 213

一　感伤的叛逆者 / 213
1. 童年情结的爆发 / 216
2. 浪漫主义复兴 / 222
3. 文体实验 / 228

二　探索启示录 / 238
1. 寻找本质 / 239
2. 对儿童文学特殊性的再认识 / 243

3. 文体的自觉与重新定位 / 247

三　无穷的文学变法 / 253

1. 走向新的艺术常态 / 254

2. 告别沉重 / 258

3. 理想永无止境 / 262

参考文献 / 264

女性与理性——读《现代儿童文学本体论》（曹文轩）/ 267

我们思想舞台上的优雅舞者（方卫平）/ 270

初版后记 / 277

重版后记 / 280

主编小记 / 281

绪论 儿童文学究竟是什么

一 "天问"[①]

1991年,一个奇怪的问题开始搅得我不得安宁,这问题听起来很幼稚、很初级、很不可思议,那就是——"儿童文学究竟是什么?"奇怪的还不仅仅是这问题的幼稚、初级、不可思议,而是它竟然在我从事了十年儿童文学理论工作之后,突然出现在我的脑海里,挥之不去,几乎把我逼到绝境。它就像屈原的"天问"那般突兀和缥缈,尤其是在当时,新时期的儿童文学已轰轰烈烈十数载、成绩斐然的时候——它是合乎时宜的吗?

其实从儿童文学诞生的那一天开始,我们的疑问也就开始了。争争吵吵的半个世纪已经过去,我们已经拥有的形形色色的答案不下数

[①] 源自屈原古辞《天问》。屈原的"天问"涉及三皇五帝、日月星辰,是一种对人类基本生存意义的诘问。我在此借用"天问"一词,是借其对事物的本质进行诘问之意。

十种，但即使在最基本的概念问题上，我们的疑问仍未停止。这颇有点儿像从古希腊以降数千年来，代代哲人一直在探寻、在询问"人是什么"一样。尽管迄今我们得到的定义和由此阐发的哲学体系已不下百种、千种，然而询问者仍然执着不减当年、急切不减当年，固执地一遍又一遍问道："人究竟是什么？"好像西西弗斯命中注定的苦役，它周而复始，循环往复，不能自已。我们永远不满足于已知的结论，永远不自封于已知的结论，人类文明恰恰是这样繁衍下去的。或许，乐趣正存在于这寻找的过程之中，唯有疑问、寻找，我们才可能不会永远滞留在一个地方，我们才有可能接近知识、理性的全景，在寻找答案的过程中，我们逐渐认识了世界、逐渐实现了我们自身。

我曾在拙文《酒神的困惑》中讲过这样一句话："每一代人都有权认为自己正站在历史的地平线上。"每一代人都自认为自己是第一个迎接太阳的人，正因为从每个时代地平线上升起的太阳都不一样，因此每个时代都有自己的探索与独创。"天问"的出现，是这一批青年儿童文学家的精神特点，是拒绝不加思索地接受给定东西的精神方式，是儿童文学史质变的开始。跳出历史的、给定的、甚至舶来的框架，否认文学史的必然性、合理性，"天问"简直是一种时尚。

"儿童文学究竟是什么？"这个问题直接产生于新时期以来的一系列儿童文学理论纷争，这些论争，形形色色，翻来覆去，但却总无合理的圆满的答案，不由得不使质询的矛头越来越深入，终于指向其最基本的要害，譬如：

关于儿童文学在本质上是不是"教育儿童的文学"，几十年来众说纷纭，其波及面之广，其旷日持久，可算是儿童文学理论界"第一大公案"。虽然肯定派的意见曾在相当长的时间内居主导地位，并已形成一定的体系，被写入各种"概论""教程"，却禁不住到了新时期又被人一再翻出来旧话重提，直至1990年，《儿童文学研究》还郑重其事地特辟专栏组织讨论，为的是求得一个圆满的句号。然而讨论终究是公案未了，我简直想不通这种反反复复、永无终结的讨论到底在什么地方出了问题，最终那不是结论的结论仍是一个悬念——没有人能够否认儿童文学的教育性，它似乎是儿童文学与生俱来的本性，但如果儿童文学的本性便是教育儿童，那么它最终如何在本质上与教育学区分开呢？如果因为凡文学便有对读者精神进行影响的功能便以此定其性质，那么可不可以称成人文学为"教育成人的文学"？况且，功能是否与本质等同？一种事物可以有多种功能，却不可以有多种本质，二者应是不同层次的概念——儿童文学究竟是什么？

近两年来，有人提出儿童文学的本质是审美，并认为这是使之区别于教科书、常识读物和卡通玩具（即教育、认识、娱乐三种功底）的根本，然而，真的能彻底区分开吗？前两者尚好说，儿童对卡通玩具的喜爱难道不包括审美吗？儿童对自然界的花草虫鱼、对有趣的图画、对活泼优美的歌曲的欣赏难道不含有审美吗？儿童文学又怎样使自己与这一切区分开呢？——儿童文学究竟是什么？

又譬如关于儿童文学的诸种流派，已有研究者将自现代至当代的儿童文学划分归纳为若干种流派，也就是说，儿童文学的本质可以辐射出多种具体表现形式，派生出多种变体，这些形式与变体间的区别，据研究者称，在于"儿童观"的不同。如现代有"稻草人主义的儿童文学""童心主义的儿童文学""卢梭主义的儿童文学""教育主义的儿童文学"……当代有"热闹派""抒情派""哲理派""人生派"……其间各派宗旨主张、理想追求乃至风格意趣常大相径庭，又各具渊源，引经据典，莫衷一是，一时间，儿童文学的本质似乎"测不准"了。可既然它们皆冠以"儿童文学"之称，那么这千姿百态的"表象"又是如何统一于一个本质疆域内的？——儿童文学究竟是什么？

譬如，是什么决定了儿童文学的特殊性？是"儿童心理年龄特征"①，还是"儿童——原始思维"？②亦即儿童文学与成人文学真正的区别何在？儿童文学独具的美学价值是什么？亦即儿童文学究竟以何为本钱来吸引众多的少儿读者甚至成年人？——儿童文学究竟是什么？

又譬如关于儿童文学是写深点好还是写浅点好？这也涉及儿童文学的美学特征、特殊性问题。儿童文学的读者对象一般认为是3—15岁的儿童和少年，按年龄越小，生理心理发育速度越快的规律来看，这个年龄跨度中的心理落差远大于33—45岁的成年人。虽然20世纪90年代已有关于"幼儿—儿童—少年"的文学三分法之说，然而，毕竟提出者还是将这三个层次统一于广义"儿童文学"的概念之内的，因此，儿童文学又该以怎样的总体美学特征来兼顾幼儿、儿童与少年呢？——儿童文学究竟是什么？

又譬如关于儿童文学的主体性问题，过去强调儿童文学为教育目的服务，强调客观顺应儿童心理年龄特征，而20世纪80年代以来，作家主体意识即作家的艺术个性越来越受到广泛重视，越来越多的人提出要允许作家的自我表现，要强化创作主体意识。然而，无论是教育的、娱乐的、认识的儿童文学，还是审美的儿童文学，都毫无疑问是完全为儿童服务的，那么，作家的主体意识在儿童文学中究竟占何

---

① 《儿童文学概论》，四川少年儿童出版社1982年版。
② 见王泉根:《儿童文学的审美指令》，湖北少年儿童出版社1991年版。

种地位？起何种作用？儿童文学创作主体与成人文学创作主体有无本质的不同？（如果儿童文学创作主体只是某种使命的代表，就的确不同）简单说，创作主体意识对儿童文学的存在意味着什么？——儿童文学究竟是什么？

与此有关的是创作主体与接受主体的两种审美意识协调统一的问题，成人与儿童，一个是创作者，一个是读者，其中必然有审美意识上的差距，这可谓儿童文学真正的特殊性，应该说，人们是从一开始就注意到了，只是没有给予充分重视而已，所以才有"童心论"。应该说，"童心论"的提出，是陈伯吹先生的一大功劳，毕竟将这一问题正面提出并提供了一种解决办法。"文化大革命"中对"童心论"的批判实为历史的误解和不应有的漠然。可随着近年来对创作主体意识的日益重视，又有人指出，作为成年人的作家实际上不可能具有真正意义上的童心，这倒也并非独特发现，鲁迅在几十年前的一篇短文中就曾有过类似的说法："孩子在他的世界里，是好像鱼之在水，游泳自如，忘其所以的，成人却有如人的浮水一样，虽然也觉到水的柔滑和清凉，不过总不免吃力，为难，非上陆不可了。"[①]（《看图识字》）有人提出协调两种审美意识的关键即作家正确把握儿童的审美意识，这个说法较抽象、空泛，且作为个体精神活动的文学创作，是否只侧重读者一方的审美意识即可？作家主体"本质力量的对象化"与此有何关系？"非上陆不可"是否是所有儿童文学作家面临的无奈退路？一句话，作为作者的成年人与作为读者的少年儿童，如何才能在儿童文学中达到审美默契？或者说，儿童文学本体为这种默契提供了什么样的条件机制？——儿童文学究竟是什么？

---

① 鲁迅：《且介亭杂文》，人民文学出版社1973年版，第36页。

关于儿童文学的渊源问题，我们常听到一种观点：儿童文学古已有之。持此观点的研究者往往翻出一大堆古代传奇：《山海经》《述异记》《酉阳杂俎》《西游记》《聊斋志异》，甚至先秦诸子寓言……由此看来，古代神话、传说、近代传奇、民间文学皆可等同于儿童文学了，正如今人论及西方意识流文学，亦有人言，中国古代的庄子，便是中国的意识流文学开山之祖。由此看来，现代儿童文学竟已是五千年之末了——儿童文学究竟是什么？

譬如关于儿童文学的当代性、实验性和探索性的问题，这更是20世纪80年代中期以来日益引人注目、毁誉不一的问题。实验者、探索者的初衷，一方面是为着在生活方式、思想观念皆剧烈变更的当代社会中寻求与新一代读者的沟通途径，一方面是为着在审美观念、艺术思维皆更新换代的当代文坛上塑造儿童文学的新品位、新形象，照理，这是符合历史发展的一般规律的，任何意识形态的东西，最终是要与社会经济形态相适应、相一致的，随着社会经济生活的变化，意识形态中旧的事物最终要让位于新的事物。可是恰恰在实验性、探索性的作品中，最容易发生接受障碍的问题，事实上，也已经有所发生了，这种实验初衷与实验结果的相互抵触，难道仅仅只具有文学史意义吗？那么——儿童文学究竟是什么？

还有，关于儿童文学的读者专利权问题。在20世纪初，"儿童文学"这个玩意儿出现在中国大地上时，没有人怀疑它是上帝专门赐给孩子们的恩物，没有人怀疑那些儿歌、童话、故事、寓言……唯有儿童是其忠实读者，而且世界儿童文学史的演绎似乎也支持着这一事实。可是偏有人要打破儿童的这一专利，声称他的作品并不仅仅是为儿童写的，同时也是为成年人写的，这个人又偏偏是世界童话大师安徒生。

随着安徒生研究热的重新出现，一种认为优秀的儿童文学应是老幼咸宜的观点正在逐渐占有越来越广大的理论市场。近几年也的确有批作品，似乎不单是写给儿童的，如曾小春的《空屋》、张之路的《第三军团》、金曾豪的《魔树》、沈石溪的《牝狼》等，那么儿童文学的读者对象究竟应该是什么人？儿童文学作家们究竟为谁而写作？如果打破儿童文学的儿童读者专利权的话，儿童文学与成人文学的真正区别与交叉点何在？——儿童文学究竟是什么？

由上述种种来看，我们的儿童文学面临的问题不仅很多，而且还常常是十分致命的，涉及儿童文学的本质、美学特性、创作与接受、读者范围、创新与发展等等，几乎每一要害环节都产生了疑问，我终于不由得一再自问（在我看来，这是一个比任何有关儿童文学创作的技巧更重要的根本性问题）：儿童文学究竟是什么？

二　倾斜的理论

面对铺天盖地的诘问（上面列出的远非全部），我们的第一个本能便是向既定的儿童文学理论体系寻求援助和解脱，可以说，它是我们所能抓住的第一面盾牌。然而，与此同时，我们却又发现那将我们几乎逼到绝境的诘问之矛恰恰握在我们自己的另一只手里。于是就产生了绵延不绝的争论，就有了我们总想自圆其说而又总是被发现这样那样的破绽乃至造成捉襟见肘的尴尬，就有了清晰的原则掩盖不住的模糊、茫然，单纯的概念下面层出不穷的烦冗注脚和不容置疑的说不清道不明，我们不由得陷入一种含有危机感的深思：现有的儿童文学理论是否能够给我们指明走出困惑的真正途径，抑或这些困惑恰恰来自现有的儿童文学理论本身？

比如，20世纪80年代末到90年代这些年，常常听到人们在抱怨，抱怨现在的儿童文学作家们把过多的关注和热情投向少年文学而忽略了低幼文学，抱怨现在的儿童文学作家们过于忘情地在作品中表现自我而忽略了年幼读者的接受能力，并且抱怨现在的评论家们往往把评论关注点放在少年文学范畴，等等。总而言之，人们抱怨20世纪90年代的儿童文学正在出现朝向少年、朝向创作主体的倾斜。如果我们对这一现象的认识不仅仅停留于表面的话，便不难发现这种现象背后潜藏的东西。事实上，20世纪90年代儿童文学创作某种意义上的倾斜恰恰从反面暴露了长期以来不为人们所共识的另一种倾斜——以往儿童文学理论体系的倾斜，并且反映了作家们对这后一种倾斜的逆反心理和某种程度的矫枉过正。

细数我们以往关于儿童文学的种种观念，可以说，其全部立论的基础都是建立在一个支点上：儿童。儿童文学是根据教育（包括德育、智育、美育）儿童的需要，抑或为了给儿童以审美愉悦，抑或为帮助儿童快乐成长……总之，是为了儿童才存在的；儿童文学是以培养儿童高尚的思想品德，扩大儿童视野，增长儿童的知识，增进儿童的智力，培养儿童的美感和审美能力，以及娱乐儿童为其功能的；儿童文学作品是以儿童为主要刻画对象，以儿童生活为圆心，以儿童视野为主要描写空间……总之，是以儿童为题材辐射的核心；儿童文学创作需要以儿童的眼睛去看，以儿童的耳朵去听，以儿童的心灵去体会……总之，需要以儿童的心理年龄特征作为创作方法的唯一基础和制约条件；儿童文学的最终实现则是儿童读者的喜闻乐见。

这一切当然是正确的，但却不够全面，因为我们忽略了一个显而易见的事实，那就是，儿童文学所以存在还有必不可少的另一个逻辑支点：作为儿童文学之作家或曰创作主体的成年人。

当然，单纯从字面意义上看，这样说有些不公平，因为在以往的儿童文学理论中，作家的作用和职责还是常常被提及或包括在内的，譬如儿童文学的教育、审美、认识、娱乐诸功用需要通过作家的笔去实现，为此我们的各种儿童文学理论专著中曾专门为儿童文学作家划定了种种写作规范，比如如何处理主题、如何选择题材、如何刻画人物、如何安排情节、如何幻想、如何抒情等等，及至近来常常提及的如何协调两种审美意识（注意，这里已开始突破了以往单一支点的理论结构），其要旨仍在于作家应努力去理解、把握和提升儿童的审美意识，如此等等，不可谓不全面，亦不可谓不详尽，顺便说一句，这一切都是合理的和必要的。但是，我们必须看到，在这里，作家不是作为个体而是作为群体而存在的，不是作为具体事物而是作为抽象事物而存在的，他（她）是某种社会群体的代表，是某种特定社会教育观念的载体，是某种严肃历史使命的文学使者，是一个由于儿童自己不会创作所以不得不聘用来生产儿童文学作品的工匠，是一台儿童心理的测量仪，他（她）甚至是发放糖果玩具的圣诞老人，是指点迷津的牧师……总之，他（她）什么都是，唯独不是他（她）自己——一个活生生的、有七情六欲的、有独特的生活阅历和情感世界的、有自己独具的审美意趣的、有或丰满或欠缺或成熟或幼稚或快活或忧郁性格的、"这一个"成年人。

这事情听起来好像有点儿滑稽——20世纪初儿童文学在中国的诞生是以"发现"儿童为前提的，而现在，当中国儿童文学存在了半个多世纪之后，我们仿佛才渐渐"发现"了成年人。

但这是千真万确的事实。

如果我们不是仅仅就事论事地讨论儿童文学对儿童的品德、美感、智力有何促进功能，不是仅仅就事论事地讨论儿童文学是否起源于第一批小学教育工作者的倡导之类，而且如许多专撰中承认的那样，把儿童文学真正看作文学这一人类特有的精神活动的一个组成部分，作为"人的本质力量的对象化"的表现形式之一，我们就会清醒地发现，在儿童文学中，活跃地显示出主动性的，除了那些以自己的生活制约着作家描绘之笔，和以自己的智力与审美情趣积极地选择并淘汰着作家的产品的少年儿童以外，同样活跃并以自己的千姿百态的个性掌握着创作思维、风格之类主动权的，还有那些成年人。他们是构成儿童文学这一事物的同样重要的两极，彼此互相依赖又互相制约，作家（成人）的精神特征对于儿童文学的重要意义丝毫不亚于读者（少年儿童）的精神特征对于儿童文学的重要意义。尼采曾提出，人的个性决定了他的哲学。这是针对哲学作为人类精神活动之个体性而言。文学更当如是。把创作主体的个性排斥于儿童文学创作这一显然属于个体精神活动范畴的过程之外，等于抽掉了儿童文学理论体系的两个基本逻辑支点之一，势必造成我们整个理论体系结构上的倾斜，因此它带来新时期一系列创作上、评论上的倾斜就不是偶然的，且不足为怪了。

仿佛要弥补中国儿童文学理论这一天生欠缺似的，我们的儿童文学评论家大多长于从作家的个人经历中寻找作品的注脚，反倒使理论的条条框框显得无用武之地了。

然而无论"发现"儿童，抑或是"发现"成年人，归根结底，均是一个"人"的发现，从前者到后者，只不过是同一个过程的延续和完整化，无论欠缺哪一半，这个过程都是不完全的。从"发现"儿童到"发现"成人，历时半个多世纪，而比起前一个发现历经两千年，这后一个发现毕竟短得多了。可见，"人"的发现是一个多么艰难的过程，远比人的存在要困难得多。

加入"成年人"这一新的立论支点，儿童文学理论体系的整体结构将发生根本性的变动，这将导致我们对儿童文学性质、功能、美学特征等一系列基础观念的变更。或许，从这新的结构中，我们将能够探寻到走出困惑的途径吧。

三 先于本质的存在

在本节开篇，我打出了一连串的"天问"，那是我们长久以来没有能够很好地解决的一些基本问题。然而，儿童文学并不因我们对"儿童文学是什么"发生疑问就不存在了，相反，我们的疑问恰恰由它的存在而生发。自"五四"时代以来，中国儿童文学已存在了大半个世纪，我们的疑问却从未中止，正像人类在地球上已存在了四五万年，而今仍在寻求"人是什么"的答案一样。

一种事物的本质究竟是什么？这要取决于它在我们的视界中是什么样子，取决于我们的感知器官的进化程度。因为感知是思维的基础，我们只能按照所感知到的一切去进行概括、分析和判断，正如现代物理学家对光本质的认识，先是"波动说"，再是"粒子说"，后又是"波粒二相说"，其认识的结果取决于那个特定时期科学观测手段的进步，取决于在改变了的科学观测条件下物理学家观测结果的改变，这里有一个认识上的"能见度"问题。无论任何人，处在历史的任何时空，面对无限的宇宙，都会受到能见度的局限。

我们对儿童文学本质的认识，也是由我们的视界所决定的，譬如在20世纪20年代，儿童文学的创作关注点在低幼儿童，那时的刊物如《小朋友》《儿童世界》等，那时的作品如叶圣陶童话、冰心的《寄小读者》、郑振铎的《熊夫人幼稚园》、黎锦晖的儿童歌舞剧，甚至后来张天翼的童话《大林和小林》、小说《奇怪的地方》，陈伯吹的《阿丽思小姐》等，其题材、主题乃至手法、语言、风格，所针对的读者对象无不是幼儿和低年级儿童。形成这一现象的原因在于，"五四"时代中国第一次将儿童问题提到文化建设的高度，作为这一提升之直接成果的"儿童文学"恰恰是以"儿童"为基点的，彼时"儿童"刚刚从理论上脱离成年人的控制而宣告"独立"，人们所兴奋所关注的仍然是这一个"小独立王国"截然不同于成年人的基本年龄特征，尚未能顾及其内部的年龄层次分化问题。所以，即使在二三十年代的几种"概论"性著作中，有的已开始涉及幼儿、儿童、少年三种年龄分期问题，但彼时人们真正关注的仍是"儿童"这一相对独立体的整体特征；同时，由于彼时教育制度的改革中对儿童文学产生重大影响的是幼稚园制度的引进及小学白话文教材的创制，使儿童文学直接成为初等教育的工具，因此人们对儿童文学服务对象之整体特征的认同便必然是以低幼儿童（包括小学中、低年级）的年龄特征为其标本，以低幼儿童的欣赏水准为制约创作的基本条件，而对儿童文学本质的认识则又必然是以封建时代塾院式教育为逆反参照的。在这样一种观察角度下，彼时人们对儿童文学本质的认识也必然打上那个时代的烙印，即认为儿童文学是截然不同于成人文学和以往教科书的一种文学读物，是

"儿童本位"的,即以给儿童精神愉悦(顺应其内在需要)为主,辅以浅显的道德及知识的教训(顺应教育的需要),而重点在前者,因此20世纪20年代的儿童文学从整体上体现为一种"娃娃调",甚至某些作品还过分地弥漫着某种温馨的"襁褓氛围"。

20世纪30年代后期至40年代,这种认识角度发生了转移。由于社会现实的动荡,阶级斗争及民族斗争的加剧,特别是革命文学之后左翼文学的兴起,对整个文学运动的深刻影响,文学包括儿童文学也日益为政治斗争所左右,人们越来越重视儿童文学作为宣传工具、培养未来战士的手段之作用,此时,儿童文学所要宣传、培养和争夺的对象主要是小学中、高年级的儿童。因而人们对作为儿童文学读者对象的"儿童"年龄特征的认同也开始由低幼向小学中、高年级偏移,并以20世纪20年代温馨的儿童本位的儿童文学观为逆反参照。从这个基点出发,彼时人们对儿童文学本质的认识则为教育宣传至上的、工具至上的,儿童文学之范式则以小学儿童的心理年龄特征为基础,揭露黑暗现实以宣传教育儿童则为彼时儿童文学对自身功能的基本认同。随着无产阶级政治上的胜利,左翼文学观念占主导地位,此种儿童文学观念一直延续到20世纪五六十年代,并且在苏联儿童文学模式的强力渗透下,儿童文学在理论上更为彻底地倾向教育学。从教育学角度看,小学至初中阶段的少儿是以接受系统的教育为其生活主要内容的,儿童文学也因此将自身本质、功能认同为教育之附属,仅只有有识之士提出"儿童情趣"以弥补其美学理论方面之不足、"童心论"以弥补其创作理论方面之不足。

又譬如在20世纪80年代初期,由于国家推行独生子女政策与社会上随之对儿童早期教育的不断强调,幼儿读物与幼儿文学开始兴盛起来，一批幼儿刊物如《娃娃画报》《幼儿画报》《婴儿画报》《幼儿文学报》等等创立，更多的幼儿童话、故事、儿歌、幼儿诗等不断涌现，幼儿读物所要求的多功能特点逐渐渗透到儿童文学观念之中，诸如"教育""娱乐""游戏"等等已被越来越多的人认同。而时至20世纪80年代中后期，在低幼文学继续大发展的同时，相当一批中青年儿童文学作家带着"文化大革命"造成的种种深刻的精神创伤和迥异于前辈的人生价值观，以自己少年时代的坎坷经历为出发点，走入儿童文学的创作，从而导致了少年文学的崛起，即出现了大量以少年为主人公、以少年生活为题材、以少年为读者对象的作品，以及《少年文艺》（上海）《少年文艺》（江苏）《文学少年》《东方少年》《少男少女》《少年人生》《中外少年》以及标明"适合高小和中学生阅读"的《儿童文学》等刊物。显然，此时期相当部分人们关注的热点已开始从低幼儿童转向了少年，其儿童文学创作的基点已不是一般意义上的"儿童"，而开始移向少年，少年的年龄特征——尤其作为儿童与成人之间过渡、临界的特征——由于是个新鲜视点，越来越为新一代儿童文学作家所重视，同时，此时期人们对儿童文学本质的认识又是以"文化大革命"时期乃至20世纪五六十年代所过分强调的"教育工具论"为逆反参照，因此更多地强调儿童文学是"两代人的对话""沟通""给少年以人生的揭示"等等。20世纪80年代这种幼儿文学与少年文学的两极分化给儿童文学本质观念体系带来的震荡是十分巨大的，导致了一系列论争和矛盾，并出现了童年期文学（狭义"儿童文学"）的"失宠"现象。

从儿童文学本质观念的历史演变、发展和焦点移动过程中，我们已经了解到，大凡观念的东西总是要受到特定时代社会生活、文化氛围等诸多原因影响和制约的，因此儿童文学的本质，即我们对儿童文学的基本观念亦是一种发展中的事物，一种变量，一种历史性的概念。在这里，或许可套用一句存在主义哲学家们的名言："存在先于本质。"

半个多世纪中，儿童文学的观念经历了"儿童本位论""人生本位论""阶级本位论""教育本位论""审美本位论"等若干个阶段，而这若干个阶段中的儿童文学本质观又往往是和这样一些作家的名字联系在一起的：如20世纪20年代的叶圣陶、谢冰心、赵景深、郑振铎、黎锦晖等；30年代的张天翼、陶行知、王人路、陈伯吹、徐调孚等；40年代的贺宜、苏苏、严文井、金近、包蕾、郭风、黄庆云等；五六十年代的袁鹰、柯岩、鲁兵、张继楼、金波、圣野、任溶溶、任大霖、任大星、刘真、杲向真、萧平、邱勋、颜一烟、洪汛涛、葛翠琳、任德耀、孙幼军、叶永烈等；以及八九十年代的程玮、郑渊洁、黄蓓佳、王安忆、夏有志、曹文轩、刘健屏、乔传藻、吴然、张秋生、高洪波、常新港、陈丹燕、秦文君、张之路、周锐、赵冰波、班马、沈石溪、金曾豪、谷应、詹岱尔、孙云晓、刘保法、曾小春等等。一代又一代儿童文学作家接踵而来，怀有不同的动机，带着不同的文化背景，在不同的历史时空中探索、耕耘，每一代都有人离去，每一代又都有人留下来，无论离去的，还是留下来的，他们都曾经为探求和发掘儿童文学的本质而思考过、实践过，每一代作家对儿童文学的本质都有新的发现，新的理解。应当说，儿童文学的本质正是在这一代代儿童文学作家与其时代、读者的交互作用中不断开掘和实现的，随着对儿童文学本质层面的不断深入开掘和角度的不断变换，儿童文学的面貌也在不断地脱胎换骨。由此可见，"存在先于本质"在某种程度上，亦是本质制约着存在。

至此，我忽然冒出了一个大胆的质疑——文学史是必然的吗？譬如，儿童文学产生的表面契机，便使儿童文学天生地获得了某种性质，但这契机有无偶然性？我们是否还有责任、有必要去追问某种深层的动机？由法兰西学院院士贝洛、德意志语言民俗学者格林兄弟、丹麦流浪诗人安徒生等创造的童话，与由中国小学教师叶圣陶创造的童话，它们所代表的不同儿童文学传统，哪个是偶然？哪个是必然？

甚至更早，《五卷书》与《一千零一夜》，当我们将之通通奉为儿童文学鼻祖时，哪个是偶然？哪个又是必然？

偶然性的契机会赋予事物本身以偶然性的本质，这又会影响到其历史的生成。

如果历史在同一时空提供了多种偶然性——叶圣陶式的、贝洛式的、格林兄弟式的、安徒生式的……我们是否可以从中选择一种？

人们常常试图改写历史，这是否包涵了对历史偶然性的某种质疑和否定？

当然，对于沉默的历史我们无法追问"偶然"，历史只以一次性事实回答，那么，我们是否也可以从理想出发去创造某种偶然，使之成为将来史册中既定的事实？

四　超越目标

问题还需回到"天问"上来，如果我们在种种诘问的驱使下被迫地不断忙于对现有理论的诸概念、论点、表达方式进行补充、修改、解释（事实上，在前一个十年中，已有不少人在下意识地从事这一工作了），那么，我们实际上还是钻在同一个旧的理论框架内做着小修小补，而当倾斜来自其基本结构时，这种小修小补将会由于越来越多的诘问而无穷无尽，并且由于不断暴露理论本身的捉襟见肘而越来越显得于事无补，只能造成概念体系的臃肿与逻辑关系的混乱。在此情形之下，跳出旧框架，重新奠定立论的支点，从而彻底调整理论的基本结构，恐怕才是最有效的。

著名科学家爱因斯坦在论及科学发现与创造时有这样一段名言："若用一个比喻，我们可以说建立一种新理论，不是像毁掉一个旧的仓库，在那里建起一个摩天大楼。它倒是像在爬山一样，愈是往上爬愈能得到新的更宽广的视野，并且愈能显示出我们的出发点与其周围广大地域之间的出乎意外的联系。"[1] 这段话也可换成我国宋代诗人苏轼的名句："不识庐山真面目，只缘身在此山中。"其意义正在于切中了人类认识的基本规律之一。人类的认识从某种意义上看，正如爬山，每达到一个新的高度时，由于视野的扩大，事物之间新的更广泛的联系被发现了，于是思维的局限性暂时获得缓解，一个新的认识体系便会取代且包容旧的认识体系，旧的认识体系也会在更大的系统中获得新的位置和意义。而且在这种认识的爬山活动中，每一个新的高度又会成为下一个高度的出发点，每一个新的高度都成为需要超越的目标，人类的认识由此不断上升，不断接近宇宙的真谛。而爱因斯坦、普朗克、波普尔等现代物理学的创始者们正是由这样的途径超越了牛顿的经典物理学。

我也想在此书中做一次爬山的努力，虽然这对我来说肯定是过于艰难了。

---

[1] 肖和君：《现代人的艺术系统》，山东文艺出版社1987年版。

首先上述一连串的"天问"已将我推至儿童文学理论的底线，它直接要求我回答"儿童文学是什么"的问题，而若要搞清任何一种艺术范畴的事物之本质，则又需要弄清其产生的原因与机制，这对回答关于本质的问题有决定性的意义。在进行这种产生机制的探究时，我越来越感到以往从文学的外部关系（即文学与社会、历史、环境等的关系）及反映与被反映等角度去研究的方法难以深入地回答"儿童文学是什么"的问题。此时，一种新的研究方法，即心理历史学的研究方法给我以极大的启迪，它的研究方法甚至与我撰写本书的初衷不谋而合，我因此感到一种思想的共振与畅达。心理历史学，顾名思义，它是一门介于心理学与历史学之间的学科，"历史学的任务在于叙述发生了什么事，而心理历史学的宗旨却醉心于探究为什么会发生这些事。"它"真正区别于其他学科的是它的发现方法学（methodology of discovery）。这种方法学力求独特地熔历史文献、临床经验和研究者个人情感于一炉，并用以浇铸发现的钥匙，从而打开历史动机这扇锈锁禁锢的重门。"[①] 心理历史学的这种既看重史实材料，同时更关注史实背后的人格因素，更关注研究者的情感体验与史实中临床经验之共振的特点，使我找到了一条重新研究儿童文学产生动机与机制的新的途径，一种新的思考角度，甚至是一个更适宜于我之心性的研究方式。

马斯洛的人本心理学和弗洛伊德等的精神分析学理论对我整理自己有关儿童文学产生动机、创作机制等问题的系统性思考也有极大帮助，从主体人格因素入手，深入探究儿童文学作者和读者各自与儿童文学的深层心理联系，以及他们之间发生的种种联系，力图更接近作

[①] 劳埃德·德莫斯：《人格与心理潜影》，沈莉、于盱译，上海人民出版社1989年版，第9页。

为个体精神活动的儿童文学之本质。

在下面即将开始的探讨中,我首先将儿童文学的基本逻辑支点确定为"成人——儿童",以此来展开我的理论思考。由"成人——儿童"为逻辑支点,这就必然会将思考的焦点引导到成人与儿童(作者与读者)两种审美意识的相互协调、双向交流上来,而这正是具有双向结构的现代儿童文学理论体系的关键环节。一旦我们把握住这一环节,现代儿童文学观念与实践中的一切主要问题都将迎刃而解。

我在本书中所要努力达到的,就是这一目标。

第一篇 现代儿童文学的内驱力

为什么当人远离童年以后反而会突然动笔写儿童故事？我们是为孩子们写作吗？我们是否也是为自己的快乐或忧虑而写？我们写的是悲剧还是童谣？

——多维·扬森[①]

早年的经验给人以困惑，谁也难以真正弄清什么是自己的真正经验，什么不过是故事而已。对很小的孩子来说，故事本身就是一种直接经验，特别是当孩子把自己也卷进故事中去时更是如此。叙述根本不占有他们的头脑，字词和说话人并没有生命，有生命的是那些画、那些事和感情。

——玛丽亚·格丽佩[②]

[①] 多维·扬森，1966年安徒生奖得主。
[②] 玛丽亚·格丽佩，1974年安徒生奖得主。

一　儿童文学作家的自白

1. 儿童文学难写

多少年以来，我们常从报刊上、各种研讨会上，以及形形色色的论著中，听到如是慨叹："儿童文学难写，其难者，远在成人文学之上！"还有人以枪法论，即所谓"大环易打，小环难中"，乃至顺理成章地生出如下断言："儿童文学非大手笔不能作得高妙。"多少年来，我们认同这一观点，以此抵抗那些来自成人文学界对"小儿科"的轻视与不屑，并由此生出对儿童文学作家真诚得有点夸张的敬意。

不是吗？有很多事实可以拿来当佐证。比如这样一则流传甚广的创作轶事：1955年的某个夜晚，当时已颇具名气的诗人贺敬之应约为小孩子写点儿东西，在整整一夜的烟雾缭绕和愁眉苦脸之后，诗人竟几乎一无所获。翌晨，他的年轻的、当时尚属默默无闻之辈的妻子见状十分惊讶："什么东西这么难写？"贺敬之慨叹道："唉！给儿童写东西真难哪！"他的妻子却说："这有什么难的？你睡觉去，我来试试。"于是妻子代替丈夫坐到了书桌前，一日之功，文思泉涌，九首儿童诗一气呵成，《人民文学》杂志很快发表了其中的三首，由此，一个才华横溢的儿童诗人柯岩脱颖而出了。[①]

这个事例似乎带点传奇色彩，但是这却绝非偶然。实际上，只要留心观察，这种"有心栽花花不开，无心插柳柳成荫"的事情在我们周围往往是层出不穷的。又比如作家张聂尔自述，她两年前曾一度

[①] 参见柯岩《答问》，载《我与儿童文学》，少年儿童出版社1980年版。

"几乎每天泡在我儿子就读的101中学",想写一部关于中学生生活的书,可是尽管"那些少年人绿茵般的生命力是那样令我羡慕,但我并没有感到真正的快乐与沟通,这本关于中学生的书我至今没有写完,而且很可能永远写不完了。"①这使我联想到另一位儿童文学女作家陈丹燕,她也曾一度装扮成女高中生到自己的母校去体验当代中学生的生活,而这一段生活则促使她写出了《黑发》《青春的选择》《女中学生之死》等一系列引人注目的充满中学生生活气息的少女题材小说。(关于这两个例子我在第二篇还将进一步提出探讨)

难道是前者缺乏才华吗?仍是那位张聂尔,就在她计划中关于中学生的书搁浅之时,她接受了《中国出了个毛泽东》丛书办公室的合作邀请,经过短时的采访和搜集资料,她感到自己"胸中奔涌起一股难以遏制的激情",于两个月之内,一气呵成《中国第一人毛泽东》一书,在《北京日报》连载后引起轰动,并且未料到"签名售书那天会有那样激动人心的场景"。②

很显然,优秀的成人文学作家不一定能成为优秀的儿童文学作家,大手笔不一定能写出漂亮的儿童文学作品,但这里不存在所谓"大环易打,小环难中"的问题,而是涉及不同的精神领域、不同的创作心态。一句话,不是每个人都能成为儿童文学作家(甚至,也不是每个人都能一辈子做儿童文学作家的。关于这一点,我还将在后面进一步涉及)。

由此,我联想到了那些脍炙人口的儿童文学杰作和他们的作者,比如叶圣陶在1921年末至1922年初一口气创作了《小白船》等20

---

① 张聂尔:《我为什么写〈中国第一人毛泽东〉》,《北京晚报》1993年3月23日。
② 张聂尔:《我为什么写〈中国第一人毛泽东〉》,《北京晚报》1993年3月23日。

余篇童话时，曾慨叹过"儿童文学难写"吗？张天翼在写《大林和小林》时曾慨叹过"儿童文学难写"吗？任大霖在写《阿蓝的喜悦和烦恼》等儿童散文时曾慨叹过"儿童文学难写"吗？孙幼军在写《小布头奇遇记》时曾慨叹过"儿童文学难写"吗？乃至卡洛尔在替他钟爱的邻居小姑娘爱丽丝信口编撰《爱丽丝漫游奇境记》时慨叹过"儿童文学难写"吗？阿·林格伦在写《长袜子皮皮》《小飞人卡尔松》《淘气包艾米尔》等一系列故事时曾慨叹过"儿童文学难写"吗？……我倒相信他们在做此类事情时是十分轻松、快活，几乎出自天性的。

对这个问题，我们的当事人之一柯岩解释得很明白："每个人都有性之所近，每个人的主客观条件又都不尽相同，因此，每个有志于创作的人员，应尽力去寻找自己，这样才能发挥己之所长，克服或回避己之所短。"[1] 而别林斯基对此则更加断然也更加明确："儿童文学作家应当是生就的，而不应当是造就的。这是一种天赋。"[2]

2. 你为何而写

虽然儿童文学曾如前所述地"难写"，却并不妨碍仍有许多有识之士源源不断地被吸引到这项创作事业上来，那么究竟是什么吸引了他们呢？并且，如果说儿童文学作家应当是"天成"的话，那么他们又该具备何种特殊素质呢？为什么偏偏是这些人而不是那些人成为儿童文学作家了呢？

简单地说，他们究竟是出于什么样的动机投入儿童文学创作的？说到动机，每个人可以有不同的理由，譬如有教育、启迪孩子懂得真

---

[1] 柯岩：《答问》，载《我与儿童文学》，少年儿童出版社 1980 年版。
[2] 《俄苏作家论儿童文学》，周忠和编译，河南少年儿童出版社 1983 年版。

善美啦，反映人生百态啦，塑造×时代新形象啦，为了某种庄严的社会使命感啦，塑造下一代灵魂的工程师啦，等等；也有诸如为了获得一顶"作家"的桂冠啦，为了增添个人经济收入啦，为了满足好奇心啦，为了名利啦等等。可谓形形色色，五花八门。但是，这些恰恰是黑格尔曾排斥过的外在于文学艺术之本质的"其他目的，例如教训、净化、改善、谋利、名位之类，对于艺术作品之为艺术作品，是毫不相干的，是不能决定艺术作品概念的"。① 因此，我在这里提及的"动机"，是指除了上述各种外在于儿童文学创作本身的明显功利化、社会化的原因之外，真正促使一个人对儿童文学创作发生兴趣并且能使他滞留于这项活动，从而获得某种非功利性快感的内在动机。

叶君健先生曾这样讲："世界上许多伟大的作家和诗人大多数总要写些儿童文学作品。我想，这不仅是因为他们愿意为自己的童年留下一点儿痕迹，为下一代的儿童赠送一点儿有意义的纪念，同时也是因为有某些思想和感情，只有通过儿童文学的形式才能表达出来。"② 对此，让我们来读一读我们身边的一些作家们的自述，或许可获得某些启示：

要是有人问我："你为什么要写儿童文学？又是怎么样开始的？"

我的答案简单明了："我学写儿童文学，从而热爱儿童文学，是为孩子们，是从工作上的需要，又是感情上的激发，兴趣上的满足，思想上的安慰……"

——陈伯吹《蹩脚的自画像》

---

①《美学》第1卷，商务印书馆1979年版。
② 叶群建：《春节杂忆》，载《我与儿童文学》，少年儿童出版社1980年出版。

第一篇 现代儿童文学的内驱力

我为孩子们创作，只是将我的爱憎、我的喜怒、我心里的话，一一告诉他们。他们是我的小伙伴，我是他们的大朋友。也许就由于有着这种精神上的融合，一些散文诗中的"我"，是我，又是孩子。

——鲁兵《喜见儿童笑脸开》

我一直以为，描写孩子生活的好作品，对读者有着一种特殊的魅力，它们往往能唤起你身上那一种说不大出来的美好感情。每当我提起笔来，也就往往被这种美好感情所支配，把思路引向自己或他人的童年生活。

——任大星《初学写作者的脚步》

有一次和几位朋友聊天，谈到了我童年时代的一些趣事，养狗啊，养鸭啊，钓鱼啊，捉芦鸡啊……还谈到了童年时代一些小朋友和大朋友，和他们之间的纯真的友谊。我只不过是随便聊天，谈到哪里算哪里，边谈边引起了很多回忆。可是几位朋友听了都很感兴趣，不断地发出亲切的笑声。朋友们走了以后，我想，反正《泉水清清》写不下去了，一时又找不到别的题材，我何不就把这些童年的趣事写下来，即使得不到发表，自己看看，给朋友们看看，也不无益处。就这样，我几乎没有花很多时间进行艺术构思，在几天里面，一口气就写出了十来篇，过了一段时间，又写出了七八篇，这就是发表在《人民文学》和《收获》上面的那一些短篇：《芦鸡》《阿蓝的喜悦和烦恼》《牛和鹅》《多难的小鸭》《水胡鸦在叫》《渡口》等。

——任大霖《儿童小说创作论》

像匹一路重负的老驼，当想寻找一块歇脚的绿茵时，我发现了我曾有过童年。……尽管它如烟似云，早已随风而逝，但是埋在雪国一个接一个银色的梦，使我动情，令我神往；因而在写"大墙文学"的喘息之际，我已萌生了写《裸雪》的念头。……我不全然信奉弗洛伊德学说，但当我回首童年生活时，却发现它潜在我心灵深处的形影，因而小说细节中涉及的童情萌动，都带赤裸的真实。

——从维熙《我写〈裸雪〉》

当我为孩子们写作时，我面前便出现了许许多多神情各异的孩子。我希望了解他们的内心世界，那里才是儿童诗的王国。

有时，我又找到了我童年的自己，他从过去的岁月里走向当今孩子的世界，他们交谈着，嬉戏着，也静静地倾诉着。于是我得到了诗。

——金波《金波儿童诗选·后记》

当我下笔时，常常忆起年少时，似乎对当代青少年的某些心态，就更容易设身处地地去理解。

……

为什么不可以写一写呢？为了自己，为了别人，为了许许多多和过去的自己一样的少男少女。

——陈丹《身外的世界》

近来，我总告诫自己：成熟些、庄重些、矜持些！可是一照镜子，就自己笑弯了腰。

我还试图说服自己：别写儿童诗了，没人看，也没人理！可是一接触活泼泼的孩子，诗句就像放入爆筒的玉米，"呼"一声，又爆出一捧一捧"诗米花"来。

当然，我的"诗米花"不甜，不白，也不香脆，可我不知怎么搞的，总把自己的心房当成爆米花的爆筒，自得其乐地爆着、爆着。

也许，我只能这样，别无选择。

——高洪波《我喜欢你，狐狸·后记》

事实上，每写出一篇童话，给我自己也带来了欢乐，仿佛又回到了无忧无虑的童年。我相信，写童话一定能延年益寿的，所以，我一门心思写起童话来，想在欢乐中走自己人生的路。

——昭禹《回忆、谢意及其他》

一起了要写童话的念头，我就觉得很兴奋，有一股压抑不住的创作欲望，好像就要见到一个久别的亲人似的。这是我后来也写其他体裁的作品时所没有的。大概是童话又把我带回童年去了，引起我许多美好的联想。

——郑渊洁《童话属于孩子们》

我写童话的动机不是要去哄孩子、教训孩子，而是试图用童话的形式述说我对这世界的一些感受。就跟一般人一样，心里有话总想找个人说说。能用这个办法，让更多的人听我说，我会说得更起劲些。当然，由于童话这种体裁的主要读者对象是孩子，我就得考虑要说得让孩子们乐于接受，至少乐于接受这故事——我不要求小读者能一下子全部领会作品的深层意蕴。

——周锐《童话创作漫谈》

记得孩提时代能有的一切冒险活动，我都狂热地参加，但更多的是落得狼狈不堪，然而又抗拒不了冒险的诱惑，而巢湖及湖滩又总是慷慨地提供各种机会。这种狂热以及对大自然的热爱似乎随着年龄在增长，即使到今天我也不放过一切可能有的机会。……这或许就是寻找到了创作主体与对象主体互相感应的"契机"。

——刘先平《儿童探险小说的审美效应》

　　小时候，我爱幻想。绿绿的湖、远远的山、圆圆的月、蓝蓝的海，都会在我的幻想里活起来。现在我大了，还是喜欢幻想。对人类的爱、对祖国的爱，对大自然的爱，都会在幻想里像火一样闪光。这一切写下来，就是童话，就是我爱的表达。

——冰波《大海，梦着一个童话·作者的话》

　　亲近我的人常说我实际上是个长不大的男孩，本应搞儿童文学。不太熟悉我的朋友常问我干吗着迷于儿童文学，责难我的人常嘀咕我为什么介入儿童文学。我想我心里很清楚，我在已有的经历中，曾有好几次"脱离"儿童文学而进入别的领域的机会，但我确实几无冲动想要离开她，我不能，我只能干这。

　　哪怕我是有心栽柳而柳却只成单影，我也要种活我这棵柳树。柳树是夏天，夏天是童年，夏天里的柳树，上面爬着一个男孩，这可以算是我对童年生命力的由衷喜爱的心情。

　　……

　　所以，对我这十年正式投入儿童文学来说，也主要就是为了一种适应自己心性的生活方式。

——班马《探索儿童文学的美学新边疆》

第一篇　现代儿童文学的内驱力

虽然几年前我就当上了爸爸,但我却知道,我的胸腔里藏着颗孩子的心。我常常有许多顽皮的想法,常常想做一些只有孩子才敢做的事。我把这些想法和想做的事写下来,献给所有爱幻想的小朋友。

——朱效文《纸人国·作者的话》

不知别的作者是否喜欢再看自己写的作品,直言不讳地说,我却喜欢。这不仅仅是敝帚自珍,自己花费了劳动和心血,而是那里面有我的情感,喜怒哀乐,童年的种种向往和追求,是我建设的另一个世界。……在这个世界里,你可以无拘无束、任意驰骋,可以跑,可以跳,可以叫喊。这个天地应该有什么,涂什么颜色,设计什么奇形怪状,完全可以为所欲为。我愿意在这个世界里,用精神去塑造我所喜欢的、向往的东西,去追求比现实生活更完美的东西。

——葛冰《绿猫·自序》

……因为我对童年的经历有着特殊的兴趣与深刻的记忆,也因为生活得太平淡呆板,便常去追忆那些十多年前的旧事。一遍遍回想咀嚼之后,竟品出不少深长的味来,便也产生了写作的最初冲动。

——曾小春《关于〈丑姆妈,丑姆妈〉》

一个儿童文学作家其实有时不仅仅是在为儿童写作,也同时是为他(她)自己在写作,我这种感受的确很深,我经常在写作的过程中体验到自己是在完善一个人在童年时不能完成的或尚未完成的东西,当然这一切是完全通过文学作品的方式得以实现的。

——婴草《积木城的太阳·后记》

摘录至此，我想我该暂时打住了，我不得不请读者们原谅，我如此不厌其烦地引录儿童文学家们的创作动机自述，只是为了提醒读者注意从这些自述中所表现出来的某种非偶然的、覆盖面极广的共性，即，儿童文学创作对于这些作家们来说，既源自某种外在的社会性的需求，同时也更多地源自某种个人内在的天然需求，亦即儿童文学不仅仅具有社会价值，对于这些作家们来说，更具有某种宿命式的人生价值。

3. 谁需要儿童文学

任何事物的价值，大抵可追溯到其产生之初，唯其存在着某种需要，这种事物才会产生或有存在下去之必要。那么，针对儿童文学这一事物，需要来自何方？亦即，谁需要儿童文学？

关于儿童文学的起源，人们已进行过不少研究工作，因此我们可以列举出诸多的历史依据。譬如，社会生产力水平的发展导致中产阶级的崛起，从而为儿童文学提供了一个潜在的庞大需求量和消费市场；又譬如，近代民主思想的发达使儿童成长过程中特有的精神需求得到了越来越普遍的重视；再譬如，对儿童心理的日渐深入的研究，使人们愈来愈重视儿童文学在教育学方面的特殊功能，伴随这一切，还有民主社会中各个阶层在争夺下一代立场时对儿童文学或可作宣传工具之用的要求，等等。特别是20世纪90年代，随着计划生育政策的推广，全社会都在关注着下一代的成长，更有诸多心系儿童文学事业的有识之士在各种会议、文章中大声疾呼：为孩子们创作出更多更好的文学作品来！总而言之，对于儿童文学的需求，大致来自两个方向：一是儿童，二是社会（教育、宣传等则是社会要求的体现）。这是历史事实，当然是不容置疑的，问题在于，无论需求来自哪个方向，都必须经过一个不可逾越的中介——儿童文学作家的艺术实践——方能够得到满足。正如我在"绪论"一节中所提及的，儿童文学作家也是具有七情六欲、有自己独特生活阅历、情感体验和审美意趣的独立个体，他并非某种外在使命的工具，仅凭某种外部需求不可能迫使他全身心地投入儿童文学的创作，一句话，他有他自己独具的精神需要。那么，来自儿童的和来自社会的（二者都是来自外部的）需要又是怎样与创作主体的需要达到统一的呢？

根据现代人本主义心理学理论，人的基本需要可分为五个层次：生理需要、安全需要、爱的需要、尊重的需要和自我实现的需要。驱使一个人去从事艺术创作这一类活动的显然是来自他的自我实现需要。马斯洛在论述人之所以献身于某一事业、号召、使命及工作的动机时指出，人的动机源自"内在的需求"与"外在的要求"，内在的需求可以说是人内心的反应。例如一个人喜爱孩子，或酷爱绘画等艺术，或热心于搞研究，或热衷于政治权势胜过世界上任何事情，并且对这些充满幻想、充满迷恋，确切地说，是"人内在地感觉到的一种与责任感完全不同的自我沉迷"，是他的内在价值的体现，因而他对此产生的是"我意欲……""我需要它……"。而"外在的要求"则是不同的另一回事，外在的要求是"主体对环境的反应，对他人的命令的反应"，诸如发生了火灾"要求"扑灭，孤弱的孩子"要求"有人来照料，社会上不合理的事情"要求"正义来主持公道等等，在此类情形中，人所感到的是责任感、义务感和使命感，不论如何，他是被某种外力安排或推动着去做出反应，因而他对此产生的更多则是"我必须，我应该，我不得不……"等等。马斯洛论述至此时提出，真正的自我实现应该是二者——"我意欲"与"我必须"——的合二为一，内在的需求与外在的要求契合一致，"我意欲"也就是"我必须"。①

艺术创造活动是与人的内在需求紧密联系着的，它大量地要求个体情感的投入和沉迷，儿童文学也不例外，尤其是优秀的儿童文学作品，其作者无不投入了大量的情感，无不感到真正的自我沉迷。因为"只有通过心灵而且由心灵的创造活动产生出来，艺术作品才成其为艺术作品"②。尽管我们在研究儿童文学起源之时，指出了诸多社会的、历史的驱动力对儿童文学的产生和发展的推动作用，但我们却无论如何也不应该忽略创作主体的真正内在需求对儿童文学的深刻意义，这是更能使我们深入儿童文学本体奥秘的一条途径。

回到我们的问题上来，儿童的需要、社会的需要如何与创作主体的需要达成统一？内在的需要如何与外在的要求达到统一？

二 被误解的成年人

写下这个标题时连我自己都感觉到了某种程度的荒唐——是谁误解了我们这些身为儿童文学作家的成年人？是儿童吗？不，实际上，恰恰是我们自己。是我们自己常常有意无意地回避儿童文学创作中真实的自我。大千世界，林林总总，认识自己往往是最困难的，"因为心灵最靠近于我们，所以心理学才这么慢被发现"。人类能观测到距离

---

① 马斯洛：《超越性动机论——价值生命的生物基础》，载《人的潜能和价值》，华夏出版社1987年版。
② 黑格尔：《美学》，载《朱光潜全集》第十三卷，朱光潜译，安徽教育出版社1996年版，第47页。

远达上亿光年的星球，却往往不能了解地球上的同类和自己的内心。同样，我们对儿童各年龄阶段的心理特征一再深入细致地研究，却忽略了对作为创作主体的自身创作心理的研究，或许更多的是认为没有研究的必要，而这正是以往倾斜的儿童文学理论给人造成的认识误区，要走出这个误区，首先我们应该暂且摘下头上种种人为的桂冠，还原为本来的自己。

1. 永远的儿童

每一个成年人的灵魂深处都有一个永远的儿童存在着，从他的幼年直到老年，这个儿童逐渐从生活的表层沉潜入生活的深层，却一刻也未放松地把握着、控制着他的整个性格和人生。这就是每个人自童年时代起形成的人格基质和那一份童年体验，它伴随着并影响着每个人的一生。

虽然心理学家们指出，一个人自我意识的形成是在青春期开始的时候，亦即少年时期，但实际上，从婴儿时期到少年时期这整个漫长的过程，都是自我意识由萌芽而逐渐一步步发展、成形的过渡阶段，这期间，环境所提供的每一个刺激、生理发育过程中的每一个细节，都无疑奠定着意识的基础、方向和形状。所以，当心理学家们谈论一个人在青春期到来之际开始形成自我意识的时候，实际的情形是他的自我意识此时已在一系列的童年经验中潜移默化地基本定向和定位了。从此，童年时代的人格基质在新的环境和活动的相互作用中不断扩张和发展便构成了他成年生活的基本内涵。

成年并不意味着与童年的永别，成年是童年在更高人生阶梯上的再现和扩展。根据现代心理学原理，一个人在成年后的每一时期，其情感和行为中都会有不同程度的童年人格再现。这种再现，常常是以执着于某种深刻的童年梦想的形式存在，或者是以对现实挫折的沮丧、逃避的形式存在，譬如瑞士心理学家荣格就曾这样描述童年人格在成年后某阶段的再现："如果我们试图把那些带普遍性的主要因素从思春期中那些人所带有的各式各样问题中抽出来，我们一定会发现这样一个特殊现象：人多多少少都想抓住儿童时代的理想境界不放，表现出对命运之神的反叛，对周围一切企图吞噬我们的力量的反抗。在我们内部存在着某种要我们仍然做个小孩子的东西，处于一种无意识的境界中，或者最多只想觉知自我的存在才好；我们拒绝一切陌生的东西，或者至少也要使它屈服于我们的意志之下；使我们不想做事，或者一味贪图享乐和权力。"①

当然，童年人格的再现并不完全意味着上述消极倾向，一个人在成年之后还会经常回味、咀嚼童年时代的种种体验，从而给予他情感上的慰藉、温馨，赋予他灵性，并激发他生命的活力。童年人格的纯真和梦想的再现，还往往能赋予他战胜挫折的勇气、促使其性格更具挑战性。可以说，童年人格潜藏在成年人的灵魂深处，它是一个奇妙的小精灵，它是一个人在成年后还能拥有的纯真、灵性、好奇、冒险、温情等心理素质的源泉，甚至也是幼稚、惰性、任性、逃避责任等等内在人格特征的集合体，成年人的许多行为、冲动、情感模式都源自童年人格的支配和控制。

而唤醒这个小精灵的则是那一种久远的童年体验。童年体验是与童年人格紧密相关但却有区别的事物，童年体验的内涵即我们在童年时代对自己、对他人、对环境、对自己与周围一切事物的关系的种种

---

① 荣格：《探索心灵奥秘的现代人》，黄启铭译，社会科学文献出版社1987年版。

或粗线条或细腻入微的感受、反应、幻想之类的总和，它是我们成年过程中生活体验、生活阅历的基础部分。我们今天对世界所形成的认识、情感、价值观等等无不奠基于童年体验，童年体验可能有欢喜，也可能有悲伤，可能有愤怒，也可能有震惊，无论如何，正因为它是童年时代人格萌芽、成长的胚基和温床，所以有什么类型的童年体验就可能有什么类型的童年人格。又因为童年时代发育尚未健全的神经系统对任何稍强的刺激都会做出强烈的反应，所以童年体验在对一个人的人格进行塑造时留下的烙印要远远深刻于他成年后的体验。由此，一个人的童年人格总是伴随着某种特定的童年体验而存在，积淀于他的个性深处。正如一个人成年后还会有童年人格的再现一样，一个人成年后也会在某些特定时刻由于某种原因而感受到童年体验的复苏。

"永远的儿童"使每个成年人都在一定程度上具有童心，即使最冷酷无情的人，也会在某一时刻由于某种外在的刺激突然感觉到那一份曾经失落了的天真的温情，"心理学告诉我们，从某种意义上说，心灵中的东西是没有所谓旧的也没有真正会消失的东西"[1]，正因为这样，作为儿童文学作家的成年人才有可能设身处地、感同身受地去了解、理解作为他的描写对象和读者的儿童，并与之达到精神上的沟通，是那个潜藏在成年人灵魂深处的儿童为他们搭起一座心灵的桥梁。对一部分成年人来说，这个"永远的儿童"随着岁月的湮没，已深深地潜入他心灵的底层，他几乎把它忘记了，使它在寂寞中沉睡；对另一部分成年人来说，这个永远的儿童却巧妙地穿越了岁月的积尘，在心灵的表层活泼泼地跳跃着，因而这一部分成年人比较前者更易于也更乐于与儿童接近，像与老朋友相处那样感到无比亲切。更有甚者，在这

---

[1] 荣格：《探索心灵奥秘的现代人》，黄启铭译，社会科学文献出版社1987年版，第96页。

部分成年人中，尚有一类最接近童年气质的心灵，这些心灵时常从成年人政治经济、逻辑秩序、柴米油盐的社会生活氛围中逃逸出走，在原始森林中游来荡去，在荒郊野地疾步如飞，在漆黑夜空下屏息潜行，在幻觉和梦魇中一惊一乍地做着白日梦。在这类心灵中，有着条条神秘的时光小径，通过集体无意识的深厚积淀层，伸向以图腾、万物有灵为标记的原始思维时代。怀着这类心灵的成年人，往往具有双重的人格：他们是公司职员、律师、学者、飞行员、看门人，同时他们又是一个永远长不大的孩子。就像童话《小王子》的作者圣·埃克絮佩里所述说的那样："在我的生活中，我和许多严肃的人有频繁的接触。我在大人中间生活了很长时间。我就近观察过他们。这点并没有怎么改变我对他们的看法。当我遇到一个我觉得比较聪明的人的时候，我拿出我始终保存着的我的第一号图画（指作者童年时画的一幅蟒蛇吞象的铅笔画——引者注），以他为对象做实验。我要了解他是不是真的有理解力。但是他总是回答我说：'这是一顶帽子。'于是我对他既不谈蟒蛇，也不谈原始森林，更不谈星星了。我就使自己回到他的水平上来。我和他谈桥牌、高尔夫球、政治和领带什么的。那个大人很高兴地结识了这样正经的一个人。"

圣·埃克絮佩里写的是童话，而上面这段话却千真万确地描绘出了那些拥有双重人格的成年人的心灵状态，描述出了这些有着较多原始思维遗迹的心灵是如何自然地接近儿童、接近童年的神秘气息的。构成儿童文学作家的往往属于这一类成年人。

2. 童年情结

"童年情结"这个概念的产生，源自我对前述后一类成年人心态的领悟，或者更直接地是由对前一节所引录的儿童文学作家们创作自述的感悟而来，我把它看作儿童文学作家创作心态的一种心理学意义的表征。

在"永远的儿童"一段中，我已提到任何人的童年经验、童年人格都不会真正消失，这些事物对一个人的成长有不可忽略的意义。但是，并不是所有的人都具有童年情结。童年情结与此有关但不是一回事。所谓情结，一般是指一个人在早年生活中经历过的某种深刻而持久的内部冲突体验（突如其来的足以改变其内外生活品质的打击、变故及其他重大事情，如幼年丧母之类），这种深刻而持久的特殊体验将一直伴随着他的成长过程，以至当他成年之后，其思想感情、行为模式仍或隐或显地受到来自此种体验的影响，这种特殊生活体验及其蕴涵的能量便称为情结，它虽无形，却往往是人格的核心。也就是说，童年情结属于个人无意识，或按荣格所说，个人无意识的主要内容由带感情色彩的情结组成，它潜在地决定着个人的意识活动。

譬如美国前国务卿亨利·基辛格，在他10到15岁的时候，他的祖国德国饱受了希特勒恐怖主义政策对犹太人的欺凌摧残，纽伦堡法案（内容即禁止犹太人担任任何公职）的颁布导致他的家庭从中产阶级跌落至贫困的深渊，他甚至不得不在15岁那年随家人流亡美国，这段日子在基辛格童年心灵深处造成的深刻而持久的创伤情结，可以从他成为影响美国外交政策的决策人物之后对于权力与行动的热衷和对和平问题的关注看出来。[1]

不过，我在这里所提出的"童年情结"尚不完全等同于一般"情

---

[1] 戴纳·沃德：《基辛格：一部心理历史》，载《人格与心理潜影》，沈莉、于盱译，上海人民出版社1989年版。

结"含义,"童年情结"固然与童年生活经历中某些特定的深刻而持久的内部冲突有密切关联,但它首先是指一个人在成年之后仍具有的对整个(甚至是形而上的)童年的留恋、难以释怀、下意识地一再回味,经常沉浸在某种童年氛围、童年体验的环绕中,乃至不仅对自己的童年,甚至对于他人的童年琐事都表现出超乎寻常的兴趣,这,我便称之为"童年情结"。

儿童文学作家班马在《探索儿童文学的美学新边疆》一文中详尽而形象地描述了他曾处在这种童年情结中的生活心态:"我特别感谢曾有好几年之久的放水员生涯,即使我真正一人独处田野,常昼伏夜行,风雨则更需外出;徜徉于阡陌,无人对语,也无人管束,非常自由自在。放水的行径,常使我似乎回到了童年的心境,延续了童年的状态,劳动和游戏常混为一体。确实,人类的农业(狩猎、捕鱼也是)常与原始的、儿童的趣味相关联。就拿这江南田野来说,劳动中时常遇有麦鹳、鹭鸶、水蛇、蟹、昆虫、青蛙、泥鳅、水蜘蛛等等童年般的景象出现;植物界也如此,油菜花、紫云英,甚至棉花都是非常漂亮好看的,置身其间,馨香袭人,蜂飞蝶舞;玉米田,青纱帐;更不用说养鸭、放牛、撑船、捞菱等等了——农业劳动与工业劳动完全不一样,它面对生物,充满生机,而且在人的身体性的劳动过程中焕发出一种原生性的生命力。这是我在农场原野上对'劳动'的真切体会。它有时常带给我一种童年的和原始性的快乐,甚至使我保持和延续了儿童般的心境。……比如夜晚到田野里放水,我就反而感到极有一份乐趣,很像小时候经常去夜游,捉蟋蟀,捣鸟窝,到甜卢粟密林里坐定大吃一顿。我现在仍很怀念那些在农场的无数个田间夜晚,那一支手电筒光圈下的神秘和怪诞,那许多只有荒夜才有的自然窃语,那白天荡然无存的夜的温情。有好多次，我一人在夜里拖着铁锹走在堤埂上忙碌，感到身后似有人看我，一回头，是一轮硕大的暗红的月亮升起在林带上空，像个外婆，像个菩萨，一副独望我的那份神色，在当时我是猛一下的激灵和随之温馨，在现在就说是童话的意境了。那时，我曾一人独守一个偏远的泵水机房，常在抽水声中卧望星空，乡野的星空之繁丽、之硕大是城中不可想象的，并似有什么清凉的东西在下来，而你在久望中却又似身心在上升上去。这又使我返回到了童年，多少个夏夜睡在曹杨新村的红屋顶上、郊野蘑菇房的铁皮屋顶上、柳树的枝丫上，看星、讲星，这童年的专长。白天，我常一人下河游泳。崇明岛上特有的运河，河底是铁板沙，干净坚硬，两岸遍生芦苇，水有咸味，但却总使我又回到童年我们兄弟和小伙伴们走出曹杨新村，去郊外的被自己命名的'鸭蛋滨''长滨'等小河里游泳的乐趣。对我来说，小河和游泳池是不同意义的；小河代表了我的童年——这些农场生涯，确实造成了我对童年经验的强化，特别是保留下甚至是又发展了我一些儿童的'心境'，许多地方大概真没有成熟和长大。想想也可怕，要是我以后搞的不是儿童文学这种工作，那就倒霉了！"[①]

一个具有童年情结的人，必是对童年（自己的及他人的）长久地、经常地持有浓厚兴趣的人，反过来说，一个成年人常常津津乐道于在文字中描写、再现自己的童年或别人的童年，那么他一定是潜在地具有着童年情结。可以说，童年情结又是儿童文学作家创作心态中最重要的特征之一。

童年情结的产生呈现出复杂的情态。

广义地讲，童年情结产生于童年快乐的终结或被剥夺。人的一

---

① 载《儿童文学家》1993年春季号。

生，要经历无数由成长带来的这种终结和剥夺，因为我们每成长一步，必须以抛弃初级状态为代价，正如朱迪丝·维尔斯特在《必要的丧失》一书中所说："人的发展之路是由放弃铺筑而成的。我们终生都通过放弃成长着。我们放弃与他人的一些最紧密的联系。我们放弃自己曾拥有的部分。在我们的梦幻和紧密关系中，我们必定面对我们永远不会拥有的事物和我们永远不会成为的人。情感的注入使我们易于丧失。有时无论我们如何聪明，我们都必定要丧失。"她还列举了人在成长过程中一长串"必要的丧失"之例：

"母亲要离开我们了，我们也将离开她；

母亲的爱将不再为我们所独有；

我们的伤痛不再会因被抚慰而得到缓解；

我们将完全被孤独地遗弃；

我们将不得不接受（对他人和我们自己的）爱与恨、善与恶的混合；

无论一个女孩多么聪明、美丽、迷人，她都不能长大后嫁给她的爸爸；

我们的选择受到身体结构和负罪感的妨碍；

任何人际关系都有裂隙；

我们在这个星球上只是匆匆过客；

……"

而在这种种丧失中间，童年的终结是一个至关重大的事件，维尔斯特把童年的终结意味深长地比喻为"我们离开了安全的地方，不能再回家了"。这正应和了冰心在《春水》诗中对童年的感喟:"母亲啊!天上的风雨来了,鸟儿躲到他的巢里;心中的风雨来了,我只躲到你的怀里。"童年意味着纯洁和幻想,意味着温暖的爱的襁褓,意味着情感的放任和无忧无虑,意味着能够无穷无尽地选择(他可以今天想当船长、明天立志当科学家、后天又要当记者……)。童年的结束是成人的必要前提,但这个结束在人之心理历程中引出的震荡又是如此剧烈:"有人说在这个放弃的阶段中,青少年体验到了'此往各阶段所没有的强烈悲痛……',正是在此之后,我们才会逐步理解什么叫转瞬即逝。因此我们很留恋那个黄金时代,那个一去不复返的时代。当我们叹息日薄西山、夏日结束、爱情迷途时,当我们吟诵描写失去使人满足的地方这些诗歌时,我们也是在不知不觉地哀悼一种严重得多的终止:对童年的放弃。"[①]在那些情感的丝缕尤其纤细丰富、对任何刺激尤其敏感的人身上,这种心理上的震荡往往发展成为一种对童年的无限强烈的留恋之情,甚至发展为一种抗拒童年终结的无情现实、试图在精神上无限期地滞留在童年的企望,亦即企望自己无限期地滞留在襁褓氛围之中。如23岁便远涉重洋、背井离乡的冰心在《寄小读者》中不断发出带着淡淡忧愁的童年感喟,和对童心、对母爱难以释怀的深深眷恋。童年快乐的终结使童年情绪成为成年人最发自内心的宗教情绪,追忆童梦则成为成年人寻找精神家园的基本内容之一。

除此之外,童年情结还往往是童年时期某种特殊苦难的产物,即源自某种发生于童年时期的"深刻而持久的内部冲突"。在成长过程中,除了前述那些必要的丧失之外,常常还会有缺憾、压抑、自卑、意外的打击等等额外的磨难,这类磨难或可造成童年物质生活的重大

[①] 维尔斯特:《必要的丧失》,张家卉等译,北京大学出版社1988年版。

变故，或可造成童年精神生活的剧烈冲突，从而导致某种刻骨铭心的情结的产生。此类童年情结往往会造成作家对生活的独特感受和认识，乃至造成作家独特的人格和性格，并且引发某种强烈的补偿心理，和从更高的理性层次来反观童年，使情结获得升华。

譬如青年儿童文学作家常新港，曾写了一系列北大荒少年小说，"他笔下的少年形象，有着雪压冰封的北国特有的气度和风采。他着力表现在逆境中拼搏苦斗的北方少年，从他们身上开掘北大荒人那种豪迈、憨厚、坚韧不拔、开拓进取的性格。作品里的小主人公往往生活在艰难困苦的环境之中，他们面对家境贫困、坎坷和不幸，或是缺乏相互尊重、理解、友爱的人际关系，都从不低头，不屈服。作者写他们在厄运中抗争，在困境中进取，从苦难中发现刚强，从严峻中发现壮美，赞美了少年男子汉不屈不挠的硬骨头精神。"[①]8岁离开了美丽、宁静、物质生活安定的海港城市天津，来到陌生、寒冷、荒芜、贫困的北大荒，不久父亲被关进牛棚，"十年动乱的特殊岁月，迫使刚刚懂事的孩子过早地挑起生活的重担，备尝人生的严酷和痛苦。正因为如此，作者才能以饱蘸深情的笔触，洞察幽微地写出不幸少年的爱与恨，写出他们对人间美好情愫、对未来的热烈憧憬和不懈追求。"[②]

又譬如关于陈丹燕小说中的少女情结，她的先生是这样说的："陈丹燕的少女时代是在忧郁中度过的，家庭罹难，她只得与长年吃素、始终未嫁的姑妈住在一处。可以说，她是在苦难中战战兢兢地、愤怒地早熟。没有欢快悦耳的音乐，没有舒展腰肢的舞蹈，没有喜爱的电影明星，这对一个少女来说，生活是何等乏味。"因此，"她非常羡慕

---

① 束沛德:《在黑色的冻土上深耕细耘》，载《独船》，少年儿童出版社1988年版。
② 束沛德:《在黑色的冻土上深耕细耘》，载《独船》，少年儿童出版社1988年版。

今天的少女：她们的服饰，她们的笑声，她们的歌，以至想穿一穿少女们漂亮的裙子。某个星期六下午，她终于找到自己中学时的老师，说想扮成一名插班生，与少女们一起学习、生活。她把长发结成辫子，挎上书包，坐在教室的后排。开始，大家没发现，可过了几天，她的同桌，一位真正的少女与她聊天，陈丹燕一出声、一吭气，就'露了馅'，这使她很伤心。因为她知道，她不可能再回到那个时代。""也许正是因为少女时代许多愿望没有实现的压抑，成了陈丹燕如此强烈地渴望表现少女生活的内驱力。"①

1991年5月的一个午后，我和陈丹燕坐在北京亮马河畔一座大厦的花厅内，四周悄无声息，只有暖棚下的鲜花和池水在煜煜闪烁。穿着花布长裙的陈丹燕，颈上细细的银色项链垂挂着一朵色彩温雅的小花，一副静若处子的神情。我们悠然地谈着，谈到儿童文学作家的内驱力和创作冲动的来龙去脉……我强烈地感到，她至少在这一点上是很认真的，很清醒的，很真实的，那就是她自己究竟为何而创作，不是任何外在的理由，完全是出自自我内在生命的冲动（如何把握这种冲动，便见出每个作家的技巧和功力了）。生命在不断延续着，儿童文学作家便一代代走来，他们是否能驻留于此，那要视其内在冲动是否宣泄殆尽而定……

所以，当1993年7月我收到陈丹燕寄来的一本以成年女性生活为题材的长篇小说处女作《心动如水》时，我猛然想到，陈丹燕几乎已经走出了她那一份童年情结的暗影，无论她将来是否还会创作儿童文学作品，那种当初裹挟着她全部身心投入儿童文学的不可遏止的激情

---

① 陈保平：《少女们·序》，重庆出版社1987年版。

与冲动大概从此一去不复返了。

童年情结所引发的补偿心理（压抑的释放、情结的解脱），往往比襁褓氛围的延续更能激起儿童文学作家投入创作的愿望，而当作家将这种内在的冲动倾注到作品中去的时候，他必得经过一个从理性的高度去反观和思索的过程，只有这种理性的反观和思考才能使他超越童年情结的狭隘性，产生对人性、社会、历史的某种程度的觉悟，可以说，作品主题便是作家上述理性反观与思索的某个角度的表达，这是一个从感性到理性，从现实到审美的转化过程。

白冰，一位五官线条粗犷且行伍出身的青年儿童文学作家，偏爱写些温情脉脉、柔情似水的童话、小说。一个偶然的机会，我颇为唐突地问起个中奥妙，白冰却似触动了记忆的玄机，感慨地谈起儿时凄戚的经历：幼时因家庭出身不好，父亲又离家在外，故备受村上同龄伙伴欺凌……曾养了一只名贵的青丝蓝兔，被一"红五类"子弟偷了去，前去索要时反被按在地上遭暴打，且当着一位心爱的小女友之面，无力反抗，羞愤难当……至今仍有那种刻骨铭心的感觉。所以在作品中下意识地渴求孩子与孩子之间，乃至一切人与人之间的爱、温暖、理解、沟通之类。讲到这儿，他换了一种自嘲式的口吻，咱们这一代是没有童年的一代。接下去如数家珍：才上小学刚刚懂事便被抛入大人们的政治斗争，小小年纪已经见惯了战斗、流血、派系争斗，自己也煞有介事地搞什么"红太阳派""中南海派"之类的组织，相互仇恨，势不两立，……喝过狼奶的一代人，必然渴求羊式的仁爱，白冰以哲学家般的夸张语气结束了他的感慨。

童年的特殊磨难往往是一代人的情结，发生于这一代人成长的关键期，因而更多地染着时代色彩、历史色彩，它在当事人心中引发的情感常常具有不同性质，但其强弱程度几无差异，像爬雪山过草地的"红小鬼"一代人，抢三八大盖的"小八路"一代人，新中国刚成立时的"红领巾"一代人和"文化大革命"中的"红卫兵"一代人，他们各自的童年情结便带有极不相同的历史色彩。作家们在回味童年情结的同时，往往也站在历史的高度回味着一代代人精神发育过程中的种种坎坷与辉煌，这便是理性的升华，是儿童文学创作中最值得重视的必要程序。譬如我常听到 20 世纪 50 年代出生的一代人慨叹"我们这一代人没有童年"，他们是真的没有生理学、心理学意义上的自然范畴的童年吗？非也，所谓"没有童年的一代"是指没有哲学意义、诗学意义上的童年，即缺失了纯洁、天真、活泼、无忧无虑、游戏、歌舞等属襁褓氛围的童年内容，而过早地被抛入政治波涛、生存的底层，过早地经历了人生中的种种丧失、痛苦乃至生离死别……所以新时期伊始，由这一代儿童文学作家所大力提倡的"快乐的儿童文学""审美的儿童文学"，便不是没有缘由的了，这是由一代人需要释放和补偿的童年情结所决定的。正如"五四"一代作家提倡"儿童本位"的儿童文学观一样，他们从某种意义上说亦是"没有童年的一代"，或曰没有社会学意义上自由的、独立的、本位的童年的一代人。

无论哪一种、哪一范畴的童年情结，都会导致回归、补偿或延续的意向，这正是一个成年人尚能投入儿童文学创作的心理动机之一，以及作为一个成年人所真正想通过儿童文学来表达的，而儿童文学，则慷慨地提供了回归、补偿、延续的机会，这就是我下面将要继续探讨的问题。

3. 游戏冲动

关于"游戏"一词,《现代汉语词典》是这样解释的:"①娱乐活动,如捉迷藏,猜灯谜等。某些非正式比赛项目的体育活动如康乐球等也叫游戏。②玩耍。"朱智贤先生所著《儿童心理学》一书则称"游戏"为"一种有目的、有系统的社会性的活动",又是"在假想或想象中完成的一种现实活动,是想象和现实生活的一种独特的结合,是人的社会活动的一种初级的形式"。[①]朱先生还指出游戏与劳动性质的不同,因为它并不生产物质财富;游戏也与学习不同,因为它也并非具强制性的义务。

由于人们向来实际上认同游戏是"人的社会活动的一种初级形式"这一观点,因此,在很多时间、场合,人们头脑中的"游戏"概念实际上仅限于《现代汉语词典》关于"游戏"概念的第二种解释——"玩耍";并且,心理学家们又经常强调游戏对于儿童尤其学前儿童身心发展的重要性,故而人们于潜意识中顺理成章地便将游戏划归儿童之专利。

然而事实上,游戏的概念作为工作和学习之外的一切带有休闲性质、宣泄性质、调剂身心性质的活动,是人们正常工作、学习与生活的补充活动,并且游戏也不仅仅是"在假想和想象中完成的一种现实活动",有许多在表面上、形式上与正常的工作劳动并无差异的现实活动,在不同的时间、场合下,在不同的目的、心境支配下,便具有不同的性质。譬如钓鱼,对于一位以此为谋生手段的渔民来说,这就

[①] 朱智贤:《儿童心理学》(上),人民教育出版社 1979 年版。

是劳动，是生产物质财富的必要手段，他不能完全根据自己的情绪、兴趣来决定是否进行这项活动，起决定作用的是他的经济状况；而对一位整日埋头书斋的教授来说，利用假日到郊外池塘边去钓鱼，领略一下田园风光和乡情野趣，呼吸大自然的清新气息，这就是地地道道的休闲、娱乐活动了，我们便称这样的活动为具有游戏性质的活动。

美学家则是这样来解说游戏的："运动系统的新陈代谢和生长发育，从内部要求动物不断地运动，这就是一种运动欲。这种欲望一般在物质追求的实际活动中得到满足，当实际的功利性活动暂时不能满足内在的运动欲时，动物就会自发地表现出'无目的'的运动；当功利性的活动过量时，机体必然要求紧张后的松弛，这时动物也会表现出消闲式的'无目的'运动，以使机体内部得到调整和休息。在高智能动物中，这种'无目的'运动带上了更高的智能性和情趣性，带上了某种引人入胜的程序性，从而成为引起强烈快感的游戏。"[①]

由此亦可见，游戏并不仅仅是属于儿童的专利，其对成年人也有着并不亚于儿童的意义。因为人类不论年龄大小，均具有游戏冲动，事实上，成年人的各种艺术活动、体育竞技活动等等无不部分地起源于游戏冲动，都具有或休闲、或宣泄、或审美的非功利性质，都是在正常的工作、学习之外的补充活动。儿童通过游戏宣泄旺盛的精力，发达肌肉和神经系统，发展思维和技能，成年人也通过游戏宣泄剩余的精力，或在紧张的工作和学习之余获得身心的放松。

游戏提供给人的又不仅仅是休闲和娱乐，它还在某种程度上促进人的心灵健康和自我实现。由于游戏状态是身心放松的状态，因而人在此刻更具创造力，个性亦能得到充分舒展，事实上许多创造发明都

---

① 刘骏纯：《从动物快感到人的美感》，山东文艺出版社 1987 年版。

与游戏状态有关，儿童在游戏状态中的学习也往往事半功倍。对大多数人（包括成年人）来说，游戏状态为他提供了进一步认识和发现自身潜能，进一步自由地发展与实现自我、增强自信心等机会，尤其是作为人类的高级游戏形式（如艺术创造）往往能够培养起一种审美的人生态度，能够强化人的审美素质，特别是通过想象与现实生活结合的活动来实现可望而不可即的梦想与愿望，缓解现实生活中由环境与内心两方面造成的压力，对于调整人的身心失衡、促进人格健全与完善，有着不可忽视的作用和意义，因此，游戏在某种特定的范畴（如在儿童心理、生理发展的范畴）之内是"人的社会活动的一种初级形式"，但从哲学与人本学的范畴来看，却是有关人类精神健全的高级社会活动形式，故而德国18世纪文学家席勒在他的文艺理论名著《审美教育书简》中指出："在人的一切状态中，正是游戏而且只有游戏才使人成为完全的人，使人的双重天性一下子发挥出来，……说到底，只有当人是完全意义上的人，他才游戏；只有当人游戏时，他才完全是人。"这话听起来不无道理。

在诸多艺术创造活动中，文学恰恰是人类游戏冲动宣泄和升华的高级形式之一，可以说，利用想象的形式实现童年的梦想或宣泄在现实中受压抑的潜在欲望，或使性格的其他层面均有表现的机会，像孩子一般痛痛快快地游戏一番，往往是成年人介入儿童文学创作的诸多重要因素之一。儿童文学作家葛冰曾在其小说集《绿猫》的自序中十分清晰详尽地表达了这类动机：

曾有熟人对我讲，你的小说和你的性格有点大相径庭。看你平常挺老实，不苟言笑，可小说的语言还挺俏皮，不论写老头、小孩都带股调皮劲儿。他的话不错，是有那么一点儿……一个人本来就过于老实，过于拘谨，老是用这样或那样的清规戒律束缚自己，活得不洒脱、不自在、不舒展，写文章再死死板板、畏畏缩缩，透出一股窝囊劲儿，那就太没味儿了。照直说，写小说时，我倒是想极力改变性格，把我心中隐藏的另一面，痛痛快快地发泄出来……

一本小说集是作者的一个世界。在这个世界里，你可以无拘无束、任意驰骋，可以跑，可以跳，可以叫喊。这个天地应该有什么，涂什么颜色，设计什么奇形怪状，完全可以为所欲为。我愿意在这个世界里，用精神去塑造我所喜欢的、向往的东西，去追求比现实生活更完美的东西……

人一步入中年，时常会感到生活的重负，一天到晚忙忙碌碌，大有一种疲于奔命之感。忙得团团转时，极想玩玩，极后悔自己当孩子时，没能淋漓尽致地玩个痛快。现在无论如何是不能像小孩那样玩了。记得去年，我看见别人放风筝很好玩，自己便也动手糊了个小方风筝（北京人俗称"屁帘"），费了半天劲儿做好了，又不好意思自己单独出去，想带已是小学生的女儿一起去放，偏偏女儿不喜欢，我便千方百计地去动员，可谓用心良苦……我写的人物，尤其是大人，也爱让他们带点孩子般的淘气，借机发泄一下子。

另一位儿童文学作家郑允钦也曾讲过类似的话：

我选择童话是因为我喜爱幻想。我觉得童话最适合自己的气质……我觉得它很适合我的天性，所以一接触它，我就被它迷上了。当然，迷上童话同我喜爱孩子有很大关系，但说实在的，我写童话并不完全是为了孩子，也为了释放自己的幻想力。我在心理上也许还是一个孩子，当自己头脑中涌现出一种奇怪设想时，我仍像孩子那样激动和喜悦。①

这些恐怕是典型的成年人的游戏冲动在儿童文学创作中的自我宣泄了，在许许多多成年人参与儿童文学创作的动机中，你能说游戏冲动不占有一席重要位置吗？

现代精神分析学大师弗洛伊德在谈及文学创作与游戏冲动之关系时曾这样说："当人长大后，他便停止了游戏。表面看来，他已经丢弃了来自游戏的乐趣。不过，任何知道一点儿人的精神生活的人都会意识到，要丢弃曾尝试到的乐趣，是再难不过的了。的确，我们丢不掉一切，我们只是以一件事来代替另一件事。……因此，当人长大并停止游戏时，他所做的，只不过是丢掉了游戏同实际物体的联系，而开始用幻想来取代游戏而已。他建造海市蜃楼，创造出那种称之为白昼梦的东西。我相信，多数人一直到死都不时幻想。"他又提到："我们大致可以这样说，每个做游戏的儿童的行为，同一个富于想象的作家在这一点上一样：他创造了一个自己的世界，或者更确切地说，他按照使他中意的新方式，重新安排他的天地里的一切。……游戏的对立面不是真正的工作，而是——现实。"关于作家在文学创作中通过对童年苦难的再现和重新体验来宣泄和化解童年情结，弗洛伊德则这样阐释："有很多事情，当其在现实生活中发生时，并不能给人以快感，而在游戏中，却能给人欢乐。这便是说，很多从根本上讲是痛苦的情感，

---

① 郑允钦：《童话之我见》，《儿童文学研究》1991年第3期。

可以成为诗人作品的观众或听众的欢乐的源泉之一。"①当然,这里被赋予了快感的首先是作家自己。

B,我大学时代的同窗好友,皮肤微黑,体格健壮,生性豪爽快活之极,当年常穿一件晃里晃荡的灯芯绒上衣,或洗得发白的肥大的工装裤,风风火火,走路横甩膀子,来去一如龙卷风,曾是本校大学生游泳队里拿名次的好手,与同队的那些男孩们站在一起,简直不辨黑白。三十岁那年,读了她发表在《中国青年》杂志上的一篇优美的散文,方知她竟自幼揣着一个温柔优雅的芭蕾梦,那是与她向来的假小子风格颇具反差的。B生就一副极富煽动性的口才,某日我终于被她说服,来到中央芭蕾舞团的排练厅去观摩她和她的伙伴们练舞。洒满阳光的排练厅内,明晃晃占满一面墙的落地镜前,B着黑色紧身练功服,粉红色迷你裙,头发高高梳成髻,露出柔长的颈、腰、腿,轻盈地举手、投足、跳跃,那一种我在她身上从未见过的优雅、柔美,那一种从内心深处焕发出的幸福、沉醉,令我目瞪口呆,我所受到的感动甚至超过了第一次坐在剧场里观看芭蕾舞剧《天鹅湖》时的情景,因为我亲眼看见一个人、一个我熟悉的人,在实现童梦的幸福中变得如此美丽、动人、生气勃勃,简直判若两人。

我坐在排练厅的落地镜前,B那篇《三十岁的芭蕾》中的句子款款飘来:"……音乐响起来了,普里耶阿提丢、阿拉贝斯克、格里萨、阿桑普列(都是芭蕾动作)……一切都像在梦中……至少做一件我们童年时想做而不敢做的事情,我们的生活就会立刻充满活力……"

---

① 弗洛伊德:《弗洛伊德论创造力与无意识》,孙恺祥译,中国展望出版社1986年版,第42~43页。

4. 重造童年

常听一些成年人慨叹："要是能够再回到无忧无虑的童年该有多好，可惜时光不能倒流……"或者"真想再变成孩子"云云。为什么好莱坞童星秀兰·邓波儿能风靡全世界？为什么《独自在家》（一部以一个 8 岁的淘气小男孩为主角的影片）能成为 1992 年全美最畅销影片？这里面肯定反映着人类某种最普遍的心理需求和倾向。

实现童年梦想，重温童年情趣，化解童年情结，这一切都令人产生了重返童年的潜在愿望，只有当一个人重新回到他的童年情结的发源地去重新体验，并按照自己的意愿改造了童年的不如意（即弗洛伊德所说，"他按照使他中意的方式，重新安排他的天地里的一切"）——哪怕仅仅是在想象中，他才能真正释怀旧梦、化解情结。这样，他便需要一个模拟真实的、借助于想象再造的童年世界——他自己的童年世界。

为什么大多数成年人热衷于让孩子续自己童年的旧梦？譬如某人童年时渴望学习弹钢琴，却因家境贫寒终究没有学成，几成终生遗憾，于是当他自己有了孩子时，第一件事便是倾尽所有替孩子买回一架锃亮的钢琴，不管孩子是否喜欢、是否情愿、是否有音乐天赋，而硬逼孩子日复一日地练习弹琴，诸如此类，举不胜举。也有相反的表现方式，譬如，有的成年人深受少时某种事物之苦，便再也不允许自己的孩子"重蹈覆辙"，有的甚至恫吓孩子："你若再……便打断你的腿"云云，盖出于此类心理。孩子，是成年人童年的延续和再生，更是成年人生命的延续和再生，成年人通过策划和支配孩子的童年来重新体验和改造自己的童年，这种对童年的重造当然具有极大的幻想性，但它同时又具有极强的现实性，即人类生命自我延续与进化之本能的无意识表现。求生本能是任何动物一切本能之根源，人亦不例外，繁衍是生命延续的手段，进化是生命延续的结果，生命周而复始，童年便是成年生命的回归，同时又是生命的延伸，生命在这种并非重复的回归中实现肉体与精神的双重再造，人类的生命便在这双重的再造中不断繁衍、进化，这正是人类身心成长必不可少的螺旋式历程。至此，我又想到了马克思那段被人多次引用的、关于人类童年在更高阶梯上再现的话语，我并非想用马克思的话来证明什么，但这段话的确深深打动了我，因为它说出了迄今为止我们并没有充分重视的人类一个十分重要的本性——延续生命、发展（扩张）自我、重造童年（而且是在一个理想境界中重造）。因此，成年人才将全部的热情倾注于这种重造童年的艰巨工程之中，并且乐此不疲，在这里，个体与种族的生命延续与进化是互渗和统一的。

大多数成年人便是以这样的现实途径实现自己多少带有幻想性质的重造童年之欲望的，而作为儿童文学作家的成年人除此之外，他还找到了另一条捷径，即通过想象为自己创造一个虚拟的童年世界，在这个世界中他可以重新体验（回归）和改造自己童年的种种不如意，从而使童年情结在这个重造的童年世界中得到宣泄、化解。

实际上，通过想象重造童年，在大多数成年人的精神生活中占有相当的比重，如我在前面提到过美国影片《独自在家》，描述了一个被出国度假的父母遗忘在家的8岁小男孩凭着勇气和机智与两名企图入室抢劫的凶恶强盗周旋的故事。美国观众为何对这部以儿童为主角的喜剧影片表现出如此狂热？有人认为，《独自在家》表达了大多数人内心深处以弱胜强的梦想，在一定程度上缓解了许多人由于自卑情结而产生的焦虑。

儿童文学作家大多为在纸上重造童年的好手，甚至可以说，成年人参与儿童文学创作的深层动机归根结底就是重造一个童年世界——为自己，也为别人。尼采曾将艺术活动过程解释为人在一种酒神冲动之中（迷醉的情绪中）与原始存在相沟通，那么也可以说，儿童文学作家在酒神冲动之中是与生命的初始状态相沟通，这种沟通使他在迷醉的想象中回溯至人格的发源地、情结的发源地，实现其宣泄和释放，他由此获得一种放松和亲切感，仿佛重新回到赐予安全感的襁褓氛围中。我想，这可以看作文学家们通过想象的方式寻找精神家园的活动之一，正是这种活动导致了儿童文学创作。

儿童文学作家的深层动机便是重造童年，这已不言而喻，而且如前所析，这种深层动机又是与人类种族生命延续及进化的本能密切相关的，因此，个体重造童年的过程中必然体现与传达出种族的文化精神及审美意识，这样推而论之，儿童文学作家个体艺术创造也便具有了某种艺术使命性质。举例而言，20世纪80年代中期，一部分中青年儿童文学作家提出并倡导的一个口号——"重新塑造民族性格"，正是中国新时期一代儿童文学作家重造自我与民族童年的重要母题，在这个母题中体现着成人集团（社会）的儿童观，可以说，它既是在"文化大革命"的磨难与困惑中成长起来的一代人童年情结的释放与宣泄，它的提出及其内涵，是这一代人在更高的理性层次上将个体、代系与整个民族童年情结融为一体进行理性反观和思索的结果，也是个体、代系、民族超越自我又在更高的理想境界中延伸自我、发展自我的一种表现形式。

三 被误解的儿童

这又是一个引人质疑的标题,是谁误解了儿童?当然不是儿童自己,是我们这些成年人。比起社会化程度甚高,思维、行为往往受社会规范制约的成年人来,儿童的行为更接近本能状态、自然状态,因此从某种意义上可以这么说,儿童实际上更清楚自己想要什么,从他们自然而然地沉迷于此类事物而疏远彼类事物的行为中即充分表现出了这一点,甚至仅从任何一所中小学校图书馆的个人借书登记簿上便可以一目了然。那么,我们这些成年人在对儿童文学创作的导向做出判断与决策的时候,又对于我们的读者——少年儿童有何种了解呢?

1."体验生活"——成长的需求

"体验生活"这个词语过去一向是成年人(尤指艺术家)的专利,其内涵即艺术家为了在作品中表现某种事物,而事先到特定的生活环境中去接触、尝试、熟悉此类事物,扮演此类角色,人为地制造某种阅历。但是现在我们要将儿童(读者)放入儿童文学的创作实现过程中,因此我想说,"体验生活"的专利并不仅仅属于成年人,它至少有一半是属于儿童的。

儿童对文学的需求,过去人们谈起来似乎十分复杂,譬如学习知识、宣泄情感,甚至接受审美教育等等,但是细究起来,对学习知识的意图,儿童绝大多数是通过教科书、科普读物之类来实现的,而宣泄情感与审美教育似乎亦是从成年人的角度去揣度问题而得出的结论。其实,促使儿童走向文学的是一股好奇心,儿童走向文学并不是走向一面镜子（虽然从前教科书常说文学是反映生活的一面镜子），并不只想从中看到他自己，而是文学中的未知因素激发了他的阅读兴趣，他把文学阅读当成一次愉快的探险、旅行，他希望从作品中读到新鲜的、他在现实中力所不能及的事物，这从童话比儿童生活故事更能吸引儿童这一事实便可见出，如果文学仅仅是让儿童从作品中认出他自己，那么它对儿童的魅力就要大打折扣了。因此，儿童对文学的基本要求从本质上说应该是一种"体验生活"的要求。

"体验生活"本身便带有尝试、虚拟等类似游戏的意味，况且我在这里要谈论的是少年儿童之"体验生活"，其游戏的意味就更浓了。事实上，儿童文学作品所提供给少年儿童读者"体验"的"生活"本身从审美角度看亦具备了游戏性质。游戏活动的主要特点究竟是什么？有不少人认为是强烈的动感，从生物学角度看，幼年动物由于肌肉发育迅速和新陈代谢旺盛，确有一种本能的"运动欲"，但又往往本能地赋予其有意义的内容——对成年动物行为的戏剧性模仿，由此构成其游戏的主体，因此我认为，儿童游戏活动的主要特点应是参与感（即使儿童在游戏中仅只扮演一个静止不动的角色，如一棵树、一根电线杆等）和虚拟性（幻想性）。如果儿童文学作品仅仅讲抽象的知识、道理，儿童就无法产生参与感，而只有被耳提面命之感，仿佛进入了课堂；但如果儿童文学作品提供了丰富的人物、情节、对话、环境、情绪氛围等等，即提供一种可供"体验"的生活景观，儿童就会仿佛置身于特定的生活场景之中，从而产生参与感和宣泄快感，好像奔入了游戏场。根据儿童对文学作品的这一基本要求，一部（篇）作品对于儿童所具有的真正的审美价值，取决于它在多大程度上给读者提供了参与的可能。譬如，瑞典童话大师阿·林格伦的童话"小飞人"三部曲所给予儿童读者的最大快乐,是将每一位阅读这部童话的小读者都变成了童话中的"小家伙",一起加入小飞人卡尔松的种种恶作剧,他的喜怒哀乐随着作品中的角色起伏动荡。他直接参与,这就是最大的快乐。

显而易见,儿童的"体验生活"首先包括角色体验,他的同龄人,他所倾慕的了不起的人物,他所热爱和惧怕的人物,甚至动物、植物、外星人……他一会儿是穷小子,一会儿是阔少,一会儿是瘦子,一会儿是胖子,一会儿是男孩,一会儿是女孩……他把自己变成这些五花八门的角色,从中体味不同的身份、处境和情绪,让自己的头脑和心灵体验一次次的变化和震荡,以实现童年时代无尽选择的特权。

儿童的"体验生活"又包括探险(冒险)体验,这来自人类幼年突出的探究内驱力的心理倾向(我们常说的好奇心),促使儿童格外钟情于各种新鲜奇特的未知情境和"猜谜"活动,文学作品所提供的大多为儿童现实生活中力所不能及的事物和环境,他可以通过作品进行超时空的游历,他可以上天,他可以入地,他可以到达地球的各个角落和地球以外的各种天体,他可以进入人体漫游,他也可以走入原始森林去寻找动物王国……总之,探险体验能够极大地满足他探究一切的欲望。

儿童读者的"体验生活"还包括情感体验,他所经历过和未曾经历过的各种喜怒哀乐,或亢奋、或沉郁、或轻松诙谐、或庄严肃穆、或悲伤压抑、或欢欣愉悦,等等。这种种情感体验或来自对儿童文学作品中某个角色命运的同情,或来自作品的独特艺术氛围,或作家直抒胸臆的感染,儿童读者从这些各种各样的情感体验中品尝到人生百味。应该说,情感体验大多依附于角色体验,但也有独立于特定角色之外的情况（如在一些诗歌、散文等类作品中）。

儿童读者的"体验生活"还包括对自我生存状态的重新和深入体认。人的存在与人的生存在当代哲学中分属两个概念，前者指个体自然状态下的表象生活，后者则指个体在自觉状态下的价值生活，文学作品本质上是对人的生存即价值生活的一种揭露、展示，因此读者在作品中获得对自我生存状态的重新和深入的体验及认识是必然的，这一点对儿童文学来说也不例外。对于悟性程度不同的读者来说，这种体验的实现程度也有所不同。

因此可以说，"体验生活"对于儿童读者具有重大的意义。首先，"体验生活"是一种弥补，弥补生活环境、生活内容，及儿童自身生理、心理的欠缺。1990年，儿童文学作家班马曾在其儿童文学理论著作《中国儿童文学理论批评与构想》中提出过一个很有意义的儿童文学美学命题——"儿童反儿童化"。这一命题基于少年儿童已有的生理、心理发育水平与其由于社会和教育要求所引发的新的需要之间的矛盾，反映了儿童成长过程中"向上"的精神特征。"体验生活"之所以成为儿童读者对文学作品的最本质要求，正是上述精神特征的反映，儿童读者通过想象走出家庭、院落、教室、操场，走出他们已有的生理心理发育水平无法超越的时空，参与到作品所提供的各种角色、境遇、情感之中，在一定程度上恰恰满足了儿童超越自身局限的"反儿童化"的成长需求。其次，"体验生活"又是一种沟通——沟通自我与他人，这可以说是儿童成长过程中相对于"反儿童化"的另一方面需求，即归属需要，他需要通过角色体验、情感体验不断加深对同龄人的了解和对自我的认识，以保持他与其同龄人所构成的社会群体的精神合作关系及相应的归属感，而这恰恰又是由儿童的身心发育水平现状所决定的，通过获得归属需要的满足，儿童方能够实现正常的社会化过程。

因此，可以说，儿童对于"体验生活"的具体要求，实际上即是要求作家为之提供一个比他现有的童年更丰富多彩、更能实现他的"向上"的种种夙愿、更能宣泄他的超负荷的游戏心理、更能加强他与同龄人相互了解和沟通的超越现实的童年世界——而不是一个真正的成年世界！

2. 审美需要距离

"儿童情趣"是我国儿童文学理论中相当老资格的一个美学命题，向来为人们赋予极高的地位，认为"儿童情趣是儿童文学所特有的艺术魅力，也是区别于成人文学的一个显著标志"。[1]它体现和反映了这样一种儿童文学审美观念，即儿童文学作品应能表现出儿童稚态之美，具体通过人物外貌、行动、语言、心理等来表现。譬如人们一向公认为儿童情趣"典范"之一的儿童小说《小胖和小松》中的两个典型细节：一是4岁的小松跑着跑着不小心摔倒在地，别人将他扶起，他却喊着"我自己，我自己起来"，并又照原先的姿势倒在地上，然后自己爬起来，拍拍身上的泥土继续往前跑；二是小松与姐姐走散，正急得哭时，发现一只大肚子蜘蛛在偷看自己，便从腰里抽出一块三角形木头片，向蜘蛛做开枪状，嘴里还"嗵"地叫一声，然后胜利地走开。类似的细节出现在儿童文学作品中，的确富有趣味，令人开心。但值得质疑的是，这类模拟儿童行动、语言的描写能否构成儿童文学审美价值的主体？它能否成为吸引儿童阅读欣赏的主流？它能否作为儿童文学区别于成人文学的主要标志？

---

[1] 陈子君主编:《中国当代儿童文学史》，明天出版社1991年版。

儿童为什么会阅读文学作品？是什么因素将他们的注意力吸引过去的？如果儿童文学作品之于儿童读者仅仅像照镜子一样，他从镜子中仅能看到他自己（包括他的同龄人）的一举一动，他是否会感到审美满足呢？我们提供给孩子文学作品，是否也仅要求儿童阅读之后说一句"嗯，这写得像我（我们），那写得不像我（我们）"呢？

关于"儿童情趣"的观念，其实向来的理解和解释都是相当模糊的。据我看来，所谓"儿童情趣"实际上有两种，一种是成人眼中的"儿童情趣"，一种是儿童眼中的"儿童情趣"，这两种不同的"儿童情趣"从审美意识范畴看有本质的区别。前者往往是成年人从主观的角度出发，无比怀念和怜爱童年的种种稚态，于是往往由此出发在作品中模仿儿童的行动、言语等来制造"儿童情趣"，而此类"儿童情趣"只有成年人和大孩子才会真正欣赏（以真正的审美态度去感受），譬如小松跌倒不要人扶，重新倒下再爬起的细节描写，即属此类。而与小松同年龄的孩子听到类似的细节描写，他却只能从道德判断的角度去理解和接受，即小松很勇敢，摔倒了不哭，自己爬起来，而要让他们对自己（包括自己同龄人）的一举一动、一言一行作审美判断则有相当困难。审美是需要距离的——在此则是年龄距离，人只有脱离了童年，才会真正欣赏童年。事实上，如前所述，儿童的美感更多地产生于新鲜感、距离感，儿童不是旁观者，他是游戏的主角，儿童文学作品应能提供给他新奇的角色体验、情感体验，从而激活儿童内在的情绪体验，产生美感，这才是第二种，也是真正的"儿童情趣"，譬如小松把三角木头片儿当手枪冲大肚子蜘蛛"嗵"地叫一声的细节描写，儿童在理解这一细节描写时，其注意力的重点不在于小松的动作本身，而是小松的行为与大肚子蜘蛛的关系中所包含的想象的、游

第一篇　现代儿童文学的内驱力

戏的性质，故而能引发儿童的审美情绪。

进一步来说，既然儿童对于儿童文学作品的本质要求是"体验生活"，那么一篇（部）儿童文学作品审美价值的判定就不仅仅在于作者提供了多少模拟儿童日常行为举止、游戏细节的"儿童情趣"元素，而更主要地在于此作品在多大程度上为儿童提供了能够"体验"到的新的"生活"，亦即在多大程度上为儿童提供了新颖的角色、丰富的情感。北京师范大学中文系儿童文学专业1990、1991级研究生于1992年春夏季对北京几所幼儿园、小学、中学在校学生文学阅读情况进行了调查，在引出的几种可供其自选"最喜欢的"儿童文学体裁中，选择童话的小学生人数比选择生活故事的小学生人数多。儿童对于童话的痴迷远甚于生活故事，这一现象当然尚不仅止于所调查的几所学校，但是这一现象毕竟多少反映出儿童对"儿童情趣"的价值取舍，以及反映出儿童对于到儿童文学作品中"体验生活"之要求与"审美需要距离"这一理论命题之间的微妙关系。进而言之，"儿童情趣"固然是儿童文学美学价值构成的一个重要因素，但还不能就此判定其为儿童文学与成人文学根本区别的标志。

这使我想起大学读书期间的一件事。刚迈进一间小书店，我的注意力就被一位倚着柜台低头读书的初中生模样的少年吸引住了，书店里顾客熙来攘往，那少年旁若无人全神贯注地盯住手中捧着的书册，一个有些污渍的书包斜斜地背在他的一个肩头，许是放学路过这里的？当我慢慢踱过来、缓缓踱过去地将四壁架上之书大致浏览了一遍之后，发现那少年仍在原地保持着与原来一模一样的姿势。究竟是什么好书，使这位少年如此迷恋？我悄悄地走过去，歪头打量了一眼封面，是一本《拿破仑传》。大概，拿破仑富于传奇性的故事一定给予那位少年一种既新鲜又过瘾的"体验",满足了他在想象中超越自我、超越现实的英雄式梦想,才使得他长时间地进入了自我忘却与沉迷的境界之中了吧。

3. 自我中心主义

"自我中心"这个词语本来是指儿童心理发展过程中某些阶段言语、思维中表现出的一个重要特征,在此,我借用此词来表述儿童在文学阅读(欣赏)过程中的某种心态。

关于"自我中心",瑞士著名心理学家让·皮亚杰是这样认为的:"看来我们有理由承认,到一定年龄为止,儿童的思想和行动比成人要更多具有自我中心的性质,至少像我们一样共同过着理智的生活""即使当成人只有独自一人时,他的思想也是社会化的,而7岁以下的儿童即使在社会里,他的思想也是自我中心的"。[①] 根据皮亚杰的观察和分析,儿童在言语方面的自我中心状态具体表现为:他在讲话(表达自己的想法、感情)时,他首先是在对自己讲话,并不顾及听者的适应性,不能从对方的观点来看待事物;同时他在听别人讲话时,也不是按照字面意思接受别人的话,而是按照他自己的兴趣去选择这些话,并且根据他过去形成的概念去理解这些话。儿童在思维方面的自我中心状态则具体表现为:他的思维方式往往是在单纯的直观中从前提直接跳至结论,而缺乏中间的论证推演步骤,并且他不可能以客观的态度去进行分析,他的思维往往是与个人的直观感受、想象乃至机体运动联结在一起的,因而既充斥着虚构成分,也是无法表达(沟通)的。总之,"每个儿童,无论他是想解释自己的思想或是想理解别人的思

[①] 让·皮亚杰:《儿童的语言和思维》,傅统先译,文化教育出版社1980年版,第58页。

想,总是局限于他自己的观点之内。"[①] 皮亚杰还指出,自我中心状态在3—7岁儿童的言语和思维中占主导地位,并对7—11岁儿童也仍有较重要的影响,特别是在言语的表达和理解(交流)方面。可见,自我中心性在整个儿童期(青春期之前)都是一个极其重要的心理特征。

正由于儿童心理发展的自我中心状态,使得我们成年人时常会对儿童的文学阅读(欣赏)心态做出错误的判断。譬如我们在给儿童讲故事或调查儿童对文学作品的反应的时候,往往会向儿童提出诸如这样的问题:"你说说这篇故事(作品)说明了一个什么道理?"而面对这样的问题,儿童常常是回答不上来的,即使回答出来,也绝反映不出他的真实阅读(欣赏)心态。这类问题儿童回答不上来,恰恰从一个方面反映出儿童言语思维的自我中心性特点,即对于作品所提供的言语信息作主观的、直觉的、想象的理解,远远超过客观的、逻辑的、理智的理解。而那种主观的、直觉的、想象的思维活动又是难于用言语表达出来的,所以有时我们从表面现象上看,儿童似乎对于作品什么也没有理解,实际上却不然,这种状态其实倒更接近真正的文学欣赏中情感激活、理性退避的状态。另一方面,即使有的儿童经过一番抓耳挠腮竟然口齿伶俐地回答"通过这篇作品,使我懂得了……"或者"这个故事讲的是……这样一个道理"云云,那实际上大多数情况下是儿童揣摩着成人的口味而编造出来的"体会",并且当儿童做这样规规矩矩的、理智的回答时,一番真正的文学欣赏实际上已悄然转变为一场不无虚假的教学测验了。

除了排斥理性分析之外,儿童在文学阅读(欣赏)中还往往按照自己的直觉与想象去对作品作再造性理解。譬如前面提到过的,北京

[①] 让·皮亚杰:《儿童的语言和思维》,傅统先译,文化教育出版社1980年版,第119页。

师范大学中文系儿童文学专业1990、1991级研究生在对北京几所幼儿园、小学、中学的在校学生文学阅读状况进行调查时,曾有过这样的经历:调查者将幼儿童话《岩石上的小蝌蚪》念给北京燕化公司幼儿园中班的小朋友们听,念完之后请小朋友们发表感想,有的小朋友说:"小哥哥不好。"有的则说:"小蝌蚪真傻。"我相信,这后一种结论(理解)一定会使在作品中苦心营造优美、悲剧性艺术氛围,孕育着一个道德规训的作者大感意外。不久前,我曾把安徒生那篇多次深深感动过我的童话《海的女儿》讲给一个5岁的孩子听,这位小听众如痴如醉地听着这个忧伤的故事,当我讲到小人鱼扔掉姐姐们用长发换来的尖刀,轻轻吻了熟睡中王子光洁的额头,为他和他的新娘祝福,然后纵身跳入大海,变成海上的泡沫时,这位小听众眼泪汪汪地连连嚷道:"不!不对!不对!不是这么讲的!"我以为这孩子是完全地沉浸在故事的悲剧气氛中并且记错了故事的情节,谁料她竟坚决地分辩说这个故事应该这样结尾:小人鱼听从姐姐们的话,杀死王子,然后回到了她在海底的家。并且,那个孩子十分委屈地表示自己一点儿也不喜欢那个王子,因为他竟然对小人鱼忍受那么大痛楚的一片苦心毫不理会。我不知道如果安徒生听到这个插曲会做何感想,但我认为他至少会感到有些意外。

这两个例子说明,儿童在阅读和欣赏儿童文学作品时,也像他们平时倾听成年人讲话时一样(因为儿童文学作品实质上就是成年人面向儿童的一种自我表达),他们常常并不按讲话者的立场、意愿、角度去客观地分析、理解,而是按照自己的直觉、想象去选择性地理解作品(这种现象也被接受美学理论称为阅读中的再创造),有时甚至与作者的初衷大相径庭。但是,从另一角度看,儿童在直觉中所做的不乏虚构性的理解和判断，却也往往准确地契合着作家本人通过表象、艺术氛围、理性成分等暗暗传递出的某种潜意识、潜在的情绪。例如前述那位哭着要小人鱼杀死王子回家去的 5 岁小女孩，她的针对王子不理会小人鱼之苦心而产生的激动，不恰恰与安徒生早年在追求理想的坎坷艰难之中产生的某种深刻情结构成一种契合、暗示吗？

儿童在文学阅读中的自我中心状态还反映在他们选择作品的内在尺度上。常常有这种情况，儿童自发选择作品的标准与成年人为之选择作品的标准大不一致，如当不少成人热衷于探索儿童文学的文体实验，在作品中渗透高文化、高哲理成分时，儿童却仅对大众通俗读物或热闹浅显的作品感兴趣，又如成年人为少年人苦心经营儿童文学，而少年们却大量阅读成人文学作品，等等。这其中儿童选择作品的内在尺度是以自我中心性思维为核心的，同时也有着社会生物学方面的某些原因，这就是我在下一个问题中将要探讨的了。

4. 并非一张白纸

成年人往往对儿童有一种常见的误解，即儿童的心灵犹如一张白纸，这样就好画最新最美的图画，这就是教育决定论，或表现在儿童文学创作上的某种随心所欲。

其实，按照社会生物学的理论，人在出生之时，便已继承了一个凝缩和积淀了人类几万年进化历史的、高度发达了的、结构复杂而有序的大脑，它仿佛一台早已被预设妥当的精密仪器，一座满载着人类各种生物遗传特征的信息库。荣格的集体无意识理论也表明，人类于原始时期形成的种种意识原型以某种先天固有的直觉形式存在于每一代每一个新生的人类个体之中，这种现象可以称为生命预设。

在上述生命预设中，与审美有关的则是类似这样一些内容：譬如在视觉上对鲜艳色彩（例如红色）、流畅线条（例如曲线）和图形（包括球形）等的喜好和对暗淡色彩、僵涩线条的厌恶，在触觉上对有着光洁、柔软表面的物质的喜好和对粗糙、坚硬的物体的厌恶，听觉上对与心跳、呼吸等自然节奏相似的节奏、高低适中的音调、圆润柔和的音质音色等的喜好和对过快过慢的节奏、过高过低的音调、嘶哑粗糙的音质音色等的厌恶，以及对对称、秩序、优美愉悦的情感、有规律的运动等的喜好，等等。这些属于韵律形式方面的快感－美感内在尺度是从婴儿期就已存在的，这类快感－美感内在尺度，一方面是由人类的生物快感本能所决定的，另一方面亦是人类于几万年间由于使用工具而逐渐演化出的美感无意识的反映，可以说，它积淀着、传递着人类祖先在审美领域的种种原始的遗传信息，同时，从人类生物进化及文明进化的双重角度看，它亦是一个设定了频道的开放的审美接收系统。

这就是儿童文学审美实现的双重意义。一方面，上述生命预设（例如快感－美感内在尺度）使儿童对儿童文学的欣赏（审美实现）成为可能。上述快感－美感内在尺度体现在一般文学欣赏中，便往往与优美清新的景物与人物描写、流畅的故事情节、明朗清晰的语言节奏、活泼愉悦的情感氛围等等相关联，并且由于人类的文化进化比其生物进化的速度快，使其快感－美感内在尺度具有一定的可变性，所以，儿童对儿童文学的欣赏（审美实现）在一定程度上呈开放性，这不仅为儿童文学作家提供了潜在的创作消费市场，也为作家们在一定限度内充分发挥自我艺术个性提供了空间；另一方面，上述生命预设又使儿童对儿童文学的欣赏受到一定的限制，因为虽然人类文化进化的速度比其生物进化的速度快，但这两种进化的轨道之间却始终保持着某种本能的平稳，不可能产生过大的差距，这是因为，在人的大脑某处，"有一个坚定的、不会磨损的、顽固的核心，它体现生物性的迫切要求、生物必然性和生物理性（着重号为原作者所加——引者注）。它不是文化所能企及的，而且始终又是正确的，迟早会被用来判断、抵制和修正文化。"① 据此，儿童的快感－美感内在尺度是相对稳定的，儿童的年龄愈小愈明显，因而，任何人为的偏离"预设频道"都只能导致接收障碍。

四　人的本质力量的对象化

在对成年人（作家）与儿童（读者）在儿童文学的创作快感－实现过程中的具体心态作了初步剖析之后，我很自然地想到了黑格尔在《美学》第一卷中为了回答"是什么需要使得人要创造艺术作品"这一问题时讲过的一段话："人有一种冲动，要在直接呈现于他面前的外在事物之中实现他自己，而且就在这实践过程中认识他自己。人通过改变外在事物来达到这个目的，在这些外在事物上面刻下他自己内心生活的烙印，而且发现他自己的性格在这些外在事物中复现了。"而这段话又可概括为马克思的一句话："人的本质力量的对象化。"我想，这可作为对于本书绪论中所提出的"儿童文学究竟是什么"这一问题回答的开端，也是关于成人与儿童在儿童文学中定位的思索的开端。

---

① 莱昂内尔·特里林：《超越文化》，转引自 E.O.威尔逊：《论人的天性》，林和生等译，贵州人民出版社1987年版。

在前面谈及儿童文学作家创作动机时，我提到了成年人的童年情结、游戏冲动等影响其创作的诸多心理因素。而这一切与儿童文学作为艺术的本质有何联系呢？

作为"人的本质力量的对象化"，艺术的最终目的是通过艺术实践体现人的本质力量，而儿童文学作家在作品中通过想象重造童年的努力恰恰是这种本质力量的一种体现，"当他一方面把凡是存在的东西在内心里化成'为他自己的'（自己可以认识的），另一方面也把这'自为的存在'实现于外在世界，因而就在这种自我复现中，把存在于自己内心世界里的东西，为自己也为旁人，化成观照和认识的对象时，他就满足了上述那种心灵自由的需要。"[①] 当儿童文学作家在内在生命冲动的驱使下创作出儿童文学作品时，他实际上是通过想象为自己重造了一个童年世界，这个重新出现的童年世界已经远不是他童年时代所实际经历过的那一个，重造这个童年世界的过程，便是他从童年时代起受到日积月累的深深压抑的某种愿望实现的过程，或者是他童年时代开始积聚起的某种深刻情感的复现（宣泄）过程，无论是愿望实现的过程抑或情感复现的过程，都是他长期以来蛰伏于生命深处的本质力量（意志、欲望、情感）被重新激活并显现出来的过程，这个重造的童年世界便是这种被重新激活了的生命力的外化形式。荣格曾在《探索心灵奥秘的现代人》一书中提出，人在艺术创作过程中，通过这一象征性和幻想性的活动，表现和释放出内心深处受抑的生命活力，于是便逐步走向心理成熟的境界。

由此可见，儿童文学作家在创作过程中的心理状态是自我中心的。

[①] 黑格尔：《美学》第 1 卷，朱光潜译，商务印书馆 1979 年版。

我们再来看一看读者（儿童）在儿童文学阅读（欣赏）过程中又是如何体现"人的本质力量的对象化"的。

从接受美学角度来看，文学阅读绝不是一个被动输入的过程，而是一个读者再创作的过程，以此来实现作品本文所具有的审美价值，以此来显现被作者倾注于作品中的激情、意志等等，这是一个相对于作者创作来说逆向的创作过程。那么，作为儿童文学读者的儿童，出于自身内在生命成长的欲望，对于儿童文学作品持有一种带选择性的"体验生活"的需求，在这种体验过程中，他是游戏活动的主角，凭借着自己的能力去破译作品文本所传递的路标信息，进入规定情境，这有点像在导演安排下进入角色体验的演员，他不是机械地模仿，他是怀着新鲜而跃跃欲试的心情，把那个角色的情感、遭际、命运完全地变成了他自己的，从而他在这种逼真的体验中不断发现了自我，感到了自我内在生命力量（个性、意志、欲望、情感等）正在被幻想情境逐渐激活，并将之显现在体验角色的过程中。因此，儿童阅读（欣赏）儿童文学作品并不是一个被动认识的过程，而是一个主动选择、参与和再创造的过程，也是一个儿童自我内在生命本质力量自由显现的过程，因此读者在儿童文学的实现过程中也是自我中心的，具有主体性的。

既然，儿童文学的创作与接受皆具主体性，都是人生命本质力量的自由显现，作为接受主体，儿童是在"体验"中预演人生，而作为创作主体，成人则是在"重造"中修复人生，那么两者如何统一于儿童文学作品这一中介环节上？作为成人的作家与作为儿童的读者之间怎样通过作品达到内在生命本质力量的沟通和交流呢？

这便涉及儿童文学作品的创作机制问题了。

第二篇　机制：人格叠印

> 一个人是否能成为儿童读物作家，不是因为他了解儿童，而是他了解自己的童年。他的成就取决于他的记忆，而非观察。
>
> ——埃里希·克斯特纳[①]
>
> 那种创造性的、强有力的想法从何而来？它来自某个地方，又像是来无踪去无影；它可以从任何途径而来，很奇怪的途径。但它肯定是从内心深处来的，它百分之百的主观。
>
> ——门德特·狄扬[②]

一　儿童文学的特殊性

讨论儿童文学就无法回避"儿童文学的特殊性"这一问题，因为

---

① 埃里希·克斯特纳（1899—1974），1960 年安徒生奖得主。
② 门德特·狄扬（1906—1992），1962 年安徒生奖得主。

这是体现儿童文学与其他文学门类相区别的一个关键问题，历来是儿童文学理论工作者的关注重点之一。翻阅我们现有的各种儿童文学概论、儿童文学教程，其中关于儿童文学特殊性的解释不外乎两点：一是社会教育要求，或教育方向性；二是儿童年龄特征。社会教育要求，这其实是一个不单独针对儿童文学而存在的因素，儿童教育、儿童读物乃至成人教育、成人读物（包括成人文学）等，都与之发生密切的关系，况且社会教育要求正如其他任何有关社会功利的目的一样，是游离于文学本体之外的因素，它与儿童年龄特征不属同一个概念层次，不能直接构成儿童文学的特殊性概念；而儿童年龄特征，这倒是儿童文学所独有的特殊因素，问题在于它是一个相对的概念，不能够独立地构成儿童文学的特殊性这样一个具有辩证内涵的范畴，因为只有在对立统一的矛盾关系中，才能体现事物的特殊性，如大与小的矛盾统一方有实在意义，大或小作为单个概念均无法实际描述出物理实在的性质，还有多与少、前和后，等等，不一而足。所以，儿童年龄特征不能单方面构成儿童文学的特殊性概念，正像单行道无法构成"交通"的概念一样。

儿童文学的真正特殊性在于其作者与读者年龄代际间的落差所造成的审美意识方面的差异，明白地说，造成儿童文学特殊性的原因，就是它的作者是成年人而它的读者是儿童，这一不同于成人文学的特殊现象。比起已有的解释，这听起来仿佛没有什么根本性的改变，但是我想强调的是，将社会教育要求与儿童年龄特征作为构成儿童文学特殊性的根本因素，与将作者（成人）和读者（儿童）之间年龄差异作为构成儿童文学特殊性的根本因素，它们反映了对儿童文学特殊性极其不同的两种理解。前者是将儿童文学的特殊性理解为一个从单向输入和接收过程中的技术问题，这样说是因为，这个过程排除了作者的人格主体这个与儿童文学的特殊性有直接关联的活跃因素，并以文学本体之外的某种功利性目的取而代之，社会教育要求与儿童年龄特征这两个概念之间的关系是不平等的，社会教育要求体现了某种来自社会意识形态体系的带有一定强制性的指令（即"要求"儿童的意识、知识、品德达到某种标准，这更符合社会教育要求中"教育"的特性），儿童的年龄特征之所以被关注，正是为了使"社会教育要求"能够更顺利地通过儿童文学作品来实现。在这种关系中，"社会教育要求"是当然的主导，"儿童年龄特征"则是工具，是为主导服务，从而最终达到主导目的的润滑剂。后者，即将儿童文学的特殊性理解为两种人格主体（作为成年人的作者与作为儿童的读者）之间审美意识的矛盾，实际上是将儿童文学的特殊性理解为一个双向交流过程中的机制问题，这个过程中的两个人格主体——作者（成人）和读者（儿童）——是平等的，同属一个概念层次，构成一种相互对立又相互依存、相互排斥又相互渗透的矛盾统一关系，在这种关系中的焦点问题是两个人格主体如何在审美意识方面达到协调——不是"一致"，而是"协调"。

一句话，儿童文学的真正特殊性即两种审美意识的协调问题。

对儿童文学特殊性的这种新认识，近些年一些儿童文学理论工作者已经有所涉猎，例如，"杨实诚的《是奴隶，也是主宰——作家与童心关系新探》（《儿童文学研究》1986年总第23辑）、班马的《当代儿童文学观念几题》（1987年1月24日《文艺报》），以及方卫平的《儿童文学：在创作者与接受者之间》（1987年5月16日《文艺报》）等文章都认为，长期以来，儿童文学理论偏重于强调接受主体而忽视创作者的主体性,回避了儿童文学成人作者自我意识的存在,并以年龄划分和社会生活圈为限定,区分出了一个有别于成人和成人文学的独立美学范围,超越了这一范围就是超越了儿童文学的特性,这实际上造成了一种自我封闭的状态,他们认为,无论从创作过程还是从欣赏过程看,儿童文学都不可能单纯以儿童本位为依托来构建其艺术系统,而必然只能是创作者与接受者两个世界之间碰撞、交流和融合的产物。吴其南的《从系统结构看儿童文学的创作思维——兼谈对'童心论'问题的再认识》(《浙江师范大学学报》1986年儿童文学研究专辑)则从创作思维的角度探讨了儿童文学活动系统中创作者与接受者之间的关系,认为儿童文学创作的思维应该是这样一个双向运动过程:一方面,作家要从儿童出发,用儿童眼睛看,用儿童耳朵听;另一方面,他又不能一切都顺着儿童,他要站得比儿童高,看得比儿童远,引导儿童在成长的道路上攀登。"[1]

再譬如,1991年山东文艺出版社出版的一部"高等学校文科教材"《儿童文学教程》(浦漫汀主编,由浦漫汀、张美妮、梅沙编写),其中第一章第三节结尾处有这样一段论述:"婴幼儿文学、儿童文学、少年文学这三者虽然有互相区别的特点,但也有其相互一致性的共同特征。如对寓教于乐的分外重视以及语言的幽默有趣、规范化等等,而其中最主要的一点乃是创作主体——作家与欣赏主体——儿童的审美意识的协调统一。作家在尊重小读者的心理年龄特征和由此而产生的他们所特有的审美需求、欣赏趣味的基础上,既要有向儿童视点的转换,又要以其自身的审美意识为前导与轴心,并使之与儿童的审美意识相化合,如此才得以在作品中创造出既有别于成人世界,又有别于

---

[1] 方卫平:《中国儿童文学理论批评史》,江苏少年儿童出版社1993年版。

纯儿童世界的艺术境界。唯其如此，才既为小读者所善闻乐道，又有利于提高他们原有的鉴赏水平。"[1]

可见，如何协调两种审美意识（即上文中的"化合"），是儿童文学如何体现自身特殊艺术个性与美学魅力的基本问题之一。不过，在各种关于两种审美意识协调的言论中，迄今还极少有深入到机制问题中的阐述。

所谓协调，并非简单地要求某一方去适应另一方，把成人降低到儿童水准，曰照顾儿童的年龄特征，或把儿童提升到成人水准，曰使儿童仰向艺术，这都是对"协调"过于直白、肤浅、表面化的理解，是与"人的本质力量的对象化"这样一个有关儿童文学作为艺术的本质概念相抵触的。一方面，如果成人（作家）在协调中的责任就是照顾和适应儿童的年龄特征，他势必要下意识地抑制自己的审美个性，而有意在字里行间去模拟儿童年龄特征的某种"标准"，那么他的本质力量怎样实现，他的"我意欲"怎样与"我必须"相互结合，他的"内在地感觉到的与责任感完全不同的自我沉迷"由何而来，儿童文学创作对他来说有何乐趣，他何以为之呢？况且，关于"儿童年龄特征"的标准虽然常被人挂在嘴边，但其内涵及外延却颇有些模糊不清，而且不断有资料提醒当代少年儿童身心的发育水平由于早熟已经超前于上几代少年儿童的发育水平了，那么儿童文学作家又如何能够仅仅以"学前儿童的无意注意达到了高度的发展，而有意注意还在逐步形成中……学前儿童思维的主要特点是它的具体形象性以及进行初步抽象概括的可能性……小学儿童思维的基本特点是，从具体形象思维为主要形式逐步过渡到以抽象逻辑思维为主要形式。但这种抽象逻辑思

---

[1] 浦漫汀：《儿童文学教程》，山东文艺出版社，1991年版。

维在很大程度上，仍然是直接与感性经验相联系的，仍然具有很大成分的具体形象性……"[1]等关于儿童年龄特征的定义、条文去理解和适应他的活蹦乱跳的读者们呢？另一方面，如果儿童（读者）在协调中需要像蚂蚁啃骨头般不断克服理解上的难关（文字上的和内容上的），以求得审美水准的提高，以致阅读儿童文学作品变成了一门新的功课，那么这种阅读对他来说又有何乐趣，何以能够吸引他废寝忘食、沉湎其中不能自拔、为之开颜为之流泪，他的本质力量又怎样实现，他又何以为之呢？

黑格尔论人在实践过程中本质力量对象化时曾说："人以两种方式获得这种对自己的意识：第一是以认识的方式，他必须在内心里意识到他自己，意识到人心中有什么在活动，有什么在动荡和起作用，观照自己，形成对于自己的观念，把思考所发现为本质的东西拟定下来，而且在从他本身召唤出来的东西和从外在世界接受过来的东西之中，都只认出他自己。其次，人还通过实践的活动来达到为自己（认识自己），因为人有一种冲动，要在直接呈现于他面前的外在事物之中实现他自己，而且就在这实践过程中认识他自己。人通过改变外在事物来达到这个目的，在这些外在事物上面刻下他自己内心生活的烙印，而且发现他自己的性格在这些外在事物中复现了。"[2]黑格尔的这段话，也包括文学创作主体与文学接受主体在同一审美对象上不同的审美运作过程的描述。对于儿童文学的作家和读者来说，儿童文学的创作或阅读应该能够使他们（无论哪一方）从中"认识他自己""实现他自己""而且发现他自己的性格在这些外在事物中复现"，这就是作

---

[1] 朱智贤：《儿童心理学》，人民教育出版社1979年版。
[2] 黑格尔：《美学》第1卷，朱光潜译，商务印书馆1979年版。

为人的本质力量对象化的艺术审美过程的意义所在，是吸引作家与读者、成人与儿童的磁力所在，也是两种审美意识相互协调的目标所在。

因此，所谓成人与儿童两种审美意识的协调，从理论上说就应该是成人与儿童双方审美动机的渗透，应是成人重造童年的愿望与儿童体验生活的愿望相互亲和，应是成人修复人生的愿望与儿童预演人生的愿望相互反馈，应是成人的创造与儿童的再创造相互渗透、亲和、反馈。同时，两种审美意识的协调又应该是成人与儿童各自体现为审美情趣的生命韵律之和谐共振，譬如成熟与稚气的互渗，沧桑与清纯的交融，成人生命中的文化积淀、人生感悟与儿童生命中的自然冲动、原始遗存等双向流通，等等。

这种协调的结果，应是能够使成人与儿童的审美意识均得以充分施展、自我表现，同时又相互合作和兼容，并因此构成一个既非纯成人世界又非纯儿童世界的"第三"审美世界。关于这"第三"审美世界所具有的美学特征，我将在第四篇中详细论述。

从动态的、实践的角度来看，两种审美意识的协调作为一个具体的运作过程，首先是通过儿童文学的创作机制来达成、实现的，其次则通过儿童文学的阅读欣赏过程来达成、实现的。关于后者，我将在第三篇展开阐述，而本篇的重点，则是解开儿童文学创作机制中两种审美意识协调之谜。

二　三种时态

弗洛伊德认为，人的白日梦（幻想）通常包含三种意向，而这三种意向来自三段不同的时间：一种是由某些现在的事件造成的印象引起的某种强烈的欲望；再一种是此种欲望回复到早期的、一般说来属于幼年时期的记忆，因为在那时这一愿望曾经实现；第三种便是幻想自己制造出的一种将来会出现的情景，代表着愿望的再一次实现。幻想与时间的这种关系可以简单概括为希望利用现在的事件，按照过去的方式来安排将来。同时弗洛伊德又指出，人的幻想同时间的此种关系恰恰体现于作家的创作之中。①

弗氏的上述理论对于我马上要进行探讨的论题有画龙点睛的意义。我已提到过，作家重造童年的愿望如何与读者体验生活的愿望相互协调，儿童预演人生的实践如何与成年人修复人生的实践相互协调，是儿童文学体现自身特殊性和保持艺术魅力的关键，而幻想（重造童年的主要手段）与时间的三段式关系，恰好对应了作家（成人）与读者（儿童）在年龄（时间）上的矛盾关系。由于儿童文学作家用以创造他的纸上童年世界的意象材料在时间关系上正好分为三重，我想用"三种时态"来表述这三重意象材料的特征应该是比较合适的。

1. 第一种时态——过去时

从艺术创作实践的过程来分析，艺术品是艺术创作主体对艺术客体改造的结果。艺术客体这里所指不是直接呈现于人们面前的客观世界的外部形态，亦即一般所称现实生活，而是指客观世界的外部形态在艺术创作主体脑中留下的印象，即表象，艺术创作主体则按照自己的理解、情感和个性方式对这些表象材料进行改造，并运用客观世界中的物质材料（如颜料、泥土、石块、金属、音响、文字符号、人体

---

① 弗洛伊德：《弗洛伊德论创造力与无意识》，孙恺祥译，中国展望出版社1986年版。

等）作为表达手段，从而创作出诸如绘画、雕塑、音乐、文学、舞蹈、影视等艺术作品来。

艺术创造中的客体包括知觉表象、记忆表象和间接感性材料之类，其中知觉表象即客观世界直接作用于艺术家的视、听、触、嗅等感觉器官而产生的直接印象，记忆表象由知觉表象转化而来，即艺术家过去积累起来的有关客观世界的感知印象，间接感性材料则是艺术家从他人那里得来的对客观世界的感性印象，转达的方式或为书面的（包括画面、音符等），或为口头的。[①] 在诸艺术种类中间，除绘画中的速写、素描，音乐中的即兴曲或即席赋诗等属于艺术家将当时直接形成于他脑中的客观世界的表象改造而成之外，其他艺术作品形式大多是艺术家对于过去积累起来的对客观世界外部形态之印象——记忆表象进行一番筛选和改造的结果，尤其是艺术家早年生活经历中的某种情结，往往是其所创造艺术作品的真正内核。譬如，弗洛伊德曾对达·芬奇最著名的肖像画杰作《蒙娜丽莎》进行过分析，指出蒙娜丽莎的那种神秘、奇特的微笑并不是对现实世界的纯客观记录，而是这个艺术家在童年时代形成的深深恋母情结的一种表露，也就是说，我们现在在画布上见到的面带神秘微笑的美丽面孔，并不完全是当时的模特丽莎·德尔乔康多本人真实面孔的再现，而是由这张真实的面孔在达·芬奇心中唤起了对幼年深爱并过早离散的生母的回忆和思恋之情，于是艺术家本人将记忆中总是面带微笑的生母的面容与眼前模特的面容叠印在一起，并倾注了自己的激情，于是那个既使人迷醉又使人迷惑的神秘微笑诞生在了画布上，并被专门称为"列奥纳多式的"，特别是这种"列奥纳多式"神秘微笑还不断重复地出现在达·芬奇的

[①] 朱辉军：《艺术创造主体论》，辽宁教育出版社1988年版。

许多画作（如《施洗者约翰》《圣安妮、夫人和孩子》等）中，这就更令人信服弗洛伊德的分析了。[①]

在以文字符号为手段和材料的文学创作中，过去时态更甚于其他艺术种类，这当然是由文学特殊的创作过程所决定的。

什么是文学？文学创作从本质上说是一个人感情生活的回溯和披露，是一个人对曾有过的经历的重新体验和回味。

作家在文学作品中描述的往往是一段生活体验、一段强烈的感情，虽然偶尔也有对眼前现实的即兴吟诵（例如某些即席赋诗），和对从他人处得来的间接感性材料（往往也是他人过去经历过或听说过或书面记载过的一段时间之前的间接感性材料）的改造加工，如果戈理的小说《外套》、大仲马的《基度山伯爵》等，但更多的是作家对自己过去所体验过的、引起过感情震荡的、经过认真思索和反复回味的一段生活经历进行改造而成，这就需要相当一段时间去进行筛选、过滤、重新酝酿和组合，并需要作家在内心深处重新唤起这种受过震荡的强烈情感，才能将之表达出来，描绘出来。这就是一个作家之所以要创作文学作品的真谛，他要表述的正是过去——他自己的过去时态（例如早年经历）。这是我们从任何一部文学作品中所真正读到的核心内容。

儿童文学的创作与成人文学的创作相比又有很大的差异，这种差异使过去时态在儿童文学中更显重要。我在前面已经论述过，童年情结是驱使一个成年人投入儿童文学创作的最主要、最有力的内在冲动之一，亦即作家的深层动机是通过重造童年世界来宣泄、化解童年情结。在此，"童年情结"一词已披露了其作为过去生活印记的性质，而

[①] 弗洛伊德：《弗洛伊德论美文选》，张唤民、陈伟奇译，知识出版社1987年版。

"重造"一词更进一步表明了儿童文学创作即对已经历过的生活的改造。作家通过儿童文学作品重造的是童年世界,谁的童年呢?当然只能是作家本人的童年。

人们在谈论儿童文学创作时,常常会提出作家的使命是塑造和反映出当代少年儿童的精神面貌,同时,人们在谈论文学创作时,也有一句老生常谈,即,"写熟悉的生活",并以流行的到特定环境中去"体验生活"的办法来弥补作家熟悉生活的有限性。但要真正了解当代儿童并达到熟悉的程度,仅凭纯客观的观察是做不到的,譬如我在第一篇第一节中提到的北京作家张聂尔的例子,她"体验生活"的失败至少说明两点,第一点,当我们的认识对象是人而不是其他事物时,事情就变得复杂得多,了解一些人,特别是整整一代人的内心世界,并非整天与他们泡在一起就能做到的。虽然俗话说,知子莫如父,但实际上许许多多做父母的并不能够真正了解几年来乃至十几年来与他们朝夕相处的子女的情感、欲望、观念。1993年6月沈阳发生6位少女集体出走事件,她们的老师甚至家长在接受记者采访时都承认对这些少女的内心世界缺乏深入的了解,以至对她们的出走表示了强烈的震惊和不理解。做父母的尚且如此,那么一般人更可想而知。因此,儿童文学作家绝不可能仅凭观察来再现当代少年、儿童的精神世界,这是远远不够的。那么装扮成女高中生的陈丹燕又是怎样做到这一点的呢?事实上,她并不是一个纯粹站在客观立场上的旁观者,而是首先把自己变成了当代少女中的一员,或者说她是以与当代少女同等年龄、同等身份,即以一个真正少女的状态去参与当代少女生活的,问题还并不仅仅停留于这一点(否则任何人都可以凭相貌、身材等外在条件"参与"当代少年儿童的生活了),更重要的是,她是以一个过去时代的少女,即十几年前她的真实自我来参与和体验的,当代少女生活的外观形态激活了她内心深处那份一直精心保留着的过去年代的少女情感,于是这个过去时态的少女与当代生活中的少女叠印在了一起,陈丹燕便通过不断深入体验、熟悉和认识其自我——复活了的过去时少女内心世界来不断深入体验、熟悉和认识当代少女内心世界的。"这种吻合不仅仅是技术上的巧合,更是一种经验的回忆和心理补偿的必然。儿时的记忆,包括自己感觉得到的秘密、怨恨、爱以及某些强烈而原始的热情和欲望的印象,久久缠绕在陈丹燕的心里,不能轻易忘却。在她一篇篇大都是以第一人称叙述的作品中,我们常可发现,那些少女们不管是有着强烈的现代气息,还是有着很独特的一份体验,都终究逃脱不了作家艺术地回顾人生时的轻轻叹息。"[1]这便是张聂尔"体验生活"失败所说明的第二点:作家真正了解和熟悉的只能是他自己的生活,确切地说是他真正参与和体验过的生活,对一个儿童文学作家来说那就是他自己的童年生活,儿童文学作家是以一种留存于童年情结中的过去时态的自我在当代少年儿童生活环境中的"复现"而进入儿童文学创作的,这种过去时态的复现便是作家早已消逝或长期抑制着的童年(少年)情感的激活。正是由于这一规律,张聂尔在"体验生活"中所没能做到的,不仅装扮成高中生的陈丹燕做到了,而且没有装扮成高中生的程玮、秦文君、刘健屏、郑渊洁、夏有志、张之路、赵冰波、周锐等一大批儿童文学作家也做到了。

把秦文君和陈丹燕这两位儿童文学女作家进行比较很有意思:同龄、同性别、同类职业、同样知识层次、同样写少年小说、生活在同一时代的同一个城市,甚至同样当上了少年儿童的"知心姐姐"这类

---

[1] 张洁:《美与爱的呼唤》,《儿童文学研究》1992年第5期。

角色。但她们切入和了解当代少年生活的具体方式似乎迥然相异：秦文君结交了一大群中学生朋友，听其倾诉，与之交流；陈丹燕则索性自己去当了一回中学生，去亲身体验。看起来这两种方式一种客观、一种主观，似乎泾渭分明，而实际上呢？客观主观却是缠绕在一起说不清道不明的。秦文君曾一再讲过，她的少年小说创作很难做到纯客观地描写，总是不知不觉之中要把自己的童年、少年时代牵扯进去；陈丹燕在冒充中学生被她的同桌识破之后，也索性近距离地获得了关于这些少女的第一手观察资料。

又譬如另一位儿童小说作家曹文轩，他20岁离开江苏盐城县老家，进入北京大学读书，之后留校任教，已超过20年，同时他的儿童文学创作也已持续了十几年。按理说，十几年间的观察，他应该对于都市的少年儿童有相当充分的了解和熟悉了，况且他自己还有两个生长于大都市的儿子，可是他的儿童小说却几乎全部是以江南水乡（村镇）少年儿童为主人公的。这并不奇怪，作为一名儿童文学作家，他所真正熟悉和了解的只可能是过去时态的他自己——一个生长于江南水乡（村镇）的少年，他真正体验过，感动过，留下过无数深刻记忆乃至积淀于童年情结中，渴望通过儿童小说来表达宣泄的只能是他自己的童年生活及其所引发的情感。不少儿童文学作家都谈到过这方面的体会。如老作家鲁兵在《喜见儿童笑脸开》一文中讲道："我为孩子们创作，只是将我的爱憎，我的喜怒，我心里的话，一一告诉他们。他们是我的小伙伴，我是他们的大朋友。也许就由于有着这种精神上的融合，一些散文诗中的'我'，是我，又是孩子。"青年作家常新港则直截了当地承认他的长篇少年小说《青春的荒草地》"明显地带有自己生活中的暗影……作者本人和作品里的主人公一起，在北大荒生活的苦海中又尽情地沉浮了一回"。① 可以说，作家在作品中描写的是哪个年龄阶段的儿童生活，他自己就正沉浸在哪个年龄阶段的情态氛围之中，这简直是一种气功态般的回归童年，绝不是书生气地钻在"儿童年龄特征"的定义中能够达到的。以那些真正倾注了自己灵性的儿童文学作家来说，他们从来也不可能真正客观地描述什么，无论我们怎样强调要刻画当代儿童形象，他们笔下的儿童形象永远只能是当代儿童与他自己记忆深处那个儿童（他自己的童年状态）之叠印，正像达·芬奇笔下的蒙娜丽莎一样，这就是艺术创造中客体的内核。

例如那些回忆童年式的作品，如任大霖的散文《童年时代的朋友》、任大星的小说《湘湖龙王庙》；追述过去的年代的作品，如陈模的小说《失去祖国的孩子》、王一地的《少年爆炸队》；自传式的作品，如颜一烟的小说《盐丁儿》，等等，作家本人的生活及人格中的过去时态无疑在创作中占很大的比重；而描写当代生活的作品，从上述陈丹燕、常新港、曹文轩等人的例子可知，作家本人的生活及人格中的过去时态仍然占有极其重要的位置。

叙事类作品比较容易显现作家创作中的过去时态，然而抒情类作品如诗歌亦能反映出并且不可缺少作家生活、人格中的过去时态。例如郭风的童话散文诗集《小郭在林中写生》，且不去说"小郭"这一儿童形象中的自传成分，诗中栩栩如生地描绘的村庄、溪流、红菇、油菜花……无一不是作家童年时代生活印迹的重现。又如金波的抒情诗，描写讴歌了美丽清新的大自然、天真活泼的少年儿童，而柯岩却从他这一派纯粹的抒情中读出了他童年的坎坷和寂寞："金波早期的

---

① 《我睡在北大荒的摇篮里》，载《中国当代儿童文学作家小传》，湖南少年儿童出版社1992年版。

儿童诗，还不免时时流露出他自己童年的烙印。"以及，"他的境遇无疑对他的性格与表达感情方式的形成已具有了深远的影响。这个敏感的孩子就是在这种感情的重负下，逐渐形成远离人群，远离一般孩童追逐的热闹，而投身大自然的怀抱，心甘情愿置身于母亲的情思中的吧？是在那时，星星与花朵，小鸟和蜻蜓，就成为他最能倾诉情怀的朋友了吧？母亲的哀愁和希望，他想安慰母亲的强烈愿望，就自然使他的感情纤细，比别的孩子更早地懂得了温存与体贴，朦胧地感到爱的失落的痛苦。而母子相依为命、相濡以沫的命运又必然使他过早成熟……我们难道没有理由认为，那个敏感而孤独、感情压抑的小小孩子对爱的渴求，就是他日后诗句'爱，是人世间最珍贵的东西'的最早种子的萌芽么？"①

甚至儿童文学中的传记文学、报告文学等属"纪实"性的体裁形式，过去时态对于作家的选材、判断、形象刻画、扬抑、立意和具体表现手法等均起着重要作用，作家的童年情结等过去时态的因素不过以更隐蔽、更含蓄的方式渗透其中而已，并且往往与作家潜在的愿望交织在一起，决定着作家采访和收集素材时的着眼点及导向，决定着作家对作品主人公性格的判断、评价和进一步加工，决定着作品主题的确立等等。

对于那些需要天马行空式想象的文学体裁中时态的过去，童话作家周锐则这样说："时时有人问我：'你写童话，总要常常到孩子们中间去深入生活吧？'我只能这样回答：'我是在油轮上开始写童话的。在这种工作环境里，不仅接触不到孩子，而且几乎与整个社会隔绝。但我觉得我是熟悉孩子的。每个人都从自己的童年走过来，你要掌握儿

---

① 柯岩：《金波的世界》，原载《金波儿童诗选》。

童心理，尽可以向自己的童年去探寻，只要不那么健忘。'有人又会生出疑问：'你那几十年前的儿童心理，能适合现在的孩子吗？'我说：'当然能。'不论古今中外，童心总是共同的。不然的话，我们无法深入外国儿童的生活，那么我们的儿童文学作品就不适合外国孩子、就无法走向世界了吗？……只要童心未泯，我就有把握通过我的童话与中国的孩子、海外的孩子、现在的孩子、将来的孩子做朋友。"[1]

这使我想起前几年北京有位作家曾经说过："我写中学生，因为我曾经是中学生。"此话颇引起一些不满和否定，但其实细想来，此言还是有一定道理的。我们不妨听听那些获得安徒生奖的儿童文学大师们是怎样说的。譬如1958年获奖的瑞典著名儿童文学作家阿斯特利特·林格伦曾说过："为了写好给孩子们的作品，必须认真地回想你童年时代是什么样子。"[2]1962年安徒生奖得主美国儿童文学作家门德特·狄扬也发表了类似的见解："当你想写什么时，就让自己沉浸在那种生活中，这样做是有效的。但我想，我不是这样做的，我要做的就是返回我的潜意识之井。毫无疑问，在这方面我是幸运的，因为我在荷兰度过的童年永久地固定在我心中，如同铭刻在那里一般。"1960年获得安徒生奖的德国儿童文学作家埃里希·克斯特纳在他的授奖演说中提到1954年10月4日一个难忘的晚上："就在那天晚上，我与林格伦和特拉瓦斯夫人一起谈话（对这两位女作家我无限钦佩）。……她们问我为什么我写的书也让全世界的儿童读得很愉快，我说那是靠着我的天才写成的，我能栩栩如生地回忆起童年来。说到此，她们都十二万分地同意并说她们也是如此。……她们把她们的成功归于我所

---

[1] 周锐：《向童年探寻》，载《周锐童话选》，少年儿童出版社1994年版。
[2] 徐鲁：《碧水红莲唱新歌》，《儿童文学研究》1992年第5期。

说的原因：与自己的童年保持不受损害、依然活生生的联系。这是一种罕有的才能，靠这种才能方能写作成功，依她们的观点，生儿育女，了解孩子的人不见得就能写出优秀的儿童文学作品来，最要紧的是了解过去的那个孩子——自己。"有趣的是，克斯特纳讲着讲着变得犹豫起来，他不能断定这种观点是错误的（这观点来自亲身体验，当然否定不得），但他又觉得似乎还该有些别的东西在儿童文学创作中起着重要作用——而这正是我在下面要继续探讨的。

2. 第二种时态——现在时

过去时态是作家的童年情结所包含的童年时代难忘体验、感情震荡，作家的儿童文学创作首先是过去时态之自我在当代少儿生活环境中的复现，而要使作家意识深处长期抑制着的童年情感再次被激活，尚有赖于现实客观世界的外部形态作用于作家主体的知觉和情感，也就是说，现实客观世界的外部形态是激活、唤起作家内心深处童年情结的必要条件。常言道，触景生情，指的就是眼前的人和事引发主体对往事的回忆并再次激起过去情感。在此，眼前的人和事（现实客观世界的外部形态）是必不可少的。如老舍在《我怎样写〈小坡的生日〉》一文中提到："我爱小孩，我注意他的行动。在新加坡，我虽没工夫去看成人的活动，可是街上跑来跑去的小孩，各种各色的小孩，是有意思的，可以随时看到的。下课之后，立在门口，就可以看到一两个中国的或马来的小儿在村边或湖畔玩耍。好吧，我以小人儿们作主人翁写出我所知道的南洋吧。"[1] 于是，一部包容了奇妙的幻想、生

---

[1] 老舍：《我怎样写〈小坡的生日〉》，转引自金燕玉：《中国童话史》，江苏少年儿童出版社1992年版。

第二篇 机制：人格叠印

动的情趣、幽默的色彩和一群栩栩如生儿童形象的长篇童话小说《小坡的生日》就这样诞生了。老舍在谈到这部作品时意犹未尽地说："希望还能再写一两本这样的小书，写这样的书使我觉得年轻，使我快活：我愿永远做'孩子头儿'。"[①] 所以后来老舍又创作了童话《小木头人》《小白鼠》，童话剧《宝船》《青蛙王子》就绝非偶然的了。著名现代儿童文学家张天翼也曾经提到，他在写作《蜜蜂》等儿童小说时，曾与一群小孩子混得极熟，甚至当他写作时，小孩子竟爬到他的膝盖上。他曾经感慨地说，若不是有这些小朋友，他是决计写不出那些儿童小说和童话的。即使在中华人民共和国成立之后，张天翼也仍常常与小孩子交朋友，孩子们亲切地喊他"老天叔叔"，跟他咬耳朵，告诉他一些孩子不愿和父母讲的事情，于是就有了《罗文应的故事》《他们和我们》《宝葫芦的秘密》等等。再比如儿童文学女作家秦文君，曾细腻地谈到当代少儿生活情景是怎样一下子激活了她埋藏在心底的童年情结的：

我去了趟母校，铃响了，升旗了……我就像打开了一个久不开启的抽屉，意外地发现里面全是些宝贝。那段日子里，一种不可抑制的冲动推动着我，在许多个彻夜不眠的日子里，我内心的那颗种子发芽了，开始鼓起勇气拿起笔。生活中常常发生这样的事，一个平日沉默寡言的人，有一天突然滔滔不绝地说起话来，那是因为心里的东西积得太多，逼得人一吐为快。我也好比是那样的人，连着几年把心里积

[①] 老舍：《我怎样写〈小坡的生日〉》，转引自金燕玉：《中国童话史》，江苏少年儿童出版社1992年版。

着的东西写成了七十多万字的小说。①

　　由当前的客观现实生活情景激活深藏的童年情结，激起写作的欲望，这样的例子是数不胜数的。特别是那些各个时代的创作观念，也是这样产生的。比如在20世纪80年代初期，不少儿童文学作家提出和赞同儿童文学要塑造80年代少年儿童的新形象，这显而易见地是由80年代少年儿童不同于以往的现实生活所激发出的共识和愿望。再比如我在前面曾提到过的关于"重新塑造民族性格"这一创作观念的倡导，反映了一代人的历史情结，同时，它也反映了新时期初期新的社会生活、社会思潮的强烈影响，正是20世纪70年代末开始的思想解放、改革开放的方针政策、重视经济的发展与竞争等带来的社会生活方式和社会观念意识的变化引起人们对"文化大革命"的反思，从而激活了长期以来埋藏在人们心中的历史情结，人们才开始从历史的反思中悟出我们民族文化性格方面的一系列问题。如果不是这样，"重新塑造民族性格"的创作观念及其倡导就不会产生了，可以说，它是历史情结与现实生活融汇的产物。

　　童年情结的激活离不开当前客观世界外部形态的刺激，而另一方面，作家的童年情结及相关的记忆表象其实也是随着时间的流逝和当前客观世界外部形态的不断变化而不断地被新的知觉表象所冲淡、渗透和改造的。这是因为，人的记忆表象由知觉表象转化而来，知觉表象虽然是由客观世界直接作用于人的视、听、触、嗅等器官而形成的，最真实地反映着客观世界的特性，但它只存在于瞬间，稍纵即逝，并转化为记忆表象长久留存于脑中，所以记忆表象虽然比知觉表象更稳

---

① 秦文君：《少女罗薇·作者的话》，少年儿童出版社1991年版。

定，也更具概括性和综合性，但由于时间的延续，其在生动性、鲜明性方面显然较知觉表象逊色得多。在人的一生中，这种从知觉表象到记忆表象的转化积淀过程不断在发生，并且记忆表象由于脱离了原来所处客观世界的具体时空，因而也失去了原有的时间线索与空间框架，故而成为无序的事物，这就为新的记忆表象的渗透、改造，甚至取而代之提供了条件，所以，我们才会在讲述往事时常常发生张冠李戴的情况。

记忆表象的上述特性也会对童年情结产生一定的影响，作家童年时代某些特殊的生活经历造成的深刻而持久的内在冲突，随时间的流逝而沉潜在他的心灵深处，从而对其精神结构（感知方式、思维方式、表达方式、行为方式等）的形成发生重要的定向作用，此后，他的成年经历虽然并不能消除和完全改变童年情结及其定向了的精神结构，但无疑还会随着新记忆表象的不断积累和某些旧记忆表象的逐渐淡化而对之产生一定的改造作用——强化之或弱化之或由于某些与之矛盾的经历的积淀而使原有童年情结变得复杂化。所以，童年情结尽管是过去的记忆，但当它进入作品时，已在一定程度上经过当前现实生活的渗透和改造了。

这种渗透和改造从某种意义上说，可以称为"阅历酿造"，即一个成年人在从幼儿、少年直至长大成人的漫长人生过程中，来自各个阶段的"当前现实生活"的刺激不断通过由知觉表象到记忆表象的转化过程存储、积淀，如同人生的酵母，不断添加进封存童年情结的心房，作家则不断透过这种种现实生活的刺激去不自觉地反思、咀嚼童年情结，使之在"阅历酵母"的催化下渐渐变得淳厚起来、深刻起来（这种深刻指的是内涵方面，而非童年时感觉、感情烙印方面的深刻），渐渐摆脱了童年时代的懵懂、浮浅，而逐渐向理性境界升华。例如青年作家曾小春在谈到他的儿童小说创作时提到"那些十多年前的旧事"是在"一遍遍咀嚼之后，竟品出不少深长的味来"，才能够"艺术地发掘其中蕴藏的独特意义"的，所以他才能在《丑姆妈，丑姆妈》中倾诉出"我从禁忌的淳朴与愚昧中感受到别样的沉重，如果说这些禁忌是母爱的一种方式，那么其中的底蕴却是女人对自身的下意识否定。这是一种教育自己的后代疏远母亲、轻视女人而被扭曲了的母爱。母爱本是人性最崇高的神圣的体现，但我没想到里面却隐匿着对人性的虐杀"，而这些，则是作者5岁时头埋在父亲肩窝里走向学堂、被叮嘱不要抬头看路上的女人以免晦气的年月中无论如何也想不到的。

除"阅历酿造"之外，当前的现实生活还以一种历史的、时代的社会文化背景来对儿童文学作家的创作进行调控，每个时代的社会观念、生活方式的演变，总会通过对作家的意识结构、思想感情的渗透和影响表现出来，参与到创作中来。因而作家在儿童文学作品中下意识地抒写的情怀、思想就不仅仅来自旧日的情丝，其中必然也会在某些方面透露出当前现实社会生活的某些精神特征，这种来自时代、社会的精神特征主要是通过作品的题材和主题体现出来的。儿童文学自产生以来，在各个时代都有其特定的题材系列、主题系列，以及人物形象系列等等。例如20世纪80年代中国儿童文学界出现的早恋题材小说，继而青春期心理探索小说等等的出现，固然是某种实际生活现象的反映，然而这类题材之所以出现在20世纪80年代的儿童文学中，则与"文化大革命"结束后的思想解放运动、历史反思及呼唤人生、人道主义复归等20世纪80年代中国特有的社会现实对作家思想意识的深刻影响有极其重要而直接的联系，这类题材正是中国20世纪80年代意识形态的必然产物，无不打上这个时代特殊的精神烙印。

并且，由于艺术家主要是以改造记忆表象来创造艺术作品的，那么儿童文学作家仅凭童年情结所提供的记忆表象材料来创作就远远不够了。记忆表象虽然比知觉表象更稳定也更具概括性和综合性，但由于它产生的时间在知觉表象之后，因此在感性特征方面逊于知觉表象，亦即其生动性和鲜明性远不如知觉表象，而且这种情况随着时间的推移会越来越明显。因此，过去的记忆表象需要不断有新的补充，方能为创作儿童文学作品提供足够的可供作家在描绘人物、情节、细节时运用的表象材料。这种新记忆表象的补充在作家创作作品的阶段往往会增大需求量。因此在儿童文学创作中，除了某些童年回忆式作品外，大部分作品在描写少年儿童外部形貌、语言、生活环境乃至情节设计等方面大量采用的是在当前客观世界作用下形成的新鲜表象材料。即使某些童年回忆式的作品，其作者所采用的自童年时代留存至今的记忆表象材料也仍然会在相当程度上有当前客观世界渗透和改造的痕迹。至于那些幻想组合而成的作品如童话、科幻小说，在进行组合的幻想材料中，除童话角色的个性情感、思维方式、行为方式及离奇际遇等复现着作者的童年情结，体现着作者长期以来形成的精神结构之外，童话的角色形貌、语言、情节、细节描写往往具有鲜明的现在时态特征——时代色彩。譬如20世纪50年代林格伦的童话《小飞人卡尔松》中的小胖人卡尔松。他肚子上的按钮和背上的螺旋桨自然是19世纪安徒生童话时代所无法产生的，而20世纪80年代中国的童话《"太集"活动兴衰记》（任哥舒作）所描绘的收集"太空废弃物"的离奇情节，也无不是20世纪80年代航空航天技术高度发达的现实的折射。

现实客观世界的直接作用——现在时态对于激活作家过去的童年情结、弥补作家创作过程中记忆表象的不足，以及对作家意识结构的渗透和制约等等，的确具有不可忽视的意义，这也就是一般所讲"观察生活、体验生活"为什么对作家仍有一定积极意义的缘故。也正由于此，我们便不难理解，为何会有那么多儿童文学作家是从中小学教师、幼儿园教师中间产生的，如叶圣陶、陈伯吹、苏苏、贺宜、包蕾、郭风、黄衣青、方轶群、呆向真、田地、刘厚明、任大星、韩作黎、肖平、邱勋、洪汛涛、胡景芳、王路遥、张有德、崔坪、金江、佟希仁、刘饶民、罗辰生、夏有志、张之路、庄之明、康文信、葛冰、刘先平、张秋生、李少白、董宏猷、董天柚、宗介华、王宜振、沈石溪、程玮、秦文君、郑春华、范锡林、余通化、张微、韩辉光、韦伶、赵立中、辛勤、康复昆等等。同样，我们也便不难理解，为何校园生活始终是儿童文学中常写不衰的题材，全国优秀少先队辅导员、儿童文学作家康文信甚至根据多年的生活积累创立了"少先队文学"这一儿童文学中的新门类。客观地说，能有条件自然地、长时间地、连续不断地与儿童发生密切联系和接触，当代儿童现实生活的鲜活生动的情景经常作用于作家的知觉，这更容易使其经常联想起自己童年时代的种种往事，引发出童年情感、体验的再现，特别是那些曾深刻地震撼过其灵魂的往事、情感与体验，更容易激活其内心深处潜藏着的童年情结；同时，有关当前儿童现实生活情景的各种表象也在不断地渗透着作家原有的记忆表象，并与之不断重新组合，因而也使其更容易由当前儿童的现实生活中获得较多创作儿童文学作品所必需的表象材料（即所谓创作素材的积累），因而创作起来更加得心应手，真可谓"近水楼台先得月"了。这种与少年儿童发生较经常的连续性的密切接触，甚至能够使某些童年情态已消逝或沉潜极深、表面上似乎对童年生活并不十分关注的成年人也逐渐被诱发出创作儿童文学的兴趣和冲动，这也是在中、小、幼教师中涌现儿童文学作家较多的重要原因之一。

但是，问题尚需辩证地看，中、小、幼教师出身的儿童文学作家固然不少，但并非所有的儿童文学作家都曾经从事过中、小、幼教师职业，例如著名的儿童文学作家张天翼、严文井、金近、孙幼军等，也并非所有的中、小、幼教师都会成为儿童文学作家。在中、小、幼教师中，成为儿童文学作家的人绝对数量仍为少数。在这里，过去时态——成年人自身的童年情结、游戏冲动等仍具有十分重要的作用。因为如前所析，促使一个成年人去创作儿童文学的最根本原因，还是他的童年情结。离开了这一点，就谈不到儿童文学创作的真正动力。当前现实中的少年儿童的客观外部的生活情态只是起着唤醒作家的相关的童年体验记忆、激活潜抑着的童年情感、促发童年情结的释放，并在此前提下提供创作儿童文学作品所需丰富而新鲜生动的表象素材等作用。也就是说，当前少年儿童的客观现实生活，需要与作家主观内在的童年情结相沟通，"外因通过内因而起作用"。此外，能否意识和把握童年情结的再现，并将之进行艺术的升华和重造，而不使其在繁忙的日常生活工作中自生自灭，也是能否进入儿童文学创作的一个重要问题。

3. 第三种时态——将来时

弗洛伊德在谈到作家创作中幻想与现实生活的关系时曾说："凭着我们从研究幻想得来的知识，我们应该预期如下的事态：现时的强烈经验唤起了作家对早年经验（通常是童年时代的经验）的记忆，现在，从这个记忆中产生了一个愿望，这个愿望又在作品中得到实现。"[1] 弗洛伊德所提到的"在作品中得到实现的愿望"便是相对于前两种时态的第三种时态——将来时。

心理学是这样解释人的幻想的：它是一种指向未来的创造性想象。以幻想材料构成的文学作品当然也具有此种特征，特别是儿童文学作品。在前面我曾论及作家的童年情结往往产生于童年时代某些深刻而持久的内在冲突，这种深刻而持久的内在冲突往往是某些愿望受到严重压抑而产生的一种反应，因此这种愿望深藏于童年情结之中，成为作家永远怀恋的童梦，当作家的童年情结被现实中的客观事物所激活，那长期潜藏其中的童年时代的愿望一旦冲破了记忆的阻碍，便变得强烈起来，从而引发了作家创作儿童文学作品来重造童年的冲动，这一冲动的潜在目标就是愿望的实现，也就是作家欲按照自己的愿望来重新安排童年的一切。这种愿望指导下的童年设计，与作家童年情态复现的最大区别在于，后者是已发生过的事物的复演，而前者却是对某种尚未发生过的事物的期待，因而它虽来自过去，却是指向将来。

那么这种将来时态如何体现于作品之中呢？也就是说，儿童文学作家通过作品中的哪些成分来表达他的指向将来的愿望呢？首先人物形象的刻画。作家在他塑造的主人公形象中无疑注入了自己的某些性格特征，此外，更重要的是作家在主人公形象中注入了自己期望拥有的性格特征，譬如许多作品的主人公往往相貌俊美、智慧过人，且善良公正，男主人公性格刚强坚毅，勇敢正直，女主人公则性格温柔，富于同情心。主人公的遭遇虽然千曲百折，但他们总能凭着机智果敢

---

[1] 佛洛伊德：《作家与白日梦》，载《弗洛伊德论美文选》，张唤民、陈伟奇译，知识出版社1987年版。

第二篇　机制：人格叠印

化险为夷。环绕于主人公周围的人际关系，虽有对立面，但必定有忠诚的朋友、善解人意的兄长等等相助，在善与恶的交锋中，主人公的正义感往往最终占上风。童话作品中的拟人化形象塑造则更具有上述特点，童话角色的性格、思维及行为方式乃至其特殊的本领及宝物形象，无不渗透和体现着作家的某种愿望。在具体作品中，情况虽由于作家本人情结各异而在表现上有所不同之外，其基本规律则是一致的。譬如童话作家郑渊洁在他的系列童话作品中，塑造了皮皮鲁这样一个儿童形象，他活泼好动，十分顽皮，但又正直善良、富于同情心；他的学习成绩不好，在班上是差生，但却有一颗极要强好胜的自尊心；他功课虽不好，但却脑筋活络，聪颖过人，好奇心极强，常常创意迭出。可以说，皮皮鲁的形象是当代中国大多数普通小学生的缩影，同时无疑也是作者自身幼年性格的夸张了的复现，郑渊洁在谈及他的幼年生活时，声明自己也曾是一名"差生"[1]，显然，皮皮鲁的某种委屈不平和强烈的自尊在一定程度上是渗透着作者本人童年的不愉快体验的。而童话中的皮皮鲁凭着他的纯真、活泼、自尊、要强及聪明的头脑想出了一个又一个奇特的主意，使自己与小伙伴玩得痛快、玩得巧妙，使自己与望子成龙心切的父母成功周旋，并得到罐头小人的帮助，从差生一下子变成优等生，甚至在外宾面前获得了全校从未有过的荣誉。男孩皮皮鲁的这些性格特点，曲折离奇的遭遇和大获全胜的结局同样鲜明地表现在郑渊洁另一些系列童话的主人公身上，如女孩鲁西西、小老鼠舒克与贝塔等，这并不是偶然的。作家无疑是将自己童年时代的某些性格特征及某些挫折性经历倾注到了皮皮鲁、鲁西西和舒克、贝塔等童话形象之中，在他们坎坷曲折、备受歧视的际遇中可以

---

[1] 见《东方少年》1993 年第 1 期。

隐隐见出作者的童年情结，而皮皮鲁、鲁西西由备受歧视的差生一跃而成扬眉吐气的优秀生，甚至获得了连优秀生都望尘莫及的荣誉，舒克和贝塔由人人喊打的灰溜溜的小老鼠变成雄赳赳扶助弱小的颇带英雄色彩的飞行员和坦克兵。当作家给他笔下的童话形象安排如此命运和结局时，我们不难看出将来时在这里所起的作用，渗透和体现在这些令人振奋的结局中的，是某种强烈的对成就感的渴望和对个性自由发展的追求。

除人物形象的刻画外，还有故事情节的设计安排。情节是人物性格的历史，许多作品的情节设计正是为了逐步展示人物的独特性格，因此情节的设计安排必然与人物的性格特征有密切关系，人物的性格既是坚强、勇敢、智慧、善良，那么情节无论如何曲折，最后的结局总是大团圆的，正义战胜邪恶，主人公从此扬眉吐气。这是就一般创作情形而论，但也有不少反例，比如悲剧问题，这就不仅仅是个别作品的现象了。悲剧总是将美好的事物毁灭给人看，悲剧作品的主人公往往身处逆境，命运多舛，受到环境、人们的不公正对待，其遭遇往往催人泪下，并且结局也往往并非大团圆式的。这类作品往往充满强烈的抑郁感、悲愤感，颇具艺术感染力。显然，这类作品是作家童年情结中所蕴藏的某种深刻而持久的内在冲突的集中而强烈的宣泄，虽然有时作品并非作者童年经历的直接再现，作品的悲剧情调却正是作家被激活了的童年情结在某种下意识状态中的强化或复现。而在这类作品中，作家愿望的将来时态指向，往往体现在对主人公性格正面特征（如倔强、坚忍、善良、自我牺牲等）的强调乃至夸张上，与邪恶势力的鲜明对比中，体现于作品中关于舆论对主人公的声援同情的描写中，或关于主人公被不公正地摧残乃至付出生命代价后，人们极其哀痛的情绪渲染等等，这些实际上都属于悲剧主人公最终得以扬眉吐气的潜在的大团圆结局，是一种光明前景的暗示。而且，透过主人公的悲剧命运，作者往往强烈地表达了某种对正义、善良、宽容、沟通等的呼唤。20世纪80年代以来，在儿童文学的悲剧作品中，常新港的少年小说可算是一个较突出的例子。常新港的小说几乎全部以北大荒生活为背景，剔除冰雪北疆的恶劣自然环境给作品染上的严峻、粗粝、阴沉的色调外，给读者印象最深的莫过于萦绕于小说主人公们内心生活的沉郁氛围了。常新港笔下的系列少年主人公，大都性格倔强、沉郁、敏感、高度自尊，充满内在冲突，大都是在某种抑郁的环境中成长，过早背负着过重的生活压力，往往无辜地蒙受其年龄几乎无法承受的来自环境的伤害（例如《独船》中13岁的张石牙被父亲狭隘的固执与村人的偏见弄得抬不起头，眼泪往肚里咽；《十五岁那年冬天的历史》中的"我"在面临中苏战争威胁的生死关头不得不承受留在"地狱"里的恐惧和悲愤；《白山林》中的"我"承受着父亲被关进牛棚后精神上的巨大屈辱和物质上的极度贫困，等等），而常新港的少年主人公们往往又都具有超常的自尊、坚忍和倔强，在与环境力量悬殊的抗争中，往往表现出巨大的意志力，尽管最终的结局仍是悲剧性的，甚至付出生命的代价，这类突出甚至夸张的描写，不仅充分体现了作者内心深处童年情结被激活的强度，也体现了作者对某种超强意志力、内涵丰富的英雄化人格的向往（愿望），并且还体现了作者对一种真诚、沟通、相互理解和友爱的人际关系的渴望和追求。

儿童文学创作中的将来时态还更经常地通过作品的主题体现出来。作品的主题不外是渗透在人物形象、故事情节、情感抒发之中的作者的某种价值思考和评判，是作品的灵魂，而这种价值思考和评判是一定程度上源自作家童年时代受抑的愿望，是作家潜意识中对未来人生的某种定向追求的反映。同时，它又包含作家对以往生活的理性反观，通过这种理性的反观，作家童年情结中的旧"我"从感性存在上升至理性存在，达到对某种升华了的理想人格的觉悟。可以说，儿童文学创作中的将来时，正是来自遥远童年的梦想与历尽人生沧桑的成年悟性的融合。

一个时期儿童文学创作的宏观现象也常常是作家创作意识中的将来时态作用的结果，如特定时期所产生的儿童文学母题、儿童文学作品所塑造的人物形象系列、作家群体意识，以及风格流派等。这些宏观现象本质上是一个历史时期的时代理想与一个国家的民族精神渗透、制约的产物，而这些时代理想与民族精神恰恰是与历史的进步、国家的前途息息相关的文化观念范畴的事物。作家总是生活在一定的历史时空和一定的社会文化氛围之中的，作家的思想、情感、愿望不可能从真空中产生出来，必然受到社会环境、历史文化等因素的影响和制约，即使是童年时代的个人生活经历所形成的童年情结，也仍然有着历史代系、社会文化因素的渗透，所以才会有一代人的童年情结、一个民族的童年情结之说，因此，儿童文学作品中的将来时态实际上是作家本人指向将来的潜在愿望与时代精神、民族理想融合而成的。例如我在第一篇第二节中曾提到的例子，20世纪80年代中期一批中青年儿童文学作家提出并倡导的"重新塑造民族性格"这一重要的儿童文学母题，一方面这个文学母题是"文化大革命"中成长起来的一代人童年情结释放的产物，另一方面它又是这一代人通过对个人与民族命运的历史回顾和理性思索之后，以童年愿望为基础，融合了新时期开拓进取的时代精神和中华民族走出低谷、重振雄风的理想而产生的，其内在的精神指向无疑是朝向未来的，因为这一代人从我们民族近代以来生产力的落后、观念的保守陈旧、社会心理的普遍故步自封以至中华人民共和国成立以来历次政治运动中集体显现出的愚昧与盲从等等惨痛的教训中充分认识到"落后和不发达不仅仅是一堆能勾勒出社会经济图景的统计指数，也是一种心理状态"，[1]认识到国家与民族的走向现代化，必须首先是其人民心理素质的普遍现代化，否则再完美的现代先进技术工艺、现代管理制度，也会在一群传统人的手中变成一堆废纸。被这种指向未来的精神内核激励着，"重塑民族性格"的母题引出了相当一批以"刻画20世纪80年代少年儿童形象"为创作目标的儿童小说、童话、儿童诗歌、报告文学等作品，如铁凝的小说《没有纽扣的红衬衫》，刘健屏的小说《我要我的雕刻刀》《脚下的路》《初涉尘世》，李建树的小说《蓝军越过防线》，庄之明的小说《新星女队一号》，范锡林的小说《一个与众不同的学生》，陈丹燕的小说《黑发》《女中学生之死》《青春的谜底》，刘心武的小说《我可不怕十三岁》，等等，这些作品的主人公身上无疑都具有当代少年儿童的某些特点，但也无疑相当程度地都具有某种超平均值的、理想化了的性格特征，这些性格特征很大程度上可以说是作家们根据民族的历史经验教训和对未来社会需求的预测等等所做的未来型人格设计，是对所谓"现代人"的各种主要性格特征，诸如独立的倾向、探索和吸取新事物的倾向、思维的开放性、追求效率的倾向、乐于接受挑战的倾向等等的形象化、艺术化的阐释。这种理想化的人物形象在每个时代的儿童文学中都会出现，只是内涵不同，因为人的愿望并不是超时空

---

[1] 智利知识界领袖萨拉扎·班博士在1971年6月维也纳"发展中的选择"研讨会上所言，转引自《人的现代化》，殷陆君编译，四川人民出版社1985年版。

的，而是有所依附的，任何附着体都会有历史的限定。

1990年春天，一位朋友送给我一本新出版的中篇小说，封面上醒目地印着一个神气十足的小男孩头像，书名是《今年你七岁》。送书给我的朋友就是这本书的责任编辑，她很热心地向我推荐，说别具一格。没过几天，另一位朋友发现了此书，不容分说要了去，声称要用来好好对付她的刚巧也是7岁的儿子。《今年你七岁》是刘健屏以自己的儿子在7岁这一年中的生活琐事为素材创作的纪实性小说，记录了一个孩子的成长过程。作为"重新塑造民族性格"的主要实践者之一，刘健屏在这部纪实性很强的小说中仍然融入了大量的将来时态成分——一个父亲对儿子的期盼，一个儿童文学作家对读者的期盼，一个成年人自童年时代起就开始酝酿的关于强者的愿望。小说主人公阿波天真活泼，聪明又调皮，有强烈的自我表现欲，并从怕黑、夜间上厕所都要爸爸陪着发展到敢于与欺负弱小的大同学对抗，虽鼻青脸肿却大获全胜，等等。很显然，阿波的性格是现实中那个7岁男孩的基本性格与作者本人某种人格理想之叠印，而这种强者的人格理想，既源自作者的童年体验，也源自20世纪80年代对重新塑造民族性格的强烈呼吁。

纪实小说尚属小说创作中的个例，然而作为规律，却应能涵盖一切体裁。像报告文学、传记文学这类更强调"纪实性"的儿童文学体裁，"将来时"如同"过去时""现在时"一样存在于其中，只不过比其他体裁更加含蓄一些罢了。例如少年报告文学作家孙云晓谈到他的《邪门儿大队长的冤屈》的采访、写作过程，当时作者正在河南一所小学校参加颁奖仪式,忙里偷闲进行采访,于是有两个少年被介绍到了他的面前,一个是校长、老师赞不绝口的校少先队大队长,另一个是老师们一提便要头痛的调皮学生"邪门儿大队长",作者有点犯难了,"我选择哪一个呢?经过初步采访,我发现这位少先队大队长的确是个极规范的学生,但按照教育改革的方向来看,这规范未必都那么科学;而那位邪门儿大队长身上,具有鲜明的个性,是个不合某些所谓规范的犟种,他的遭遇让人强烈地感受到新型素质发展的艰难。我想,如果把'邪门儿大队长'的遭遇充分揭示出来,促使教育界惊醒,即使写得不那么精彩,也比写模式化的小模范更有价值。"[①] 很显然,作者的主观愿望在选择采访对象、判断题材价值、确立人物性格基调和作品主题思想甚至行文风格等方面起着决定性作用。而且,这还可与作者自身的某些深层愿望有密切联系:"文学是一项独创性的事业。只有宁肯坠入失败的深渊,也不去平庸俗套的大道上拥挤的人,才会最终获得成功。"[②] 这就更明确地见出,即使纪实性要求很强的作品,作者主观愿望、情结与社会时代的理想精神融合而成的"将来时态"仍然是重要的构成因素。

三 创作机制——人格叠印

1. 三种时态——三重人生叠印

[①] 孙云晓:《少年报告文学采访艺术谈》,《儿童文学研究》1992年第5期。
[②] 孙云晓:《少年报告文学采访艺术谈》,《儿童文学研究》1992年第5期。

曾有人提出："儿童文学的基点是童年。"此话有相当的合理性，因为儿童文学的产生和存在正是因为有童年存在，况且我在前面也曾论及成人的童年情结，比起成人文学，童年的确对于儿童文学有特殊重要的意义，虽然童年不是儿童文学的目的，但童年的确是儿童文学的起点。然而当我们细究"儿童文学的基点是童年"这句话时，又不免会生出一些疑问，诸如童年在儿童文学中的具体内涵是什么？其所指是谁的童年？童年是如何将作家与读者联系在一起的？如果这些问题得不到解答，那么"儿童文学的基点是童年"就是一句空泛的、缺乏实际意义的断语。

儿童文学作品大多描绘了童年景象，或童年情态、童年模式，但如前所析，既然儿童文学作家的创作内驱力来自重造童年的冲动，那么作品中所显现的童年景象、童年情态就必然不可能是纯客观的。对儿童文学作品中涵盖的三种时态的剖析表明，儿童文学作品中呈现的童年景象、童年情态、童年模式实际上是由三重人生叠印而成的，所以其内涵远比现实客观世界中的具体的童年情态要丰富而且深刻得多。

作家本人由现实客观世界所激活复现的童年体验构成了作品深层的内核，奠定了作品中所描写的人物性格及行为方式、情节、思想情感的基本结构和方向；当代少年儿童的现实生活情态为作品所描写的故事、环境事物、人物的外部形貌、言谈举止等提供了具体、生动、鲜明和丰富的感情形式素材；而源自童年情结，又融汇了作家所处具体时代、社会生活所特有的时代精神、民族理想等而形成的指向未来的强烈愿望，则又为作品中所描写的故事情节、人物命运的结局或某种思想、感情的归宿提供了导向。这里有着三种时态的童年——过去的童年、现在的童年、未来的童年。这三重不同时态的童年是作家珍惜现在、回首过去、展望未来的三重心迹的叠印。可以这样说：过去时态是心灵在过去时代打上的人生烙印，过去时代的风风雨雨透过作品的过去时态一一复演；现在时态是心灵在当前所感受到的客观种种，当代人生的缤纷色彩通过作品的现在时态一一映现；将来时态是心灵对未来人生的向往和预测，未来人生的美好景色通过愿望的方式透露出信息。在这里，童年早已超越了具体的和现实的时间、空间，超越了人生中某一阶段的局限，而是将心灵的过去、现在及未来亦即心灵的历史连接了起来，是三重人生的叠印。同时，这叠印的三重人生并非界限分明的，而往往是你中有我，我中有你，互相渗透，浑然一体的。比如说，当我提到陈丹燕在她的少女小说中表达了十分强烈鲜明的个人气质、个人童年情结时，同时也看到在她作品中那些有着鲜明气质个性的少女们具有当前实际生活中的少女们共有的生活方式、生活情趣和思想言行。像《黑发》中的少女何以佳，在蓬勃萌动的青春活力略带盲目性的驱使下，急切地又有点无所适从地渴望和追求着美，却在此时受到粗暴的干涉和压制，这是太鲜明的作者自身少女时代情结的印痕，包括何以佳对一头黑发的音乐般温柔细腻的内心感受，都有着作者主观的心灵印痕，然而同时，个性自立的要求如此强烈地出现在何以佳的身上，以致使她宁肯受罚在操场上跑20圈也绝不肯改变她的新发型，这一方面是处在思想解放和改革开放时代的少年人才会有的思想个性（包括那个"神秘的直发式"在内），另一方面也是作者少女时代情结中希望有一天能自由自在地享受美的强烈愿望与当代社会意识相结合的反映。而这一切又都是浑然一体地呈现于何以佳的"这一个"童年世界中的。又比如，当我提到孙云晓的少年报告文学中记录了当代少年人的各种真实而典型的心态时，同时也看到他从选材到构思到导语，无不渗透着作者自身的某种情结与愿望。像《邪门儿大队长的冤屈》从确定采访对象到筛选素材及构思表明，他是以自己独特的思考、兴趣为创作的出发点的，这既是他的独立个性的体现及某种童年情结的复现（在接触赵幼新这个学生之前，这种源自童年情结尚蛰伏着），同时也体现了时代精神——对新一代个性素质的社会化要求——对他的影响（这种影响则渗透在他的思考中）。因此，儿童文学作品中的童年是三重人生的叠印，是连接过去、现在与将来的一个超时空的历史长链，是多重信息融汇而成的、超越具象的童年。

此外，儿童文学作家在创作中既是一个独立的、有鲜明的审美个性的个体脑力劳动者，同时又并非孤立的、与世隔绝的，他和他所生活的社会、民族、代系有着千丝万缕的联系，他的童年情结，往往又是处在特殊社会历史环境中的某个民族、某一代人童年情结的组成部分和具体表现形式之一，他的长期潜藏于童年情结中的愿望，往往又是某个民族经过长期的历史酝酿，某个特定的时代环境激发出来的某种社会理想、时代精神的组成部分和具体表现形式之一。比如李建树的小说《蓝军越过防线》，一方面体现了作者自身的个性及愿望，同时又是中华民族由几百年近代史的痛苦情结中产生的愿望，和在20世纪80年代思想解放运动的激发下强烈呼唤独立个性的反映。

由此可见，儿童文学作品中的"童年"是一个双重含义的概念，它既是作为成年人的作家主观童年情结的复现，又是作为儿童的读者客观童年情态的直叙；它既是作家个人心灵历史的演绎，又是他所归属的那个时代、社会、民族、代系之心灵历史的缩影。儿童文学作品中的"童年"还是一个"无限近又无限远"（班马语）的历史性概念，存在于具体时空又超越于具体时空，一代代地叠印相衔，从遥远的过去流向遥远的将来。就这样，既有纵向的深入，又有横向的广泛，既有时间的叠印，又有空间的浓缩，纵横交叠，织成一张有关童年与成年、个人与社会、历史与现实的网。各个时代的儿童文学都是如此环环相扣，连接成流畅而无尽的文化历史长链，这就是"三种时态——三重人生叠印"为儿童文学中的"童年"所注入的无比丰富的感性、理性内涵，所注入的历史、文化的多元信息。

2. 作家与读者——人格叠印

儿童文学创作中的三种时态剖析已向我们揭示了儿童文学创作的奥秘，它是儿童文学作家无可回避的选择，因为这是由幻想（构造文学作品之基本材料）的特点所决定的，亦是由文学创作动机的性质所决定的。从时间过程来看，三种时态体现了过去、现在和未来三重人生状态的叠印与交融，它浓缩了人类生命长河中的一段历史；而从空间过程来看，三种时态又体现了成人与儿童两种人格的叠印与交融，它涵括了人类生命中的两种不同的美学境界。

作为成年人的儿童文学作家，当他拿起笔来创作儿童文学作品时，在他的内心深处，更多的是为了宣泄童年情结、重造童年，然而实际上，此刻复活在心中的童年情结早已不可能是当年情结的真正再现，而是经过几十年岁月的洗礼、渗透、改造过的了，同时，重造童年的内在动机固然是源自童年情结中的某种强烈愿望，但在作家成长的经年累月之中，这种愿望已逐渐得到程度不同的丰富、改造和升华，而不再是原初的形态了。

总之，正如马克思所说的："一个成年人不能再变成儿童，否则就稚气了。"或如班马在《他们正悄悄地超越》一文中所说，"一个成年人不可能有真正意义上的童心。"① 因而作为成年人的作家，即使他是为儿童写作的作家，也仍然不可避免地会将成年人的思考和成熟注入作品。因此，儿童文学作品首先是作家的人格体现。

而作为儿童文学的主要读者的儿童，介入儿童文学，一是由创作的角度，再一是由阅读角度。

从创作的角度看，儿童作为童年景象的主要载体，其鲜活生动的内外部自然生态常常成为激活作家童年情结，使其产生儿童文学创作冲动的必要条件之一，并且也为作家的儿童文学创作实践提供了丰富新鲜的表象材料和描写对象等，从艺术客体的角度对作家进行儿童文学创作的实践有所制约，有所影响和渗透。而从阅读欣赏的角度来看，儿童又是欣赏过程的主体，作者在儿童文学作品中所表述的思想，表达的感情、愿望等，都必然要通过读者的想象体验来实现其社会化，也就是说，在阅读欣赏儿童文学作品的过程中，儿童当前现实的自然生态、思想、感情及其性格等皆通过对作品中文学符号组合方式的理解和想象去赋予其具体的生活内涵，由此对作品本文所描绘的事物、形象、观念做出判断。然而不同心理年龄特征、不同审美鉴赏趣味、不同个性心态的儿童在阅读过程中都将赋予作品不同的具体内涵，由此，其对作品中事物、形象、观念等的判断自然也将会有所不同。

无论是从创作的角度，还是从阅读欣赏的角度，儿童文学同时又是儿童读者人格的体现。

但是，在儿童文学作品中，这两种人格的体现并非如上所析泾渭分明的，而是经过某种化合即两者相互渗透、交融而产生出既不等同于作者主体人格形象，也不等同于读者主体人格形象的第三种人格

---

① 班马：《探索作品选·后记》，江西少年儿童出版社 1987 年版。

形象，这才是儿童文学作品所要刻画的艺术化了的人格形象。具体来讲，一方面是作家依照源自童年情结或游戏冲动的某种记忆表象和愿望，通过选材、剪裁，以及夸张、象征、白描等各种艺术表现手段对现实中的少年儿童客观人格形象进行某种程度的主观改造；另一方面则是当前客观世界中的少年儿童读者以自然呈现于客观世界中的人格形象的多样化的感性形式、丰富的理性暗示，乃至阅读欣赏过程中的再创造等等，对作家的记忆表象、思考、愿望不断进行着补充和修正。经过这种互渗、融合，便产生出了像童话《小白船》（叶圣陶）中那些一面想着家中的小黄猫，一面却又振振而出"花是善的符号""因为我们纯洁，唯有小白船合配装载"之语的小孩子；像童话《大林和小林》（张天翼）中天真调皮、活泼可爱，并且带领工人罢工的童工小林；像童话《阿丽思小姐》（陈伯吹）中一方面常常算错算术题，一方面又呐喊着投入反对侵略者的"神圣战争"的阿丽思小姐；像童话《"下次开船"港》（严文井）中淘气懒散并在时间小人的惩罚下悔过的儿童唐小西；像童话散文诗《小郭在林中写生》（郭风）中那些天真、幼稚、纤巧，又感情丰富的红菇、小油菜花们；像小说《再见吧星星》（曹文轩）中一方面淳朴顽皮、一方面感情又十分细密的农村少年星星；像小说《我要我的雕刻刀》（刘健屏）中既天真又早熟独立、我行我素的中学生章杰；像小说《独船》（常新港）中孤独倔强、背负沉重的精神压抑的少年张石牙；像小说《题王许威武》（张之路）中"优点与缺点都十分突出"，并有着特异的灵气与傲气的宿小羽；像散文诗《江南，有一座永不忘的小屋》（班马）中那江南男孩天真顽皮、海阔天空，同时又细腻敏感、充满古文化气息的特殊生态，等等。正如任大霖在一篇文章中指出的："这中间有多少是自己的童年，有多少是别人的童年，有多少是自己的欢乐和眼泪，有多少是别人的欢乐和眼泪？……其实，又何必区分，生活与艺术，主体与客观，纪实与虚构，原本就是这么真真假假地糅合在一起。"[①]这话无疑道出了儿童文学创作中作家与读者——成人与儿童精神人格自然交融的真相。

因此，儿童文学中的三种时态——三重人生叠印，实际上又是作者与读者的人格叠印。在这后一种叠印中，一方面，作为成人的作家主体人格形象随着童年情结的宣泄、思想愿望的传递等必然地进入其中，此为作家的"自我表现"；另一方面，作为儿童的读者主体人格形象随着客观童年生态对作家童年情结的激活、对作家感性与理性认知、补充创作的表象素材、制约阅读实现过程等也必然地要进入到其中，此为读者的"自我表现"。儿童文学中的"人格叠印"为作者和读者同样提供了人格表现的机会，因而充分体现了文学作为"人的本质力量的对象化"这一本质特征。同时，"人格叠印"的"化合"效果，还表明：在儿童文学中，无论是作家主体人格的自我表现，还是读者主体人格的自我表现，都不是纯粹客观的，也不可能达到纯粹客观，即使暂且不提其自身的各种虚构的、愿望的因素，两种人格主体的叠印、交融也就是一个互相改造的过程，因而才会有"第三种"人格形象——儿童文学中的艺术人格形象产生。此外，既然作为读者的儿童在当前客观世界中的新鲜生动的自然生态常常激活作家的童年情结，并提供着作家童年情结的艺术载体，而作为成人的作家又以自己来自童年情结的思考和愿望重造着客观世界中的童年，并激活和引导着读者体验生活的过程，二者相互作用、相互渗透、相互制约又相互依存，因此，"人格叠印"又体现了成人与儿童两种生命境界的交融，

---

①《秦文君中篇小说选·序》，少年儿童出版社1991年版。

两种生命能量的交换。

3. 原型——人格叠印的内核

我之所以从德国心理学家荣格的术语系统中借用了"原型"这一词语，是想用它来表述儿童文学创作中人格叠印的某种内核、灵魂，因而"原型"一词用在这里已不同于原来所指"集体无意识原型"的基本含义，而是用来特指儿童文学创作主体个人意识中最能影响和决定作品人格形象之倾向、格调的事物。由于在儿童文学的"人格叠印"中，虽然作家和读者的主体人格都在进行自我表现，但在决定创作艺术成就和作品艺术风格方面，二者并不具有同等的意义，在创作过程中，起决定作用的还是作家的主体人格，所以，儿童文学"人格叠印"中的原型主要是作家本人人格形象的折射，是作家艺术个性的载体，是作家独特风格的符号，是使我们的儿童文学百花齐放、五彩纷呈的关键。

那么，什么是"人格叠印"中的原型？它又是如何产生的呢？

人格叠印中的原型与作家的童年情结有关，可以说是作家童年情结的浓缩和外化，或者说是一种集中体现。正像达·芬奇的《圣母》《蒙娜丽莎》等一系列油画杰作中多次出现的神秘微笑，恰恰是他的绘画艺术风格之某种原型在不同形式中的具体体现，而这原型则显然与他早年与母亲有关的那段不平常生活所产生的情结有极密切的关系。原型，并不完全等同于作品的某个具体人物形象特征，但它却通过具体人物形象的特征而表现出来；原型也并不完全等同于作品的某种主题和题材，但作品选择题材、确立主题却是原型在作家创作中的体现；此外，作品特有的某种氛围，作品独特的构思、独特的意象描绘，以及作品中采用的主要艺术表现手法、语言格调，甚至作家偏爱的体裁类型等等，都是原型得以外化的途径，是作家与读者人格叠印之内核的辐射结果。

既然人格叠印的原型主要是一种创作者自身主体性极强的事物，那么由原型决定的作品的艺术风格、人格形象等便随着作家之间的差异而呈现千差万别之象了。

比如说，同是童话，叶圣陶、严文井、葛翠琳、冰波等人的童话都以抒情、充满诗意见长，但是叶圣陶童话中纯洁善良充满爱心的儿童形象和富有民族特色的环境氛围，严文井童话诗情中渗透着的浓厚哲理意蕴，葛翠琳童话中美丽善良又勤劳智慧的苦孩子形象，以及冰波童话中天真烂漫、稚拙可爱的小动物形象及温情脉脉的感情氛围，等等，却又独树一帜、别具一格；张天翼的童话、孙幼军的童话、郑渊洁周锐等人的童话，大都以幽默、热闹见长，然而张天翼童话中天真、活泼、淘气的儿童形象，鲜活生动的儿童口语，漫画式的故事描述和鲜明的讽刺性等共同构成的是一种犀利、幽默、活泼热闹的艺术格调；孙幼军童话则由稚气、憨厚、感情丰富的幼儿形象和幽默口语化的叙述等构成的是一种在温厚、细腻中透着幽默和活泼的艺术格调；郑渊洁的童话却在调皮、大胆、标新立异和具反抗精神的男孩女孩形象及其千奇百怪的冒险故事中营造着一种富于想象、快捷、热闹的氛围；周锐的童话在荒诞而又耐人寻味的故事，非今非古的人物，幽默简洁、极富表现力的语言中所透露的则又是一种从容不迫的、幽默活泼中透着机智的艺术格调，等等，各个鲜明突出、与众不同。

又比如说，刘真、任大霖、任大星、胡奇、肖平、邱勋、罗辰生、夏有志、陈丽、刘健屏、张之路、秦文君等儿童小说作家相对较擅长描写少年儿童的外部生活情境，但是具体来看，刘真小说中幼稚、勇敢、带点野味的小八路形象系列，任大霖小说中聪慧、富于同情心的儿童形象，邱勋小说中敢作敢为、机智调皮的儿童形象，罗辰生小说中满口京腔儿、淘气带嘎劲儿的儿童形象，秦文君小说中开朗淳朴、热情单纯的儿童形象，等等，从各个角度不同程度地体现出各个作家创作中的原型风貌之迥异；而同是写儿童小说，程玮、陈丹燕、曹文轩、常新港、班马、韦伶等作家则相对较擅长刻画少年儿童的丰富细腻的内心世界，不过具体来看，陈丹燕小说中内心体验丰富、教养良好的都市少女系列及优雅精致的情感氛围，与韦伶小说中敏感质朴、耽于幻想、带点儿精灵气息的女孩系列形成某种对比，曹文轩小说中早熟、自尊、灵慧而又忧郁的乡村男孩系列，班马小说中独来独往、怀有奇思异想、躁动不安、神交于大自然的江南城镇男孩，及常新港小说中冷峻、孤独、倔强、情感呈爆发型的北方小男子汉系列等等，各自原型特征，鲜明地呈现于这些各有异同的人格形象之中。

再比如，同是儿童诗歌创作，便又有以抒情见长的袁鹰、金波、圣野、尹世霖等，与以幽默、活泼为主的金近、柯岩、任溶溶、鲁兵、高洪波等等之别。其中，袁鹰童诗的高亢激昂、金波童诗的优美深情、圣野童诗的平易与巧思、尹世霖童诗的朴素明朗等在抒情上魅力各异；而金近童诗的质朴俏皮、柯岩童诗的欢快和戏剧性、任溶溶童诗的轻松滑稽、鲁兵童诗的温情和稚气、高洪波童诗的活泼机智等等，也各具特色。

此外，冰心、郭风等的儿童散文，"北孙"（孙云晓）"南刘"（刘保法）的少年报告文学等等，也有着鲜明独特的个性色彩，其原型之独特性可见一斑。

至此，我已分析了儿童文学的创作运行机制，探讨了儿童文学真正的特殊性之所在，研究了作家与读者两种审美意识交融的问题，只有在了解了这一机制后，我们才可能真正理解我在前面所提到的，并非每个人都能成为儿童文学作家，和并非每个人都能当一辈子儿童文学作家这一观点，同时我们也才能真正了解到，儿童文学实质上是成人与儿童共同编织的人生梦想。

第三篇 交流：审美过程中的生命轮回

似乎我们成年人忘记了这样的事态：我们的生活是基于童年的。童年是我们借以相互交流和与年轻人交流的主要源泉，也是了解自己和全人类的基本源泉。

——托莫德·豪根[①]

一 交流的三种理论形态

从现代儿童文学的内驱力源自成人与儿童双方本质力量艺术化显现的需求来看，现代儿童文学的本质体现为成年人与儿童在审美领域的生命交流。而成人与儿童叠印的创作机制则揭示了现代儿童文学中两种审美意识相互协调——儿童文学特殊性——的内部运作机制，此

[①] 托莫德·豪根，挪威1990年安徒生奖得主。

一机制所反映出的现代儿童文学之功能及其实现途径，仍然体现为成人与儿童在审美领域的生命交流。交流，这正是现代儿童文学的"成人——儿童"双向结构的必然反映，它表明儿童文学是由成人与儿童共同支撑起的一座大厦，是成人与儿童共同编织的生命之梦。

交流是双向的，意味着成人与儿童双方生命能量的互换互渗，他们都是付出者，又都是索取者。儿童通过阅读儿童文学作品，汲取着来自成年人生命阅历的识见和底蕴，分享着来自成年人生命成熟过程中的艰辛与幸福；成年人通过创作儿童文学作品，汲取着发自儿童生命节奏中的活力和光彩，分享着来自儿童生命成长过程中对世界的向往和好奇。站在生命之河两端的成年人与儿童，一个逆流溯源，一个顺流畅游，这种双向运作，就构成了儿童文学功能的双重结构。

交流又是对话，是两代人之间的对话。对话便意味着平等——身份的平等，需求的平等；对话也意味着相互——相互的倾吐，相互的理解，相互的反馈。成年人写出自己的过去、现在和未来，也写出他们眼里儿童的过去、现在和未来；成年人写出自己的思想、情感和性格，也写出他们所感应到的儿童的思想、情感和性格。儿童则用自己的心灵去诠释、去填充、去改造成人们所写的内容。站在时光沟壑两岸的成人与儿童，就这样通过儿童文学这座桥梁相互走近、交谈。

在这里，交流、对话存在于诸如《少女罗薇》（秦文君）、《来自异国的孩子》（程玮）、《普莱维梯彻公司》（夏有志）、《黑发》（陈丹燕）等等那些具体作品之中，而同时，交流和对话又存在于整个儿童文学系统、机制之中。对于儿童文学所体现出的成人与儿童在审美领域的生命交流，从理论上看，儿童文学的机制中已经先天地预设了如下几种形态。

1. 宣泄↔代偿

在艺术中生命交流的最基本途径是什么？或者说，生命交流在艺术中最基本的体现是什么？再换句话说，艺术对于生命来说其最大功能是什么？我想在此引录谢选骏在《荒漠·甘泉》中的一段话：

艺术的原始功能，并不落实到社会规范、道德驯化的强调上。没有艺术，这类规范驯化也许推行得更为无碍。柏拉图就深明此理，所以他主张，把诗人和浪人一同逐出"理想国"，以免他们玷污理想国民的高尚道德。艺术，发自人类性灵需求的深部；而社会规范，道德驯化只是为了协调人际关系而制作出来的风格……

艺术的最大功能也不在于娱乐或消遣。不带娱乐性和消遣性质的艺术品，虽说很难一下子流布出去，迅即成为一种"畅销的时髦"，但绝妙的娱乐和消遣，也并不能构成艺术。娱乐的目的在于刺激官能的兴奋度，给人松弛与满足。这项万古不变的招数，多少带有精神前进意义上的消极性，且乎松弛与满足，常与厌倦同来……

艺术的最大功能甚至也不在于"培养雅致的趣味并陶冶性情"……因为，这类培养与陶冶，一般只能作用于人的行为方式的表层。因而流于一层浅浅的"粉饰"。况且，在大多数场景中，它使被培养和被陶冶的人们，陷于被动接受的状态而不自知，久而久之，难免压抑了他们可能具有的天生灵性。

艺术的最大功能，在于它击碎了心灵的蒙昧、生存的混沌。赐人以心境的豁然开朗，使创造的冲动得以涌起。也就是说，艺术可以使人从心理压抑、社会压抑，乃至生存压抑的诸层缠裹中获得解脱……

艺术是力量的表现。

在这些精神创造活动当中，艺术是极其突出的一种，因为它是人类为自己创造的一个充满魅力的崭新世界，或者更确切地说，是人类在幻想中对客观世界的重造。这种对客观世界的重造无疑与人类的欲望、压抑紧密相关，是人的生命内在欲望与精力的外化和宣泄，是人在各种压抑与局限下保持心灵的平衡和宁静的最佳途径之一，因为艺术的幻想和创造给那些丰富的欲望和激情以充分自我表现的机会，任何心理的、社会的压抑都将在幻想重造的世界中消失得无影无踪。此外，由客观世界引起的各种复杂的情感，也常常会使人一吐为快，如毕加索曾说的："我漫步于枫丹白露森林中，丰富的绿色使我饱胀，我不得不把这种激动倾泻在绘画中，绿色控制了我的行动。画家仿佛是出于排泄他的感觉和幻觉的紧急需要才作画的。"[1]这一切或许可以简单称之为艺术的宣泄功能。

以上是从艺术创作的角度看的结果。而从艺术欣赏的角度来看，则艺术的物质性和超时空性又为那些被各种各样的文明的或自然的桎梏如人种、民族、国籍、语言、地理环境（如高山和海洋）、阶层、职业、年龄、家庭、个性、性别等时间的、空间的、历史的、社会的、心理的、生理的、人为的、自然的……因素被迫圈定于一定方域之中的人们（上至君王总统、下至平民百姓，男人、女人，成人、儿童），提供了一种超越局限的多姿多彩的补偿，也就是说，他们通过艺术作品可以领略到他们在自己特定的生活圈子里可望而不可即的丰富的事物——各种各样的场景、环境、物体、人物、复杂的活动（外部的及

---

[1] 周时奋：《毕加索画传》山东画报出版社，2004年版

内在的），并可以获得无限的审美体验。

　　一方面是艺术创造主体生命自我实现的外化形式，另一方面也是艺术欣赏主体生命自我实现的外化形式，于是，宣泄与代偿就这样成为艺术活动所体现出的最基本的生命交流图式。仅仅了解这一点还是不够的，因为宣泄与代偿并不是两个平行和单向的过程，而是双向循环的过程，这就是说，宣泄与代偿不是互不相干的，也不仅仅属于创作者与欣赏者中的哪一方，它们是艺术活动中的对立统一体，是相互依存又相互转化的，正像艺术的创作者与艺术的欣赏者也并无绝对的分界线一样，创作者同时又是欣赏者，艺术创作过程离不开欣赏，而欣赏者同时又是一个创作者，因为艺术的欣赏过程必然也包含着欣赏者的再创作。所以，艺术活动中的宣泄与代偿这一对矛盾统一体，虽然是属于心理过程的范畴，但它们却对于艺术中作者与读者的生命交流有着特殊重要的意义。

　　因此，宣泄与代偿，也是儿童文学中必然存在的矛盾统一体，是儿童文学中成人与儿童生命交流的最基本的第一重含义。

　　如前所述，在儿童文学创作的动机中，童年情结也好，游戏冲动也好，襁褓氛围滞留也好，寻求精神家园也好，都说明推动作家全身心地投入儿童文学创作的根本动力来自成年人以儿童文学作品的形式来表达自我、宣泄自我、实现自我的内在生命冲动。那些产生于童年但长期得不到机会实现的愿望，那些由于童年生活的缺憾而造成的终生无法弥补的失落感（有时并非在物质形式上不能弥补，而是永远找不回童年时那一份精神渴望的满足），或那些由于幸福童年的终结而带来的深刻的感情震荡和怀恋等等，在成年的过程中日益融入不断增加的心理压抑等等，所以，童年情结可以说是某种本该在童年时代释放而未能释放的生命能量经年累月的积压,即使成年人的游戏冲动,一部分也来自这种童年生命能量的积压与压抑下的成倍增长,另一部分则来自社会压抑之下放松自我的需要。那么在一个可以由作者自由支配的纸上童年世界中尽情地跑、尽情地跳、尽情地哭、尽情地笑、尽情地叫,哪怕是咀嚼童年时代的痛苦、委屈,也无疑能够使作家宣泄、释放、缓解源自童年的长久得不到充分释放的心理能量,以及作家在成年的社会生存中随时触发并积聚起来的需要宣泄和释放的各种思想感情,正如叶君健先生所言:"……某些思想和感情,只有通过儿童文学的形式才能表达出来。"① 作家班马也曾说过:"一切文学性的心态,都会浮现对应的文体状的艺术感觉,也许他们就真正感到了自己的心境只有取儿童文学才能契合。"②

英国作家、童话《狮子、女巫和魔橱》的作者 C. S. 刘易斯也这样解释过自己的创作:"儿童文学是表达我的想法的最佳艺术形式,这就是我写儿童文学的唯一理由。"(《儿童文学的写法三条》)总之,儿童文学创作对儿童文学作家来说,是释放出内心深处受抑制的生命活力的一个极好途径。

儿童文学作家固然是想通过重造童年来宣泄他的生命力,而作家宣泄的方式——文学幻想所构成的五光十色的世界,恰恰为在现实的重重生理、心理、社会压抑下怀着不可企及的"成长"和"超越"梦想的少年儿童提供了一种绝妙的代偿。这也就是说,当少年儿童阅读儿童文学作品时,作家在其中创造的高于现实的童年世界给予他们以认识世界和体验生活的新的机会。比如,少年儿童在认识和体验事物

---

① 叶君健:《春节杂忆》,载《我与儿童文学》一书,少年儿童出版社 1980 年版。
② 班马:《他们正悄悄地超越》,载《探索作品集》,江西少年儿童出版社 1989 年版。

时面临的局限来自各个方面：地理环境的局限、语言文化的局限、社会观念的局限、体能与智能的局限等等，尤其在后两点上，他们受到的局限远甚于成年人。与此相关的是，作家的文学幻想是可以超越时空的，天文地理、古今中外，上至银河系，下至蚂蚁洞，幻想的翅膀可以超越光速无所不至，而三重时态的组合也表明了重造童年的本质就是对历史、对现实的超越，那么，受到各种局限的少年儿童在阅读儿童文学作品时，就可以获得在他自己狭小的生活时空中可望而不可即乃至尚未想到的各种事物，他可以通过儿童文学作品认识各种真实的或虚构的事物，可以体验各种奇异角色及其喜怒哀乐的感情波澜，可以身临其境般地参与各种大开眼界的探险、冒险，他的原本狭小的生活时空通过儿童文学作品在深度与广度上都极度地扩展开去，使他在精神上获得了生命力不足（局限）的代偿。

这两个互逆的过程（宣泄与代偿）又可在同一时空中互相转化。

也就是说，对于在儿童文学创作中寻求宣泄的作家来说，儿童文学创作同时又对他具有某种代偿的意义。当他在儿童文学作品中重造了一个童年世界时，他实际上是按照潜意识中源自童年的某种愿望去重新构建的，因此，不仅仅是他的长期压抑着的生命能量得到了宣泄和释放，而且那源自童年时代可望而不可即的愿望也在某种程度上得到了实现，他童年时代的某些缺憾与失落在一定程度上也获得了补偿，而已经终结了的无忧无虑的童年幸福也借机获得了一定程度的延续……那么这一切对于儿童文学作家来说，不恰恰又是心理代偿的实现吗？不仅如此，当他在重造童年世界时，他和他的读者一样，也是利用想象力对其自身特定的生活小圈子的突破，他和他的读者一起，到高山大海、森林荒原、异国他乡、宇宙星际、精灵世界……去游历、去观光，这一切对童年时代受智力体力局限、成年后又受经济条件或俗务缠身的各种局限的作家来说，不也是一种十分有趣的心理代偿吗？

正如代偿对于在儿童文学中宣泄童年情结的作家具有同等意义一样，宣泄对在儿童文学阅读中寻求代偿的读者也同样重要。作品本身是一种外来的刺激信号，会激起读者内在生命力的活跃、创造和宣泄。当少年儿童在儿童文学作品中读到各种奇情异趣、各种各样的角色、各种冒险与探险，以及各种喜怒哀乐的感情波澜时，他实际上是在幻想的世界中身临其境般地体验着读到的一切（他兴奋、他悲伤、他害怕、他恐怖、他禁不住笑出声、他不知不觉流下眼泪……），这种体验是超越和突破了现实存在中各种生理的、心理的、社会的和自然的局限的，他的生命力在幻想的广阔时空中自由无碍地释放、宣泄。比如《长袜子皮皮》的力大超群、《小飞人卡尔松》神奇的飞翔本领，不是能够给予少儿读者某种冲破了成长时期体能局限的宣泄感吗？又比如，《聪明的一休》之类的作品不是也能够使少儿读者获得某种超越智能局限的宣泄快感吗？所以，作家宣泄的生命力凝固在纸上，而读者感受的生命力则去再次激活它，填充它，赋予它新的含义。因此阅读和欣赏儿童文学作品的过程，也是少年儿童读者在重重局限中稚嫩且受抑制的生命力自由宣泄的过程。

由此可见，"宣泄"与"代偿"在儿童文学中是一对矛盾统一体，它们之间既是相互对立的又是相互依存的，它们作为精神活动的过程既是互逆的，又是互相转化的，是你中有我、我中有你的交融统一的关系。在这种由"宣泄"到"代偿"，又由"代偿"到"宣泄"的双向循环过程中，作为成年人的儿童文学作家与作为少年儿童的读者实现着他们之间生命秘语的对话、生命能量的交流,这就是儿童文学中"交流"的第一重含义。

2. 成长⟵⟶回归

儿童的"成长"和成人的"回归",的确是儿童文学中极有趣、极有深意的一对矛盾现象,单用创作心理学或接受美学等是无法解释透彻的。儿童出于"体验生活"的好奇和欲望去阅读儿童文学作品,阅读又使他们不自觉地扮演各种各样超越童年局限的角色,经历了种种超越现实的探险(与他们在游戏中扮演成人角色一样),这表示了"成长"的愿望;而成人出于"重造童年"的欲望去创作儿童文学作品,描写时又往往自觉不自觉地再现出某种旧日的人格或情绪,这表示了"回归"的愿望。也就是说,成年人对"成长"的回顾、反思与儿童对"成长"的向往、追求在儿童文学中是双向互逆的精神运动,它们是同时发生的、互相依存的,又是由不同的时空切入的、互相矛盾的。那么,我们应该怎样去认识儿童文学中的"成长"与"回归"呢?

我曾在拙著《比较儿童文学初探》第一章中提及,作为个体童年文学的童话与作为种族童年文学的神话之间存在着某种"同构复演"的内在关系。事实上,除了神话与童话之外,凡宇宙之间,天地万物之间,"复演"(即"重演")普遍存在着,其中包括动物、植物的生长发育过程(如麦子的生长过程必是麦粒→麦苗→麦稞→灌浆→麦粒,又如蚕的生长发育过程必定是卵→幼虫→成虫→茧→蛹→蛾→卵),包括天体的诞生、形成和演化过程(如星云逐渐收缩为恒星,恒星逐渐演化为黑洞,爆炸而形成星云等等),包括社会形态的起源、形成、演变（如各民族，即使远隔重洋，其社会形态大致都走过相同的道路：原始社会→奴隶社会→封建社会→资本主义社会等），包括人类文化史在各种不同文化系统内演变发展过程（如各民族文学的产生必然经过神话→传说→民间口头文学→文人创作文学的过程，又如各种科学的起源、发展过程必然是原始哲学、炼金术、近现代自然科学），以及不同时代、不同种族、不同环境中的人类个体一生的生理发育过程（如受精→孕育→幼儿→青年→老年→死亡）等等，无不受到重演律的制约和支配，无不周而复始地按照其各领域内部由"基因"确定的"重演序"重演着，这是一种超现象的结构。而宇宙的发展与进化，正是在重演中缓慢地进行着的，这是一个已经被生物进化理论、螺旋上升的发展过程、人类学理论及文化全息理论等所证实了的。

那么，作为宇宙系统中的一个子系统，毫无疑问地，人类的发展过程也必然是在重演律的支配下发生和进行的，而这种重演又是体现在两个方面的：人类的生物进化和文明进化。换句话说，人类个体的发育过程是在生物进化和文明进化两方面重演的过程。具体来讲，人类个体在母腹中的胚胎发育过程便浓缩了整整一部漫长的人类生物进化史——从单细胞低级生物进化为具有人类的一切生物特征的高级哺乳类动物；而人类个体由出生直至成年的整个过程则又浓缩了人类在漫长时间内的文明进化的全部历史——从开始萌发人的思维和语言亦即原始人，进而进化为具有高度发达和分工的文化体系感、积淀了人类文化全部信息的现代人，这是每个人类个体必经的重演之路。应该说，重演是人类的生命、文明得以延续的重要途径，然而人类的发展进化（猿→原始人→现代人，原始社会→现代文明社会）并不完全是重演能够实现的，如果在人类的发展中只有重演，那么我们今天仍然会处在原始时代的生存状态中。事实上，重演与叛离正是人类进化中的一对矛盾统一体，甚至可以说，人类社会发展中的一切创新和发明都是重演之中叛离的结果（譬如人类今天的相貌之所以与类人猿相去甚远，正是数万年间，一代代性选择标准不断与祖先相貌相逆的结果；又譬如人类社会形态的演变也是一代代社会理想不断与祖先的社会形态相逆的结果……）。这种矛盾过程在人类个体的发育发展，尤其是个体精神的发育发展过程中自然会留下深刻的印痕。

黑格尔曾有一段话，深刻地揭示了人类个体精神发展的必然过程："在比较高一级的精神中，较为低级的存在就降低而成为一种隐约不显的环节：从前曾是事实自身的那种东西到现在还只是一种遗迹，它的形态已经被蒙蔽起来成了一片简单明了的阴影。每个个体，凡是在实质上成了比较高级的精神的，都是走过这样一段历史道路的，而他穿过这段过去，就像一个人要学习一种较高深的科学而回忆他早已学过了的那些准备知识的内容时那样，他唤起对那些旧知识的回忆而并不引起他的兴趣使他停留在旧知识里。每个个体，就内容而言，也都是必须走过普遍精神所走过的那些发展阶段，但这些阶段是作为精神所已蜕掉的外壳，是作为一条已经开辟和铺平了的道路上的段落而被个体走过的。"[①] 黑格尔的这段话，概括地描述出人在精神成长过程中必然存在的重演和叛离，并着重表明，重演正是个体精神从依托中走向独立乃至创新的前提。

可以说，儿童文学的作家与读者正是站在黑格尔描述的这一精神成长过程的两端，而这两端又正是他们介入儿童文学的各自不同的起点，其中，作为少年儿童的读者在审美意向上是朝向精神"成长"的

---

① 转引自严春友、严春宝：《文化全息论》，山东人民出版社1991年版。

走向，而作为成年人的作家则在审美意向上是朝向精神"回归"的走向。在这里，"成长"是一种预演，同时也是一种重演，即沿循着前人留下的精神足迹前行，超前地感受和经历他在未来将感受和经历的一切；"回归"则是另一种重演，即回溯到精神发育的源头，重新历数过去的精神足迹。儿童文学所包含的这两种互逆却又并行的精神运动，可看作个体精神发展过程的轮回、循环，同时这种双重的"重演"又是人类种族精神发展的必要环节，即代系之间相互交流生命信息的表现形式，这也正是儿童文学中成人与儿童在审美领域实现交流的第二重含义。

与任何重演过程的模式相似，儿童文学中的"成长——回归"也是一个对立统一的矛盾模式，唯有其是对立统一的关系，成年人（作家）的"回归"和少年儿童（读者）的"成长"才会共存在儿童文学之中，才能实现他们之间的生命交流。在这种矛盾统一的关系中，成长与回归又并非永远定向的、不可逆的，事实上，在此二者之间是一种双向反馈的、相互依存又相互转化的关系。

譬如作家的"回归"。一般来说，每一个成年人的精神深处都与童年有着千丝万缕的联系，任何人成年后的思想、行为、情感模式都不可能完全超脱于童年，这是我在前面已提到过的，而作为儿童文学作家创作之内在契机的童年情结则又是那种联系的集中而强烈的体现。怀有深刻童年情结的人，广义地说，是某种与童年的精神联系较之于常人更深刻、更持久的人，往往这类人的思想感情，其生活方式都尚未完全走出童年的精神氛围，或者说童年的生活方式、思想感情常常在他的精神中清晰地复现，甚至影响到他的实际生活方式。比如班马[1]和80年代的陈丹燕[2]。童年情结是主体在童年时代的精神生活中未能顺利跨越的一道坎儿，或者说是在客观的压力下主体精神强行通过这道坎儿时留下的创伤和隐痛（我在前面已谈到过，这种创伤和隐痛有时是由某种打击、变故所引发的，有时也会是因幸福的襁褓氛围不能如主体所奢望地延长而引起的），总而言之，在主体的精神成长过程中，有时需要再次跨越它。

因而，回归是儿童文学作家旧日精神生命的重演。真实的童年对每个人来说只有一次，而创作的幻想却给予儿童文学作家们以机会从不同的时空、不同的角度、不同的层次多次地、反复地重演他的童年人生。每个人在他度过那唯一的真实童年时，往往都是懵懂和混沌的——他的感知觉十分敏锐，可他的理性尚在沉睡。而在创作的重演中，儿童文学作家不仅仅以敏锐的感知觉记忆，而且用成熟的或趋向成熟的理性来重新体验、思索和评判童年的一切苦乐悲欢，他因而用自己独具的理性和幻想去发现、体会着童年的内涵，丰富和重造着童年的精神历程。

因而，回归又是儿童文学作家旧日精神生命的再生。他又看着自己牙牙学语一回，又看着自己蹒跚学步一回，又看着自己系上红领巾，又看见自己陷入青春早期的遐想和烦恼。童年的幻想和欢笑如来年的花朵再次绚烂开放，童年的气恼和泪水又痛痛快快地奔涌一回。正如一个老年人摆弄往日的相册，每一张照片都给他带回一片悠远的岁月，回忆的复活是他摆弄这些照片的最大快慰。但作家的回归童年还不仅仅是从中获得回忆的快慰，因为他并不是完全按照真实的历史时空线

---

[1] 参见第一篇第二章第二节。
[2] 参见第一篇第二章第二节。

索来引导他的重演的，事实上，如前所述，他的最大的快慰是他能够按照自己的意愿去引导这种重演，这种超历史时空的人生重演，当然是作家对童年人生的重造。

由于儿童文学作家的回归童年是在成熟的理性关照之下进行的，因此这种回归并没有将他降低为一个真正的儿童，相反却使他得以迈上精神成长的新台阶，这样，"回归"的过程换个角度看，就变成了"成长"的过程。一方面，作家在回归童年的过程中借助于成熟的理性之光重新反观和思考过去的一切，重新评判童年的价值，这是一次新的自我发现（作家对童年人生的重造便基于此）。从这种回归中，作家所获得的就不仅仅是情结的宣泄、化解，而且达到了对童年、对自我、对整个人生的更深刻更广泛的解悟，在这种解悟中，儿童文学作家终将走出童年情结的暗影（或童年精神氛围），拥有真正成熟的心境，或者说，作家在童年的某一阶段潜在地阻滞了的主体精神更流畅地向更高级的阶段发展。这便如黑格尔所说的："他穿过这一段过去，就像一个人要学习一种较高深的科学而回忆起他早已学过了那些准备知识的内容时那样，他唤起对那些旧知识的回忆而并不引起他的兴趣使他停留在旧知识里。"[1]

另一方面，儿童文学作家回归童年的过程之所以同时又是精神成长的过程，还在于作家对童年人生的重造既是一种时空的重造，又是一种精神的重造，因此作家对童年人生的重造又可看作是更高起点上的精神定位。

沈石溪的动物小说就是个现成的例证。在1991年5月昆明的一次儿童文学座谈会上，有人提到，沈石溪的动物小说尽是以一些凶禽猛

---

[1] 转引自严春友、严春宝：《文化全息论》，山东人民出版社1991年版。

兽作为主人公来描写的。的确,《狼王梦》中的母狼紫岚、《牝狼》中的母狼白莎、《一只猎雕的遭遇》中的金雕巴萨查、《白斑母豹》中的母豹、《象冢》中的老象王、《红奶羊》中的黑狼黑宝、《第七条猎狗》中的猎犬赤利、《野牛传奇》中的野牛……无一不是凶猛、剽悍甚至残忍的家伙,作家在这些形象中极尽刻画残酷、血腥、弱肉强食的"丛林哲学"。沈石溪自己曾在一篇文章中比较详细地述说了他的童年情结:他的整个童年时代、少年时代都曾深深地浸泡在贫病交加、身心羸弱和极度的自卑之中,因而他"创作的原始起因,就是为了改变自己的生存环境,弥补自己性格中的可悲缺憾",[1]并且,"说来也奇怪,我最近两年所写的好几篇动物小说都是围绕改变动物品性这个命题来结构故事的,例如在中篇小说《牝狼》中,白莎为使半狗半狼的儿子变成纯粹的狼而奋斗;中篇小说《红奶羊》中,母羊先试图改变小狼崽的食谱后又努力扭转羊儿惧怕狼的本性;中篇小说《狼王梦》中母狼紫岚耗费大量心血企图使狼儿克服自卑等等。我自己觉得这和我童年期想把一只小鸭子驯养成猎狗有某种联系。这也许是一种创作情结。也许是年纪大了,爱追忆往事,想把童年期没做完的梦做完掉。"[2]有的评论者这样谈论沈石溪的作品:"在沈石溪的短篇小说中,有一种十分典型的现代精神:超越自我……超越自我的精神表现得最为典型、最为形象的,是《雪线》……鲁非在向雪线攀登的过程中,他渐渐摆脱了爬山的本意。最后,他把到达雪线、越过雪线当成了超越自我的一种方式。到达雪线时,鲁非已经是一个胜利者了。他并没有止步。他产生了一种征服大自然、征服死亡的冲动,终于越过了雪线,进入

---

[1] 沈石溪:《在弱肉强食的丛林法则里闯荡的沈石溪》,《儿童文学家》1992年秋季号。
[2] 沈石溪:《在弱肉强食的丛林法则里闯荡的沈石溪》,《儿童文学家》1992年秋季号。

了一个新天地。鲁非在越过雪线进入冰雪世界的过程中，摆脱了同学之间的纠纷，摆脱了对漂亮女同学的爱慕，摆脱了人世间的虚荣。在这个过程中，他完成了对自己恐惧的超越，完成了对自己懦弱的超越。对大自然的宏大与深邃，他有感于心；对生的坚韧与死的神秘，他有悟于心。当他下山的时候，他已经真正成熟了。"[1]这段关于沈石溪作品中人物的描述评析，实际上已从一个侧面反映出了沈石溪本人在创作过程中所获得的精神上的自我超越，通过这种超越，在他的精神世界中拥有了一方属于他自己的自尊、雄悍的强者领地了。

这就是一种在更高起点上的精神定位，也就是作家基于童年生活尤其是对童年情结的理性反观与思索，而达到主体精神的升华。

儿童文学家的"回归——成长"还有另一种含义，即主体精神生命的再生，或重获精神年轻的需要与满足，它尤其使那些中、老年作家乐此不疲，这也可说是人类延续自我生命之潜意识在儿童文学创作活动中的一种体现和反映，重温童梦、重造童年，在更高的起点上精神定位，这一切都使成年人的生命在一个更新的精神境界中获得再生和延续。

再譬如儿童的"成长"与"回归"，还是这样一个循环往复、对立统一、双向反馈的过程。首先，作为儿童文学的读者，他在作家所提供的某些特定的虚构的生活时空中尽情地游历，体验不同的角色、不同的情感、不同的际遇，体验外在的世界和内在的自我。由于作家所提供的这些"生活时空"，无论从现象还是从内涵皆远远超出儿童自身现实童年生活时空，因此作为少年儿童的读者在这丰富的生活体验过程中实现着自己梦寐以求的超越现实智力体能局限和时空局限的

---

[1] 吴逸平：《越过雪线：超越自我的象征》，《儿童文学家》1992年秋季号。

愿望，实现着尽快长大成人以便去独闯世界的愿望，所以这个"体验生活"的过程同时又是一个"体验成长"的过程（儿童文学作品似乎给他提供了一个"超前成长"的机会）。就像班马在他的《中国儿童文学理论批评与建构》一书中说过的："儿童在探试、参与和挫折的'社会化'进程中，原来的儿童态度和心理结构才会受到挑战，才会得到最大的学习。儿童学得的最重要东西也许并不是知识，而首先是一种'自我发现'的意识能力——就像印第安儿童在成长仪式的磨难中，懂得了他的生存同玉米的关系；就像那个法国男孩在最后一堂法文课上，懂得了他同祖国的关系；就像小兵张嘎从为所欲为向心理转换的活动过程中，懂得了他同游击队队伍的关系。"在儿童文学中，这一切都是作为一种超前预演的机会被给予其读者——儿童的。

正由于这只是一种预演，因此"体验成长"并未将儿童拔高为真正的成年人，然而，它却促使儿童回归童年的新境界，因为在这"体验成长"的过程中，儿童所获得的不仅仅是成长愿望的暂时宣泄，而且还获得了更丰富的有关自然、社会与人生的知识与感受，获得了更积极主动的自我意识，获得了对自我与周围人际、事物关系的更多更深入的了解，总之，获得了一种更丰满、更斑斓、更富幻想力、更具积极意义的童年生命境界。而所有这些，恰恰是作为儿童文学读者的少年儿童从成年人所已经走过的形形色色"成长"阅历中获取的，儿童"体验成长"的过程，便如黑格尔所指出的是"必然走过普通精神所走过的那些发展阶段，但这些阶段是作为精神所已蜕掉的外壳，是作为一条已经开辟和铺平了的道路上的段落而被个体走过的"。[①]

班马曾提及文学作品中"叔叔型人物"对儿童读者的重要意义，

---

① 转引自严春友、严春宝：《文化全息论》，山东人民出版社1991年版。

他认为，"儿童通过注视着文学中的这类成年人物，寄托自己的自我投射；社会与作家通过塑造文学中这类成年人物期待着儿童的自我发现。"[①]并且，"儿童文学正可以在这里通过种种成年人物的塑造，通过成人行为的经验性细节，走向一个几乎无处不可涉及的广阔社会，走向一个奥秘无穷的人生。"[②]所以，"一种阅历故事，将是成人儿童文学作家乐于也善于作出优秀传递的文学形态。"此外，重要的是"阅历"，阅历是有形的，也是无形的，它既可以是一连串曲折坎坷的事件，也可以是一系列积淀的人生感悟，班马的"叔叔型人物"说，道出了儿童文学中的"成长↔回归"这一生命之轨特殊轨迹的一个重要方面，"叔叔们"一方面是成年人复杂丰富阅历的浓缩提炼物，另一方面又是儿童潜意识中等待发掘和认同的未来的自我。

因此，在"成长↔回归"的双向轮回的过程中，成年人（作家）以自己成熟的、更富理性的内部世界与儿童（读者）的幼稚的、更富激情的内部世界相互交融，他们之间便在又一种含义上实现了生命能量的交流、互换，这种"成长↔回归"的生命轮回过程并非使成年人变成"老莱子"、儿童变成小大人，而是使双方的精神世界都获得了充实和强化，使他们各自因此而获得了一份更加丰满的人生。

3. 同化↔顺应

"同化"与"顺应"是瑞士心理学家皮亚杰用来描述儿童认知结构（亦即心理结构）发展过程的一对矛盾概念，它们表明了在儿童的心理发展过程中，客体（来自环境的各种刺激）与主体（儿童自身）

[①] 班马：《中国儿童文学理论批评与建构》，湖北少年儿童出版社1990年版。
[②] 班马：《中国儿童文学理论批评与建构》，湖北少年儿童出版社1990年版。

的图式（认知结构或心理结构）之间的某种对立统一的矛盾关系。同化是将客体纳入主体自身的图式之中，以达到主客体之间的平衡，也就是说，当儿童遇到新事物时，总是以原有的认知结构去同化，如获得成功则得到暂时的认识上的平衡；顺应是在主体原有图式不能同化客体时，引起主体图式的质的改变（调整原有图式或创立新的图式）来适应客体，从而达到主客体之间新的平衡，这也就是说，当儿童用原有认知结构去同化（理解、接受）新事物而失败时，便做出某种调整，或创立新的认知结构去再次同化新事物直至成功，达到认识上的新的平衡。这种连续不断的矛盾运动（同化⟷顺应），既是儿童心理发展的规律，也是人类认知结构发展的一般规律。

在儿童文学的创作和实现过程中，成年人（作家）与儿童（读者）之间的相互作用，从某个角度来看，也可以用"同化⟷顺应"这一对概念及其图式来表述。这也就是说，在儿童文学作家与儿童文学读者之间，存在着一种既相互矛盾又相互转化的作用力，即相互间的调适与亲和。

按照一般文学创作的规律来看，作家取材于现实生活，并且作品需以客观形式来表达，因此作家在创作时也需要做自我与客观之间的协调，这些可以说是对客观现实生活的一种顺应；但这些取材于现实生活的素材又必然经过作家的构思、取舍和用不同的具体表现手法进行加工处理等一系列重造，这些又是作家对客观现实生活的同化，也就是作家将来自客观现实的素材纳入自己主观艺术个性的轨道或图式，使之成为客观与主观的双重产物。这样一来，同样的题材完全可以产生风格、内涵迥异的作品，因此文艺作品才会有百花齐放的局面。譬如都是以描写抗日战争中农民群众英勇斗争题材的小说，《红高粱》与以往的《铜墙铁壁》《敌后武工队》《黎明的河边》等小说在内容、风格上大相径庭，差异极其鲜明。这又都是不同时代的不同作家对客观同化的结果。同时，从另一角度来看，读者在阅读和欣赏文学作品时，也发生着这样一个"顺应↔同化"的过程，即读者在阅读文学作品时，必然要对作家创造的文本逐句、逐段地进行信息解读，沿着作家在作品中设置的系列"路标"前进，读者的思想感情在很大程度上随着作品情节、氛围、感情线索等的变化起伏而变化起伏，这就是文学作品的实现过程，它依赖于读者对作品的顺应；但是文学作品的实现过程并不是机械的、纯客观的，也就是说，读者的阅读欣赏过程并非文学作品的文本被原封不动地复印、记录的过程，它是一个主观与客观相化合的过程，即读者对作品文本信息的解读，对作家设置的情感路标的辨识，对作品情节、氛围的理解感受等等，无不受到读者自身各不相同的民俗背景、文化程度、生活境遇、性格特征等条件的制约和引导，任何一种差异都可能导致读者对作品理解与欣赏的不同走向，所以同一篇文艺作品才会产生不同的审美效应，这又是读者对文学作品的同化所造成的。

作为儿童文学作家及其读者之间相互作用、交流的一种表述，"同化↔顺应"的内涵除与上面所析的一般文学过程规律一致外，还有着自己特殊的内涵，这是由儿童文学的特殊性所决定的。

当一位儿童文学作家在他的作品中实施重造童年的工程时，他实际上是对童年的一种同化，即把童年生活素材（无论取自自己往事的记忆表象，还是取自当前少年儿童的生活表象）皆纳入他的童年情结图式之中，也就是说，他在作品中所描绘的童年景象是按照他的独特的童年经验、童年梦想等所形成的独特的童年模式来重新组合过的。这种重新组合当然是在潜意识中进行的，因为童年模式是由童年经验、童年梦想乃至成长过程中文化、时代的影响等等在作家内心长期积淀塑成的，是一种潜在的对童年的认知模式，这种潜在的对童年的认知模式上升到意识之中，便是"儿童观"的基础。每个成年人童年时的经验、童年时的梦想都不尽相同，所处具体文化、时代背景也各有差异，因此便有了儿童文学创作的千差万别。难怪有的研究者提出"有多少种儿童观，便有多少种儿童文学"了[①]。譬如说，某位作家在童年时受到过某种刻骨铭心的磨难（物质的或精神的），以致在心灵上留下深刻的创伤，那么当他拿起笔来创作儿童文学作品时，他的作品中所描绘的童年景象大多会与其幼时遭遇相仿的某种磨难联系在一起（如常新港的少年小说），他作品中抒发的童年情感也大多会是带某种忧患性的情感（如陈丹燕的少女小说和散文），而其作品主人公的性格、行为方式、命运结局等等又必然是与作者本人童年时代的某种强烈愿望相对应的（如郑渊洁的童话《皮皮鲁小传》《舒克贝塔历险记》），这就是说，作家（成年人）将客观的童年生活素材纳入了他的主观情结图式。这种对童年生活的同化过程也是作者的儿童观得以体现的过程，是作者对童年的某种改造与提升（由于渗入了愿望的因素）。这种来自作家的同化，在儿童文学各体裁中都存在着，诗歌、童话这一类主观虚构性、抒情性极强的体裁自不必说，即使是像报告文学、传记文学这类纪实性相当强的体裁，来自作家的童年认知模式、儿童观等的同化也仍是十分鲜明的（参看本书第二篇"三种时态"一节中有关孙云晓报告文学《邪门儿大队长的冤屈》所做的分析评述）。

如果说，作家在儿童文学创作中对童年的同化是必然的，那么从

[①] 王泉根：《儿童文学审美指令》，湖北少儿出版社1992年版。

这个角度去看，少年儿童读者在阅读欣赏过程中对作品的顺应也是必然的，这是儿童文学作品得以实现其价值、其意义的基本条件。只有顺应，儿童才能逐字、逐句、逐段地解读作品文本中携带的信息（对学龄前儿童来说，他们从成人对作品的口头讲述中获得的信息与学龄儿童从对作品的阅读中获得的信息大体一致），也只有顺应，儿童才能了解和领会儿童文学作品中的故事情节、人物命运和思想、感情。这就是说，当儿童阅读儿童文学作品时，他的知觉、情感和思维等等都是沿着作品所提供的具体的信息图式的内在指向运作的，他的思考、他的喜怒哀乐无不随着作品所描绘出的喜怒哀乐情景而变幻浮沉，他时而紧张，时而忧戚，时而震惊，时而大笑……这些几乎完全由作品主人公的遭际命运所决定，这是很显而易见的儿童顺应成年人（作者）童年情结图式的表现，儿童文学作品中描绘的种种事物，既有儿童熟悉的（如他的同龄人，他的老师，他们的日常生活等），也有儿童不熟悉的（如童话幻想、科学探险、古代传奇、异国奇境、外星生物等等），无论熟悉与否，顺应是儿童在审美活动中必然的而且十分重要的精神过程，没有顺应，儿童无法接收和理解作家通过作品所表达的信息，因而也无法实现作品的审美效果。可以说，儿童或是沿着作家在作品中设下的一个个路标而前行的，或是循着作家记录成长过程的足迹去体验和再现那成长的每一步艰辛与欢悦的。

与此同时，在少年儿童的阅读欣赏过程中还存在着另一种逆向的精神过程，这就是对作品的同化，或者说是对作品所表现的成年人（作者）童年情结模式的同化。当儿童欣赏一部儿童文学作品时，一方面，他逐字逐句逐段地解读着文本携带的信息密码，另一方面，他又以自己的再创造赋予这些信息以新的内涵，这是出自本能的过程，即读者是以自己的知识、经验、气质、个性及理解水平去解读、辨识作品文本所携带的信息密码的，并以自己的情感、思想、知识和经验乃至趣味去填空作品文本中存在的各种审美空间的，所以，100个处于不同年龄阶段、来自不同生活环境、拥有不同知识经验、理解能力和气质性格的少年儿童来阅读欣赏同一部儿童文学作品，就会有100个不同的审美效果产生，这是不言而喻的。譬如我在前面曾提到过的，北京燕山石油化工总公司幼儿园的小朋友们听了老师朗读童话《岩石上的小蝌蚪》之后，有各种不同的反应。儿童对儿童文学作品的同化还意味着，儿童在阅读作品文本时，他自身的精神图式便处在一个与作品所表述的作家的精神图式相互交流的过程中，也就是说，作品本文所携带的信息（人物的遭际、故事的线索、特殊的感情，以及某个特别的语句……）都能成为唤醒和沟通儿童读者自身记忆中某些深刻体验过的往事的媒介，儿童则自觉不自觉地把自己和自己的某些经历与作品中的人物、情节相置换，这不是一般意义上的"亲临其境"，此时儿童所真正达到深刻理解、为之感动、为之慨叹的，实际上已经不完全是作品本文中的人物和故事，而是自我精神图式与作品精神图式的混合体了，儿童此时所体验到的生活与成长，相当程度上是他自己的生活与成长历程了，这在那些与作品所描述的故事、人物、感情有相似经历的少年儿童尤甚。

大约20世纪80年代末，有一次我和一位同事到北京宣武区少年儿童图书馆去同一群小读者座谈，其中一位女孩子的一番话给我留下了深刻的印象，她非常动情地说，在上小学三年级的时候，她第一次读到了刘健屏的短篇儿童小说《我要我的雕刻刀》，顿时被深深地吸引住了，因为她本人就有着与章杰（小说主人公）类似的不被人理解的经历，因此那篇小说她爱不释手，常读常新，一直伴随了她好几年。这番话之所以给我留下深刻印象，是因为本来我以为这篇小说较适宜于高年级的少年人欣赏。而这位女孩子的话使我意识到，儿童在阅读作品时，的确是常常把自己放进去的，这种主体（读者自身）与客体（欣赏对象）之间的经验相似性在阅读欣赏中起着很重要的作用。试想，那位女孩子若没有与章杰相似的性格、经历，这篇小说恐怕不会使她感触这样深，因为她自己的主观精神图式已经与章杰的融为一体，她自己的经历、思想、感情已使这个"叠印"中的形象具有了比原来更具体更丰富的血肉和内涵。

实际上，当儿童的知觉、感情和思维随着作品图式的内在指向运作之时，他已将作品图式中具体的情感和思维模式纳入自身的精神结构之中了，这种同化必将丰富和深化其人生体验，促进其心智的成熟。

由此我们可以返回到作家对童年的同化这一点，正像儿童在阅读活动中存在着顺应与同化这一互逆过程一样，作家在儿童文学的创作过程中，对童年的同化与顺应也是自然的、规律性的互逆过程。首先，作家倾注在作品中的童年情结图式，是来自作家主体人格内涵的，它更多地具有理性、抽象化、概括性强的特征，而这种童年情结图式外化为儿童文学作品，必须通过特定的体裁形式，更重要的是通过现实童年的自然生态才能实现。这便是我在"人格叠印"一篇中论及的作家主观人格内涵与客观童年生态表象的融合。因此说，作家在同化童年——将童年纳入童年情结图式的同时，图式本身也在顺应童年的自然生态。此外，正如前面所分析的，作家对童年的同化也通过儿童在阅读中的顺应过程显示出来，即作家主观的人格精神图式参与儿童精神结构的调整，或唤起引导和提升童年的新境界，然而，这种对童年的改造与提升，又必须是与儿童内在生命节律相呼应的，即作家在儿童文学中表达某种思想、感情及运用某些艺术手段时，必须与儿童精神结构中各种来自生命预设的程序及源自知识经验的审美接受与表达能力相呼应，这便又是作家对童年的顺应（关于这一点，我将在下一篇进一步探讨）。

二　再谈儿童文学的功能

我曾经在绪论中提出过一连串的"天问"，其中包括对一贯以来儿童文学理论体系中的一个重要组成部分——"儿童文学的功能"观的质疑，即传统的儿童文学理论对儿童文学的功能的阐述仅建立在儿童这一个基点上。现在，当我已在第一、二篇中论及了儿童文学的本质、特殊性及其创作、交流机制之后，儿童文学功能这一问题便无可避免地再次出现了。

任何一种人造事物的功能，说到底，是与某种需要密切联系的，是为了满足需要而存在的。需要可以是多种，功能也可以有多种，但最主要的功能，即统领一切其他功能的，是与事物本质有直接联系的，是本质的外化。因此，弄清儿童文学的功能，对于从不同角度来理解儿童文学的本质有重要意义，它是现代儿童文学体系中的一个基本组成部分。

1."教育"的必然性与限定性

儿童文学的功能当中人们谈论得最多的，莫过于教育作用了，而在前几年的儿童文学大讨论中，关于儿童文学教育作用的争议也最多，众说纷纭。那么儿童文学的功能与教育作用究竟是何种关系呢？或者说，教育作用在儿童文学的功能中究竟占有什么样的位置呢？

要弄清这个问题，我们首先要来看一看"教育"究竟是什么。《现代汉语词典》的解释有两点："①培养新生一代准备从事社会生活的整个过程，主要是指学校对儿童、少年、青年进行培养的过程。②教导，启发。"《教育心理学》[①]的定义为："教育是一种社会事业，是人类培养新生一代的一种社会实践。在教育过程中，教育者按照一定的目的、计划和措施去影响受教育者；受教育者则通过自己的积极活动接受教育的影响。"此外，"教育的目的和方针是由社会需要决定的。……通过教育，受教育者形成一定的思想、观点，养成一定的品德和个性品质，获得一定的知识、技能，发展体质和其他方面，成长为特定社会所要求的成员。"从这些定义来看，教育实际上笼统地说是一种经验传递的过程，而这种传递过程的目的在于对受教育者的改造。

而文学，说到底是人之本质力量的一种艺术化显现，是人的内在精神世界的外化、释放，那么儿童文学，则是作为作家的成年人与作为读者的少年儿童双方本质力量的艺术化显现，并且这种显现是在二者的人格叠印与交流中实现的。也就是说，从创作主体的角度来看，儿童文学的基点是重造童年，而重造童年的内涵有多重：童年情结的宣泄、童年梦想的补偿、自我的重新认识和发现、自我精神生命的延

[①] 潘菽：《教育心理学》，人民教育出版社，1980年版。

长和扩展……；从欣赏主体的角度来看，儿童文学的基点是体验生活，而体验生活也有着多重的内涵：补偿体力及知识经验的欠缺，满足强烈而多样的好奇心，获得各种有关社会与自然的知识，体验成长过程的曲折和丰富，宣泄剩余精力和欲望，等等。而如前面所分析的，来自创作主体的需求与来自欣赏主体的需求恰恰是在交流的双向过程中叠印，统一，互相依存及互相转化的。

由此看来，作家在创作中的主要活动即重造童年，重造童年的过程便是作家自我表现、激情宣泄、童年情结化解、梦想实现的过程，总之，是作者的自我抒发、表达，而其所表达的，或者说，用来重造童年的材料，则来自作家的所见、所闻、所忆、所感，总之，是作家的经验的表述或传递；与此同时，少年儿童读者在阅读欣赏中的主要活动则是在解析、接纳作品本文信息的过程中再创造，使之变为自己经验的有机部分，亦即体验生活。如果我们把儿童文学的创作和阅读合起来看作一个完整过程的话，少年儿童读者体验生活的内在欲求恰恰便与作家的经验传递达成了某种默契，也就是说，作家的经验传递与读者的体验生活通过儿童文学作品这一环节形成了一个双向交流、相互依存的完整过程。从这个角度来看，作家的"传递"与读者的"体验"又似乎与广义的"教育"有某种密切的联系，即，儿童文学从某种意义上看是成年人与儿童之间精神沟通与传递的一个特殊途径。正像希腊儿童文学作家洛蒂·皮特罗维茨所说的，儿童文学的功能是桥梁的功能，[①]即沟通儿童与现实、儿童与历史、儿童与未来、儿童与成年人、儿童与儿童之间的精神桥梁，在这"桥梁"的诸多功能中，沟通儿童与成人、儿童与历史、儿童与未来的联系，可以说更侧

---

① 参见《1986年IBBY日本大会文献汇编》。

重于传递和引导，这种代系间的传递过程在一定程度上可以被看作是广义的教育过程。当然这还不够，"教育"，就其广义来说，一方面包括知识经验的传授，另一方面还包括对人格的某种塑造或改造，而这两点则大致包含在任何精神产品实现的过程中，更何况在儿童文学作家及读者的交流中，上述传递作为一种环境刺激通过儿童认知活动中同化与顺应的矛盾作用而参与儿童的精神建构，因此，说儿童文学有一定的教育作用，此为必然。

这恐怕就是为什么自有儿童文学以来，我们的儿童文学作家们，总是多多少少地怀有某种庄严的使命感的缘故。

从20世纪20年代初严既澄等人强调儿童文学的"教育价值"、30年代初钱杏邨等人提出儿童文学应"鼓动、宣传"少年大众、40年代陈伯吹提出儿童文学应熔文学风味与教育价值于一炉、五六十年代贺宜、鲁兵等提出儿童文学是"教育儿童的文学"，乃至80年代一群中青年作家倡导儿童文学应担负起"重新塑造民族性格"的责任以来，儿童文学在中国几十年的历史演进过程中，"教育"一直受到特殊关注，这不仅仅与我们的民族文化传统有密切关系，而且也与儿童文学乃至一切儿童读物的天然机制有密切的关系。然而直到近些年，人们才开始注意到，儿童文学作为文学，虽然是儿童的"文学"，其毕竟也不等同于儿童的"教育"，凡给予儿童的并不能通通归入"教育"的范畴。实际上，儿童文学的教育作用在过去的几十年中有时无意地被过分夸大了，以致压抑了其他正常的创作心理。比如，人们对儿童文学作家最常见的问题便是："你的作品表现了什么样的教育思想？"人们对儿童文学读者最常见的问题则又是："你受到了什么教育？"殊不知，这类问题往往把儿童文学人为地束缚在了一个狭隘的框子里，它们也许最鲜明地暴露出过分夸大教育作用的弊端。

虽然儿童文学中存在着教育的因素，但是我必须得说，教育作用在儿童文学中有它的限定性，它并不是儿童文学功能的主体。首先让我们从儿童文学的创作机制来看，儿童文学作家之所以投入儿童文学的创作，即其创作的冲动（内驱力）源自深藏的童年情结（包括游戏冲动等内在欲求），而童年情结则是作家早期人生的浓缩物和结晶，与教育性宗旨往往相去甚远，因此作为文学创作，教育并非其本位的、第一的、根本的目的，其本位的、第一的、根本的目的倒是作家的自我表现，或者说是作家作为创作主体的本质力量之艺术化外现。我在第一篇里曾经论及，儿童文学作家的童年情结的宣泄、化解、补偿等等，均是在重造童年的过程中实现的，重造童年即实现受抑的梦想，为创作者，也为读者，它的娱乐、宣泄、审美等意义和功能更在教育之上，而重造童年正是儿童文学创作过程中的主体内涵。

另外，也可以这么说，儿童文学创作即便是作家向读者所做的一种传递，但它所传递的东西主要并不是某种知识技能，甚至主要也不是某种思想和概念，实际上它所传递的更多、更主要的是来自作家本人的某种审美视野、人生体验和感受，以及表达这诸多体验与感受的独特的方式。譬如，我们就很难说童话《小狗的小房子》（孙幼军著）传递了什么专门的知识，甚至连说它传递了某种特定的思想观念都显得牵强，然而作者通过小狗小猫的故事又的确传递着他的某种意韵深长的人生体验和感受，传递着萦绕在他内心深处的某种独特的审美情感。又譬如，儿童小说《泥鳅》（曹文轩著）也许描写了江南水乡少年捉泥鳅时所采用的某种特殊技艺，但读者分明能够看出，作者通过这个捉泥鳅的故事所传递的主要并不是那种捉泥鳅的具体技术和相关知识（而有关这些技术和相关知识的描写，完全是作品的特殊环境氛围、人物矛盾冲突、情节的推进等的需要），而是某种深沉又空灵的审美情调，它是由关于人生的苦难与幸福、关于友情与爱、关于弱者与强者、关于江南富有诗意的田园风土人情的复杂体验与感受相交织而成的。再譬如儿童诗《春的消息》（金波著），说它传递知识、传递思想恐怕都显得牵强，而表达一种劫后余生的深刻体验，抒发对大自然、对童年、对人生的新阶段的欣喜、眷恋之情恐怕才是诗人传递的主要事物。对于文学创作来说，关键却正在于此，优秀的作品并不在于作家通过它传递了多少知识技能，甚至也不在于作家通过它传递了多少"正面的"思想和概念，而在于作家通过它所传递的审美视野、人生体验及感受，乃至新鲜、丰富与独特的表达方式，这种新鲜、丰富与独特的效果未必是加强了作品的教育作用，但必定是提高了作品的美学品位和艺术魅力。

此外，从儿童文学读者的角度来看，教育作用也有其明显的限定性。很多人都曾提及，儿童文学不同于教科书，其中最关键的一点在于它是非强制性的，它并没有权力要求每个孩子非读它不可，也没有权力要求每个作为读者的孩子必须从中获得作者预期的教育效果。儿童是否阅读一部儿童文学作品，绝大多数时候取决于儿童是否喜欢它，是否为它所吸引，是否内心里产生出读它的欲望。那么，儿童又是出于何种心理来接纳儿童文学的呢？也就是说，一部儿童文学作品是以什么来吸引、赢得儿童青睐的呢？这就涉及我在前面所提到过的儿童阅读儿童文学作品的根本动机——"体验生活"。这种在虚构的、想象的时空中展开的"体验"具有浓厚的角色游戏性质，可以说，年龄越小的儿童越会带着浓厚的游戏心理介入儿童文学的欣赏。至于教育，那是一种有目的、有计划的影响或改造，它的单向性、强制性是儿童在教室里、教科书里早已领略过的，他们主观上并不希望儿童文学的阅读成为"第二课堂"，因此，从儿童文学的审美效应、艺术魅力出发，儿童文学能否吸引儿童的关键，在于其能够提供给儿童去参与的人生游戏场（生活时空）是否广阔，其中的生活景观是否奇异和丰富，提供给儿童去"体验"的角色种类是否新鲜或能激活他们自身的情结，提供给儿童"体验"的际遇（包括探险、人物遭遇、幻想情节等等）是否够刺激、能否满足其好奇心，提供给儿童"体验"的各种情感是否能够引发他们的共鸣，等等。

总而言之，教育作用是儿童文学的创作——阅读机制中客观存在的功能或效果之一，但它并非儿童文学的真正目的。从本质上看，儿童文学的目的不是有计划地按部就班地改造儿童，而是要给儿童及成年人一个更丰富的、有更高美学品位的人生境界：对于儿童，这便是一个拥有更丰富体验的、更饱满、更有趣的童年；对于成年人，这便是一个更深刻、更年轻、更富活力也更纯真的成年。

2."美育"的必然性与限定性

正由于"教育作用"的问题在儿童文学中引出了诸多争论，因此当新时期以来，儿童文学开始被拉回审美意识的轨道后，便又产生了一种说法，即把儿童文学的教育作用改称为审美教育作用，或干脆称儿童文学的功能为美育功能。文学艺术属审美范畴的事物，所以儿童文学美育功能之说的确不无道理。

从文学艺术的基本规律、基本特征来看，任何文学艺术作品都可以说是作者的某种审美理想、审美视野、审美个性的集中展现，每一位作者在进行创作时都是对自然与生活中的美质进行了一番独到的选择和刻意的加工的，因而文学艺术的美是超越于自然的，欣赏者则能够从欣赏对象中发现自己平常在生活中、自然界中所没有发现或忽略了的美的事物，从而为之感动、为之兴奋、为之震撼、为之惊叹。譬如根雕艺术，如果不是艺术家的慧眼独具，在一般人看来，那只不过是一堆可供烧火用的枯柴而已。又譬如悲剧艺术，如果未经过艺术家的精心构思和渲染，谁又能在自己或他人生活中的不幸事件里发现其特殊的美感呢？而对各种艺术的审美实践长期积累的结果，必然使欣赏者的心灵日渐丰富，感受力日渐敏锐，审美品位日渐提高以及情操的日益向善。这就是文学艺术所具有的心灵净化作用及培养审美能力的作用，也就是美育作用，然而它并不为儿童文学所独有，它是一切文学艺术的普遍规律。

在儿童文学中，美育的问题除了与一般文学艺术的普遍规律相一致以外，还由于作者与读者之间的年龄差异而更显突出。作为读者的儿童，审美实践比起成年人来说，毕竟要少得多，并且儿童与审美活动有关的各种心理过程（如注意、知觉、想象、思维……）也显然未能充分地发展，因此儿童对事物的观察能力、感受能力、理解和思考能力等也都相对较弱，此外，儿童由于体能的局限和心智发展的局限，其活动范围的广度及深度也相应受到很大的限制，因此，他们的审美视野也必将受到极大的限制。与之相对的是，作为儿童文学创作主体的成年人，其身心发育的成熟，其知识阅历的丰富，其审美实践的频度、深度及广度，都决定了儿童文学作品中体现出来的美是一种成熟的美，即有着较广阔的审美视野、较丰厚的审美内涵、较鲜明独特的审美个性、较多样化的审美表现形式等等。儿童阅读作品的过程从某种意义上来说，也是从各个不同角度经受成熟的审美意识洗礼的过程，在这个过程中，儿童从作家的笔下发现了许多他平时未曾发现、未曾体验的美，譬如天南海北的自然景观、古今中外的悠久历史、光怪陆离的童话幻境、妙趣横生的动物世界等；儿童还可以从作家的笔下发现、感悟到他平时司空见惯但却常常忽略了的美，或他十分熟悉的但却很少用审美的眼光去观察和思考的美，譬如他所熟知的长辈们的拳拳爱心，与他朝夕相处的同龄人的内心世界等等；儿童还可以从儿童文学作家独具特色的审美个性、多样化的表现形式中领略到各种不同风格的美，譬如细腻的美、粗犷的美、优美、壮美、喜剧美、悲剧美、幽默的美、抒情的美……而这一切，都会作为儿童读者的审美实践经验，潜移默化地参与其精神的发育与发展。因此说美育是儿童文学的功能，的确有其内在的依据。

如此看来，作为一种审美实践的客观效果，儿童文学可以被看作具有美育的功能，因为同其他种类的艺术一样，儿童文学能够使它的读者的审美情感和审美能力得到一定程度的增进。但是，一旦我们要将"美育"作为儿童文学的主要功能时，却又会发现它具有极大的限定性，即"美育"并不能涵盖儿童文学的大多数的、主要的功能。这是由于"美育"之说在很多方面与文学审美活动的本质是矛盾的。

首先，"美育"作为审美教育，它与"教育"在本质上是相同的，都是一种功利性的活动，即有目的地、有计划地去影响、改造、塑造读者的审美情感、审美意识，净化或感化读者的道德意识、道德情感。然而文学的本质却是非功利性的，文学的创作与欣赏，作为审美活动，是出于人的本质力量自由显现和需要，是人的内在精神的自由抒发，是人的游戏冲动的自由宣泄，因此说，"美育"的功利性本质与文学的非功利性本质是相冲突的。尽管我们说审美实践的客观效果有助于增强审美能力与技巧，有助于道德意识的加强，但这些客观效果是在儿童文学的作者与读者双方通过创作与欣赏充分实现了自身本质力量的交流过程中自然而然地获得的，可以说是文学"无目的之目的"的表现，而"美育"是有着既定的社会审美模式规范与社会道德目标的，它是一种义务、一种责任，它把人的审美实践变为一种审美训练或道德感化活动，把儿童文学的创作与欣赏变为一种有鲜明社会目的性的活动，这必然会对儿童文学审美活动的主体——作者及读者双方主体性形成一定的压抑。

为了更进一步地说明这个问题，我们还可以从以下两方面来分析。

第一，"美育"的概念所表述的是一种单向的、由成人单方面给予和灌输的过程，在这个过程中，或在这种图式中，作为读者的儿童，仅仅被置于受灌输、受施与的地位上，即处于一种被动接受的状态，阅读欣赏的主体性无形中失去了意义，这既不能正确反映出儿童在对儿童文学的阅读欣赏过程中的真正状态，更不能正确反映出儿童审美活动的本质。我曾在前一篇论述儿童文学的创作动机时提到，在儿童文学中，无论创作主体还是欣赏主体，其审美活动的实质都是人的本质力量的显现，这也就是说，儿童阅读和欣赏儿童文学作品的过程不应是被动接受的过程，而应是主动地参与创造的过程。在这个过程中，虽然儿童是沿着作品本文所提供的信息路标去体验作者所提供的一种生活模式，并且因此他首先需要去解读和辨识作品本文中所携带的信息符号，其情感思维亦往往随着作品中所描述的故事情节、人物命运、环境背景乃至语言技巧的变化而变化，但是真正使他获得审美快感的并不在于他对作品文本中携带和传递的信息符号解读辨识了多少，即他在多大程度上接受了作者所表达的美的意识、美的格调和美的技巧，而在于他在多大程度上把他所解读和辨识出的美的信息变成了他自己的体验，并用他自己的再创造的想象去重新填充这些符号空间。具体来讲，譬如安徒生童话《海的女儿》，不同年龄的读者从中解读辨识出的信息符号是不同的，因此他们所获得的审美快感也是不同的，这取决于他们的不同体验、不同的再造想象所赋予作品本文信息符号的不同内涵。一个5岁的幼儿会在自己的再造想象中体验到海底鱼儿们像鸟儿一样穿越宫殿的窗户、那些有着少女的上半身和鱼尾巴的奇特生物是多么有趣；一个10岁的儿童或许能够开始体验到安徒生对海底世界的描绘具有散文诗一般的优美，小人鱼奇特的历险故事中那些悬念、铺垫、突转是多么令人激动；而一个15岁的少年则能够从中体验到一个神奇的爱情故事的美丽和忧伤的情调，体验到小人鱼忍辱负重和舍己为人的宽大胸怀及其纯洁高尚的灵魂；但是一个成年人却能够从这个爱情悲剧中体验到一种锲而不舍地追求理想的精神意志之美，一种对人类伟大灵魂讴歌的美。就此而言，"美育"的观念所给予我们的传递美的信息的图式过于简单化了，因为即使是同龄的读者面对同样的作品，其个人的体验与再造想象也是千差万别的，有的甚至与作者的初衷相去甚远（如我在前一篇第三节所举出过的幼儿童话《岩石上的小蝌蚪》一例），而文学作品审美价值的实现并不在于读者是否精确地"接受"了、"理解"了，或"懂得"了作者所要告诉他的一切，不在于读者是否通过这一篇作品懂得了什么是美的、什么是丑的，重要的在于读者在阅读欣赏过程中是否调动了积极的再创造的想象和体验，这种再创造的想象和体验所给予他的美感就是作品审美价值实现的标志。

第二，"美育"之说在忽略了作为读者的儿童审美活动的主动性之外，也同样将作为作家的成年人审美活动的主动性排除在了儿童文学创作过程之外。如前述，"美育"意指作家通过儿童文学作品对儿童进行审美教育。从表面上看，作家被置于施教者的位置上，但实际上他的创作主体性是被剥夺了的，至少也是被压抑了的，他更多地不是一个受自身艺术个性自由支配的创作主体，而是一个受社会义务、法则支配的工具，他的责任即通过作品告诉他的读者什么是美的、什么是丑的，按照一般的社会所公认的道德观念、审美模式来有目的、有步骤地去影响、感化他的读者，这就是"美育"的概念所表述的儿童文学作家创作活动的本质，为了达到"美育"的目的，最重要的是社会所公认的一定的审美观念模式和道德观念模式（因为"美育"的一个重要方面是道德净化或道德感化），而不是作家本人的艺术个性及标新立异的艺术探索，因为社会所公认的审美观念模式和道德观念模式在各个历史时代、各种文化、社会中总是相对稳定的，而作家的任务便是用艺术的、形象化的手段去表现这些审美观念模式和道德观念模式，这就难免会出现艺术上的千篇一律。特别是在某些社会文化中，"美育"尤被强调它的道德净化作用，这更易导致创作的某些道德图解倾向。

由此我想到了两个人的作品。

一位是瑞典童话大师阿·林格伦的童话《长袜子皮皮》，初次在其本土发表时，引起了教育界人士等的广泛非议，主要原因是由于作者通过那个邋遢、力大无比且惊人的自由散漫无教养的女孩形象公然表现了一种违背当时社会所公认的一般道德意识的惊世骇俗的、具有反叛性的道德意识，如果我们按照"美育"的要求去审视和评判的话,这样的作品倒也真的要引人质疑了:它能给予天真无邪的儿童们什么样的审美教育呢?然而林格伦一篇接一篇地写下去:《屋顶上的小飞人》三部曲、《淘气包艾米尔》三部曲、《疯丫头玛迪琴》……至今,这些作品已被列为世界儿童文学宝库中的精品名篇,林格伦也因了这些作品而被尊为世界级的童话大师。

另一位是国内新时期以来活跃的儿童文学作家班马,他前些年发表的儿童小说《鱼幻》《野蛮的风》《迷失在深夏古镇中》,散文《最后一座红冰山》等等也曾引起过广泛的批评,主要原因则是这些作品所呈现的审美模式与过去人们所习惯了的、长期得到社会公认的、相对稳定的审美模式迥然相异,"给人以全新的陌生感……作者不再按照事物的本来样式去摹写客观世界,而是力图逼近、还原儿童审美心理的原生态,把世界感官化,即把客观世界放在主观感觉中来写,通过作品人物的感官印象、内心独白、自由联想,营造出一个感觉中的亦真亦幻的艺术世界。"[①] 我无意在此处细说班马这些作品的成败得失,我只是想到,对于班马这些作品的批评大多数实际上是从"美育"或"教育"的角度提出的,正像人们曾经对林格伦的作品所做的批评那样。

这就回到了一个非常重要的老问题上:儿童文学作家们创作的内在驱动力是什么?

我已在前面多次论及童年情结的宣泄、游戏冲动的表现、童梦的追求等一系列来自作家内心深处的个性化的动机是驱动作家创作儿童文学的最重要的动力,总之,是作家自我宣泄的需要促使他拿起创作的笔。"文学的目的可有万端,一如人类生活千头万绪,生生不已、莫

[①] 王泉根:《看!班马这匹"马"》,《儿童文学家》1993年春季号。

衷一是。这是就全体而言。但就作者个人而言，情形恰恰相反。每一个人有一个独特的目的（以及他人特色与独创性）。每一个人有一个心灵。'文学自己的目的'不是别的，就是作者的人格本身。任何一个文学的使者（而非匠人），他的人格就构成了人类意义的'文学自己目的'的一个层面。"① 不仅仅成人文学，即使儿童文学，它们的内在精神都是相通的。

除此之外，"美育"之说除了与人的本质力量自由显现这一文学艺术本质相矛盾之外，它还有更多的限定性，即使从纯粹功能的角度看，儿童文学所具有的宣泄、补偿、认识等多方面的功能，也不仅仅是"美育"所能够涵括的。

3."娱乐"的必然性与限定性

正因为儿童文学具有宣泄、补偿、满足游戏冲动的功能，所以新时期以来，早已有不少强调儿童文学娱乐功能的主张，甚至有的作家宣称，自己的创作就是为了给少年儿童提供一个娱乐的天地，一个精神的游戏场，把儿童文学的娱乐功能提升至儿童文学创作与欣赏的近乎本质的地位。强调儿童文学的娱乐功能起初是与教育之说相对而出现的，具有一定的逆反、矫枉的用意在内，并且儿童文学创作与欣赏的实际机制也表明这种观点有其相当的存在依据和不乏积极的意义。

这一点首先从儿童阅读儿童文学作品的基本动机便可清楚地看出。儿童接近儿童文学，大多是为了满足其好奇心（也可算作广义的求知欲、探索欲），为了好玩，尤其是年龄越小的孩子，其"玩"的成分、游戏的成分就越重。大凡做父母的或与小孩子有过长时间密切

---

① 谢选骏：《荒漠甘泉》，山东文艺出版社1987年版，第427页。

接触的人都有过这样的体验，即幼小的孩子反复纠缠着大人讲同一个童话故事，大人苦不堪言、哈欠连天的同时，孩子却瞪大双眼，不仅不厌其烦，反而永远像第一次听这故事时那样保持着良好的新鲜状态，尽管他们已对这故事烂熟得能纠正大人无意中讲错的每一句话、每一个词语。幼小的孩子反复倾听他所喜爱的同一个童话故事，可以肯定，他绝不是为了一遍遍深入领会其主题思想、其社会意义、其美丑善恶的深刻内涵，而是那些奇妙的幻境，如拟人化的小动物、神奇的宝贝、稀奇古怪的巫婆和仙女，或滑稽可笑的或惊险恐怖的奇遇故事，甚至故事中某个短短的噱头，都会牢牢地吸引着他们的注意力，带给他们类似或胜似他们做游戏、过家家所获得的快乐。即使是中、高年级的少年儿童，儿童文学作品所给予他的游戏式的快乐、好奇心的满足也是不容忽视的，否则无法解释为什么儿童会本能地倾心于那些故事性、传奇性强的作品。在好奇心满足的同时，儿童通过精神的渠道（在精神的游戏场上）宣泄着他们过剩的精力，使其被身体心理的发育局限所压抑了的各种梦想，通过儿童文学作品提供的虚幻的故事体验获得补偿。因此说，儿童文学的娱乐性实在是由儿童阅读欣赏儿童文学的内在机制所决定的。

除此之外，人们更容易忽视的是儿童文学的娱乐功能对成年人的意义。事实上，当一位作家开始进入儿童文学的创作时，游戏冲动往往是其创作动机的重要组成部分。这一点曾被许多作家的自述所证实。譬如童话作家昭禹就曾提及，写童话"一定能延年益寿"，因为"每写出一篇童话，给我自己也带来了欢乐，仿佛又回到了无忧无虑的童年"。儿童文学作家葛冰则更生动、更具体地对成年人中的游戏冲动做了解释和描述："人一步入中年，时常会感到生活的重负，一天到晚忙忙碌碌，大有一种疲于奔命之感。忙得团团转时，极想玩玩，极后悔自己当孩子时，没能痛快淋漓地玩个痛快。现在无论如何是不能像小孩那样玩了。记得去年，我看见别人放风筝很好玩，自己便也动手糊了个小方风筝（北京人称"屁帘"），费了半天劲做好了，又不好意思自己单独出去，想带已是小学生的女儿一起去放，偏偏女儿不喜欢，我便千方百计地去动员，可谓用心良苦。"正因为如此，文学创作才成为成年人独特的游戏场，"在这个世界里，你可以无拘无束、任意驰骋，可以跑，可以跳，可以叫喊。这个天地应该有什么，涂什么颜色，设计什么奇形怪状，完全可以为所欲为。"① 这也就是弗洛伊德所讲的："当人长大并停止游戏时，他所做的，只不过是丢掉了游戏同实际物体的联系，而开始用幻想来取代游戏而已。他建造海市蜃楼，创造出那种称之为白昼梦的东西。"② 因此，说儿童文学创作在一定程度上是作家的某种自娱并不为过。

并且，对儿童文学娱乐功能的重视与提倡，的确对中国新时期以来儿童文学的发展起到了不可忽视的促进作用。譬如说，作为对中国传统儿童文学观念中"教育"一统天下的逆反，在一定程度上改变了人们的理论思路，开阔了视野，并使评判儿童文学创作的标准也在一定程度上变得更丰富多样、更立体化了，像孙幼军1981年发表的童话《小狗的小房子》，人们对它的认识就经历了一个由"主题不够鲜明突出，无明显的教育意义"到"具有清新可爱的童稚美和儿童游戏状态的真实再现"的过程，至少，文学的无目的之目的不再是令人困惑不已的东西了。又譬如，1980年以来，西方当代童话潮流中不少作家创

---

① 葛冰:《绿猫·自序》，重庆出版社1988年出版。
② 弗洛伊德:《弗洛伊德论创造力与无意识》，孙恺祥译，中国展望出版社1986年版。

作的充满大胆的荒诞性、娱乐性、游戏性，大量描写了儿童游戏甚至恶作剧的作品引起我国儿童文学界的广泛注意，越来越多的儿童文学工作者开始注意研究《长袜子皮皮》《小飞人卡尔松》《淘气包艾米尔》《豆蔻镇的居民和强盗》《大盗贼霍普金斯》《随风而来的玛丽·波平丝阿姨》，以及迪斯尼的动画片等作品中蕴含的丰富的游戏精神和儿童天性，这实际上恰恰表明，儿童文学的娱乐性问题已引起了我国儿童文学观念的普遍震荡。除此之外，作为对中国当代儿童文学发展最突出的影响之一，"娱乐功能"的大力提倡直接引发了中国当代童话理论与创作实践的一个新的飞跃。譬如对幻想——童话的基本特征——的认识，过去传统的说法认为，幻想是实现童话主题、教育意义的工具，是创作的手段，而20世纪80年代中期人们开始认识到幻想绝不仅仅是童话创作的手段，它的更重要的价值在于它还是童话创作的目的，或者说，幻想是童话创作目的与手段的统一。而出现于20世纪80年代初，至80年代中期形成高潮的"热闹派"童话创作潮则可以看作是儿童文学娱乐观的直接体现，"热闹派"童话创作尽管有得有失，但其对中国当代儿童文学创作思路的积极的冲击力则是不可忽视的。

不过，娱乐在儿童文学中虽然占有不可忽视的位置，但一旦我们以娱乐来作为儿童文学的基本功能，便又会发现它的种种局限。因为，文学虽然具有宣泄、补偿、满足游戏冲动等属娱乐性的功能，但文学毕竟是人类意识形态的活动，文学创作毕竟不等同于单纯的游戏，文学作品对读者也毕竟不等同于玩具，作为人的本质力量的自由显现，文学，包括儿童文学，有着更多文化、人生、生命的深层内涵。

就拿重造童年来说，这是儿童文学作家创作动机与创作过程的核心，重造童年对作家来说，是童年情结的宣泄、童年旧梦的补偿、游戏冲动的抒发等等，这些的确给予了作家自由驰骋幻想和抒发情感的极大快感，但是如前所析，宣泄童年情结、实现童年旧梦毕竟是通过在幻境中改造童年的不如意，重新安排童年人生，找回曾经失落的宝贵情感与体验等来实现、来达成的，而这种对童年的重建等等，并非单纯如儿童搭积木的游戏，将童年生活的记忆碎片随意拼接组合即可，作家的重造童年实际上意味着在"更高的阶梯上再现童年的真实"，意味着对童年的提升，其中已融入了作家大量的人生阅历与感悟，融入了大量的社会与历史的深厚意蕴，正如我在第二篇的"第二种时态"一节中论及过的"阅历酿造"。而且，童年情结本身亦是一个复杂的事物，而非娱乐的对象，童年情结固然是发生于作家的童年生活，然而在作家成长的十几、几十年中早已积淀为其人格的重要基调之一，早已深深渗透在作家的人生观、世界观乃至生活方式之中，成为作家独特人生阅历的重要组成部分，可以说，情结是人格的产物，又是人格的集中体现。因此说，作家重造童年是童年情结的宣泄，绝非仅仅等同于游戏冲动或过剩精力的一时宣泄，而是作家人格精神的显现、外化。这些融入重造童年过程中的来自文化、历史、特定的社会观念意识及作家独特的人生阅历的内涵是无法用"娱乐"来涵盖的。如儿童文学中娱乐主义的鼻祖《爱丽丝漫游奇境记》，其实隐藏在表面的荒诞不经下面的是对维多利亚时代广泛的社会透视。又如现代娱乐主义童话大师林格伦的童话与小说，人们既看到了它们所描绘的儿童的种种淘气行径与恶作剧的游戏活动，同时也看到它们所表述出的作家对儿童人格的深刻理解、对旧的教育观念的不满，以及作为世界上最早开始对青少年进行性教育的瑞典在四五十年代刚刚兴起的新教育观念的折射等等，林格伦的这些作品，其内涵及深远的社会意义，绝不仅仅是"娱乐"便可以完全涵盖的。

再说体验生活，这是儿童阅读和欣赏儿童文学作品的动机及过程的核心所在。儿童阅读儿童文学作品，固然有好奇心驱使，因为每一本新书都将在他面前打开一扇未知世界的窗户，儿童阅读儿童文学作品，固然也有宣泄过剩精力、游戏冲动等欲望驱使，因为儿童文学能以虚幻的游戏形式提供给他一个可以自由驰骋想象力的特殊时空。但是对文学作品的阅读与欣赏毕竟不同于儿童玩过家家的游戏，内在的身心成长需求，使儿童对阅读文学作品这一活动的内涵为体验生活大于游戏娱乐，体验生活所带给儿童的绝不仅仅是娱乐的快感，体验生活所带给儿童的，更多是人生视野的拓展、情感的进一步丰富化、社会观念的渗透、一定程度上的人格塑造等等，总之，是使儿童在阅读作品的过程中逐渐获得一份更丰富多样的精神阅历。

又譬如从儿童文学的本质——成人与儿童在审美领域的生命交流——来看，成年人循着童年情结的心路历程回归人格的发源地，是寻找精神家园的活动之一，是寻求精神再生的重要途径之一，是生命在审美领域的再一次延伸和充实；儿童则沿着作家走过的人生足迹体验成长的苦乐酸甜，这是寻求精神生命扩张的重要活动之一，是寻求自我实现的重要途径之一，也是生命在审美领域的再一次延伸和充实。总之，无论成年人创作儿童文学的活动，还是儿童阅读欣赏儿童文学的活动，都包含着深广的文化内涵和生命内涵，而非单纯的游戏冲动的宣泄或满足好奇、幻想的自娱所能表述的。

如果将娱乐功能作为儿童文学的主要功能，则很容易出现一味追求娱乐意义的副作用，即流于浅俗，无法体现儿童文学的真正本质、真正品味。因为作家一旦忽略了文学创作中文化的、人生的、审美的等内在艺术品质的重要意义，他的作品势必会变成仅重在制造趣味、笑料等的噱头上下功夫，成为既无独具特色的人生内涵，又无上乘的艺术品位的平庸之作。譬如前面提及的20世纪80年代早期，一批大胆幻想、开拓童话创作新思路和新方法的"热闹派"童话作家作品异军突起，在冲破旧的儿童文学观念樊笼、闯出儿童文学创作新局面上具有先锋作用，但是几年后，"热闹派"童话的早期锋锐开始逐渐被一大批艺术形式、创作手法乃至风格相互雷同的浅俗平庸之作所淹没，虽然这种现象有其多方面原因，但"热闹派"童话的开拓意义被狭隘地理解为仅仅是追求娱乐的效果，不能不说是许多作者创作观念上的一个误解。

4."再现人生"的必然性与限定性

从我们对"教育功能""美育功能""娱乐功能"等的分析中，似可得出一个结论，即再现人生的五光十色，表现人生中的社会文化内涵应是儿童文学更重要的内核。特别是近些年来，早已有研究者关注到了当代中国儿童文学的"人生化倾向"，这也的确反映了新时期以来中国儿童文学的一个重要特征。作为自新时期开始成长起来的一代中青年儿童文学作家，几乎无不拥有坎坷的人生阅历，正是这种坎坷的阅历促使他们在儿童文学特有的"重造童年"式创作机遇中一吐为快，特别是一旦冲破了"教育"一统的儿童文学创作思维旧框架，这种丰富而坎坷的人生阅历就成为这一群急于开拓创作新天地、新视野、新市场的作家们最大限度地开发利用的对象，成为一块广阔而肥沃的创作垦荒地，因而写人生、再现真实而复杂多样的人生内容，就成了新时期儿童文学创作令人瞩目的焦点之一,这在新时期迅速繁荣的儿童小说、少年小说、童话等体裁的作品可体现出来,如《独船》《弓》《普莱维梯彻公司》《黑发》《题王许威武》《少女的红发卡》《山羊不吃天堂草》《四弟的绿庄园》《宋街》《六年级大逃亡》等等,无不含有浓厚的人生醇味。儿童文学评论家周晓曾这样归纳道:"随着时光的流逝,创作发展的事实是:往昔偏重政治性、教育性,以狭隘的功利目的为主的文学规范,已被打破;作为对侧重灌输、防范,从而影响儿童个性发展,影响创造的某些旧传统、旧观念的反拨,出自以真诚的尊重和宽厚的爱心,对今天的孩子在现实人生面前心灵折射的审美把握与表现,已成为今天许多作家主要的着眼点。在社会主义教育的大方向下,作家似以深邃的审美眼光、纯洁的情感,表现孩子交织着欢欣和苦涩、迷惘和思考的人生黎明,已成为我们儿童文学的一种主要潮流——借用我的朋友、评论家雷达的话,这种潮流可谓之儿童文学的人生化趋向。"[①] 总的说来,作家们更多地将目光聚集于少年儿童在各种人际的、人与自然的或与社会的矛盾关系中成长、自立的生活面貌及其精神历程,更多地将笔触伸向与少年儿童的成长密切相关的社会生活纵深处,力图在更广阔、更深刻的范围和意义上揭示少年儿童内外生活的奥秘。

这种人生化的倾向使人们不断强化着对儿童文学再现人生功能的认识,儿童文学作为少年儿童"人生的教科书"的功能不断得到认同和重视,在这种认识的前提下,20世纪80年代的儿童文学作家们曾提出过要塑造80年代少年儿童的典型形象,要表现新时期少年儿童特有的生活和精神面貌等一系列观念口号,这些观念之所以能够获得比

[①] 周晓:《儿童文学的人生化趋向》,载《周晓评论选》,少年儿童出版社1922年版。

较广泛的共识，正因为它从一个侧面正确地反映出了现代儿童文学作为成年人与儿童在审美领域的生命交流这一本质特征。无论儿童文学作家的重造童年，还是少年儿童读者的体验生活，此二者的交叉点恰恰集中于"人生"，人生的阅历是作家用以重造童年的素材，也是读者体验的对象，作家在对童年的重造中描述着、宣泄着、倾诉着、思索着人生的苦乐酸甜，读者沿着作家印在作品中的人生足迹一路浏览着人生风景线，一路攀登着成长的阶梯，一路拾取着人生的精神果实。创作动机、阅读的需求与儿童文学的人生化倾向之间有着如此天然的默契，这或许是教育、美育、娱乐等诸功能所无法替代的。

但是，我仍然要说，再现人生并不是、也不可能是儿童文学的主要目的，正像其他文学艺术门类一样。文学艺术本来就是客观事物与主观世界结合的产物，在文学与艺术作品中，人生无法获得真正的再现，只有透过各种各样的作者心灵对人生的表现，而表现虽然也以客观形象为其具体的物质载体，却是经过作家主观过滤、筛选和重新组合、改造过的人生片段乃至作者的心灵意象，是作者内心世界的外化。爱德蒙·威尔逊曾这样解释文学作品对人生的所谓"再现"："任何一部虚构作品中的真实成分，当然就是作者个性中的那些成分。他的想象具体表现在人物、情景和景象的意象之中，他本性中的根本冲突以及它常常经历过的那些阶段的循环。作者笔下的人物是他形形色色的冲动和情绪的人格化，他作品中的人物之间的关系其实就是他各种冲动和情绪的关系。"[1] 这就是文学与人生的关系，文学所再现的只能是作者根据自己的兴趣、情感倾向和理性思索所选择、改造过的人生。

---

[1] M. H. 艾布拉姆斯：《镜与灯：浪漫主义文论及批评传统》，郦雅牛等译，北京大学出版社 1989 年版。

第三篇 交流：审美过程中的生命轮回

对儿童文学来说，"重造童年"本身便是一个具有鲜明"表现"性质的创作概念，从儿童文学创作机制中的"三重时态——三重人生叠印"规律我们已可得知，作家重造童年所主要依据的并非与客观现实生活之分毫不差的本来面貌，并非少年儿童客观生活现实情景的忠实摹写，而主要是围绕作家童年情结所产生的主观体验、主观感悟之中的主观人生，或者说，是客观世界与主观世界融汇、化合，通过这种融汇与化合，作者所呈现给读者的，已不是客观现实生活的真实本相，而是一种审美化了的人生景象，即作者对人生、对童年的审美化了的认识、感受和思索的结果。例如儿童诗《小兵的故事》（柯岩）、《会飞的花朵》（金波）、《我喜欢你，狐狸》（高洪波）所呈现给读者的童年人生是欢快明朗的、天真活泼的、充满亮色的，而小说《独船》（常新港）、《空屋》（曾小春）、《秋葡萄》（彭学军）、《女中学生之死》（陈丹燕）、《六年级大逃亡》（班马）等作品所呈现给读者的童年人生都是沉重滞涩的、充满压抑与冲突的；又例如童话《爸爸妈妈吵架俱乐部》（周锐）、《九重天》（周锐）所透出的幽默乐观、机智自信的童年人生气质与童话《秋千，秋千……》（冰波）、《如血的红斑》（冰波）所透出的温馨纯真、细腻多情的童年人生氛围和童话《它们》（班马）所透出的忧郁不安、充满成长的渴望与艰辛的童年人生精神等等，其对童年人生的表现即使在同一体裁、同一题材的作品中也有极大的差异。这种种不同的童年人生模式的差异，固然从一定程度上反映出客观现实生活的复杂性多样性，然而真正起决定作用的还是作家源自童年情结的对生活对童年人生的特殊审美态度。审美，并不一定是将客观现实美化，审美实际上是对客观现实采取的一种超越实存的，带有想象、联想和激情投射的观照。在这种种的审美观照中，客观的现实人生被作家感情投射为或喜剧的人生、或悲剧的人生、或轻松欢快的人生、或沉重压抑的人生、或纯净清新的人生、或斑驳芜杂的人生……无不从各种角度、各个侧面映现出作家本人独特的审美个性。

除了"重造童年"之外，其实，"体验生活"亦是儿童文学审美本质的一种突出表现，我在第一篇"动机的二相性"中对儿童文学读者心理需求的分析中已表明，儿童对文学作品所抱的"体验生活"的要求实际上是虚拟式的、游戏式的，即由于儿童在体能与智能方面的发育不足，使其在实际的客观的人生实践中受到时间、空间、社会等方面的多重限制，因而，他需要拥有一种能以想象的体验代替乃至超越实际生活体验的替代活动。在这种替代活动中，他的欲望、情感、过剩的精力能够畅快无阻地宣泄、达成，这种"体验生活"，从本质上更接近于"游戏"的性质，这也正是在儿童文学的欣赏活动中，童话、传奇故事更受青睐的重要原因。所以，从儿童文学的读者角度来看，其真正的需求也并非实际客观生活的照相或写生，而是高于现实的，在这里，"高于"并非仅仅等同于"优于""好于"，而更多是"异于""奇于""理想化于"实际客观的生活现象，这种心理需求就决定了儿童对儿童文学的阅读欣赏是一种熔想象、联想、宣泄、情感投射于一炉的"游戏化"（审美化）了的体验生活过程，而这恰恰与儿童文学作家创作过程中对人生的审美化表现相对应。"重造童年"所提供给读者的，正是读者所需要"体验"的那种经过筛选、提炼、重新组合因而拥有更多想象驰骋的时空、更高的感情浓度、更丰富的精神内涵的高于原生态的、粗糙的、平淡无奇的、因而令人沮丧的客观实际的童年人生，可以说，少年儿童读者正是以一种审美化的方式去体验儿童文学作家审美化地表现在作品中的生活。

总之，一种事物的功能可以有多种多样，但最重要的功能必定是与此事物的本质紧密相关的。

从本质出发，我们不难发现儿童文学的功能最终是属于审美的，是以审美化的语言、结构、思想和情感去重造童年人生，和以审美化的想象、联想和再创造去体验那被重造了的童年人生，成人与儿童就这样在文学中寻到了一条相互沟通、交流的最佳途径。在审美的交流过程中，一切传递、反馈、宣泄、代偿、净化、娱乐、表现、再现等等，尽在不言之中。

第四篇　现代儿童文学的美学特征

我相信，讲故事的艺术终归是真的艺术，在好的故事背后是想象力在努力，在这方面，无论为儿童写作还是为成人写作，其想象的努力是没有区别的。如果儿童读到的或听别人读的东西不是些个高高在上的东西，不是靠牺牲真实来炫耀浮华的东西，而是启发孩子们想象的东西，这孩子以后可能会乐意知道包法利夫人和拉斯科尔尼科夫。

——保拉·福克斯[①]

一　两种审美意识的对立统一

现代儿童文学的本质，如前所析，可谓成人与儿童在审美领域的生命交流，因此现代儿童文学的美学特征就取决于成人的与儿童的两

---

① 保拉·福克斯，美国作家，1978年安徒生奖得主。

种审美意识的融合与交流。成人的审美意识和儿童的审美意识在现代儿童文学中处于十分微妙的动态关系之中；当它们共同构建儿童文学的美学大厦时，它们之间既不是各自为政的，也不是相互重合的，既不能互相替代，更不能取消其中的任何一方，它们之间既是对立的、矛盾的关系，又是合作的、互渗的、相互依存的关系。打个比方来讲，在现代儿童文学的美学结构中，成人的审美意识与儿童的审美意识，就像两个相交的圆，既有各自的独立性，也有相互的兼容性、互渗性，既是两种不同因素的组合，却又不是两种因素的简单相加或多种审美因素的大杂烩，它们之间是有机的交融、动态的化合，可以说，现代儿童文学的美学魅力就在于这两种审美意识相互交融与交流的完美化。

由成人的审美意识与儿童的审美意识相互作用所构成的新的美学本体具有新的结构和性质，因此现代儿童文学所呈现出的美学特征既不完全等同于一般成人所具有的审美特征，又不完全等同于一般儿童所具有的审美特征，现代儿童文学的美学特征包容了成人与儿童的两种审美特征，同时又超越于二者之上，自成一体。

1. 并非重合

正如许多中外作家所叙述的，他们之所以被儿童文学所吸引并投入儿童文学的创作，是因为他们内心深处那个儿童的复活和童年生活体验的完美复现，他们当中有的"能栩栩如生地回忆起童年来"（克斯特纳），有的称其"童年永久地固定在我心中，如同铭刻在那里一般"（狄扬），有的则"可以轻而易举地让往日的事件、情绪甚至想法都栩栩如生起来"，以致"童年就在我身边"（格丽佩），有的则将儿童文学的写作喻为"在一个很久以前属于我的奇特的世界中行走"（杨森），有的人则将写作儿童文学的一部分使命看作"为了让我心中的孩子快乐"（林格伦），有的称在儿童诗中"又找到了童年的我自己"（金波），有的"对童年的经历有着特殊的兴趣与深刻的记忆"（曾小春）……"童年情结"对儿童文学创作的极其重要的意义，我在前已较详细地论述过，故不赘复。

然而，成年人毕竟不是儿童，几十年成长过程中的风风雨雨、世故人情，早已积淀于童心之中，给那一颗童心染上了斑驳的色彩。"童年情结"也已经过了长期的岁月酿造，不可能完全是原生状态的，就连那一份童年生活体验，铭刻在心的也早已经过了无数客观表象的渗透和潜移默化的改造，因而实际上，正像马克思所说的："一个成年人不能再变成儿童，否则就变得稚气了。"在儿童文学创作中，作家不可能真正地用儿童的眼睛去看、用儿童的耳朵去听、用儿童的心灵去体会他所要描写刻画的一切，"蹲下来"虽然能求得表面上与儿童相似的高度，但"蹲下来"讲话总是不自然的、做作的，因而也是很累的、不能长久的，如同鲁迅在《看图识字》一文中所说："孩子在他的世界里，是好像鱼之在水，游泳自如，忘其所以的，成人却有如人的浮水一样，虽然也觉到水的柔滑和清凉，不过总不免吃力，为难，非上陆不可了。"

由此而知，儿童文学作家不可能先将自己的审美意识、审美情趣、审美心理状态调整到儿童的水准和状态，然后再创作出儿童文学作品来。如果一位儿童文学作家努力强迫自己这样去做，那么他势必是在压抑自己的艺术激情和个性，乃至自动放弃了创作中的主体性位置，这显然是违反文学创作（包括儿童文学创作）的基本规律的，因而也是不可能的。作为"人的本质力量的自由显现"的文学创作是一项纯粹个体的、主观的精神创造活动,作为这种精神创造活动的创造主体,作家只有在作品中表现了真正的他自己,表现了属于他本人的审美意识、艺术个性,表现了他本人的激情、体验和思考,艺术作品才能丰富多彩和具有活力,创作(包括儿童文学创作)过程才能使作家真正地感到快乐和欣慰。作为成年人的作家也不可能真正地替儿童代言,除非他从自己的内心深处真正感受和体验到了他要在作品中所描写和倾诉的一切,因为他实际上不可能写出任何别人(包括少年儿童)所感受、所体验到的这一切。正是在这个意义上,我们说,儿童文学作家是有其独立性的,创作是他的自我表现。例如陈伯吹先生的童话《好骆驼寻宝记》,作品描写一只骆驼顽强不懈地努力奋斗,不管周围那些飞禽走兽们的唯利是图、争吵打架、怕苦退缩、丑态百出,而是默默地坚持在寻宝的漫漫长途之中,经历了冷水滩、热风洞、夹扁谷等艰难险阻,终于到达目的地,带回了能使沙漠变成绿洲的宝贝种子。这个童话的故事情趣与内涵就绝不是作家"蹲下来"作儿呓或模仿儿童心态所能表现得出的,那完全是作家本人几十年为儿童文学事业辛勤耕耘、历尽劫难之一生的写照,是作家本人对生活深刻感悟的流露,是作家对自我内心世界的剖析和倾诉。

正因为作家与儿童两种审美意识不是简单重合的关系,因此在创作与欣赏之间也并非简单的生产与消费的关系,即你需要什么我便生产什么,多一点不行,少一点也不行。文学创作的主体性在某种程度上说也是一定的主观性。虽然现代发达的儿童心理学已经详细地分析了儿童心理发育发展各阶段的主要特征,儿童文学工作者们也早已将儿童文学的读者按照年龄划分成了若干个阅读需要层次,并且详细列举了每一阅读层次儿童的心理特点、审美倾向及其对文学体裁、形式、主题、题材、构思、语言等的诸种需求的规定性，但是在儿童文学创作的实践过程中，这些有关各年龄层次的详细的条规往往显得无能为力，就像美国儿童文学作家、安徒生奖得主狄扬所说的那样："当我写书的时候，我不会而且也不必想到我的读者，我必须全然主观——只注意用儿童图书的有限形式之笼来罩住我的创作，在这笼子之中让我的创作压缩成形。正像英国人清醒地认识到的那样，儿童文学创作是最接近那种最纯的文学形式的，这就是抒情诗。我怀疑抒情诗人是否会对其最终读者的状况、组成成分和需求给予半点儿考虑。不会的，当然我也不会。现在，我已经写了二十几本书了，可我仍然对诸如儿童的年龄段、年级段或文化程度之类的事儿一点儿都不懂。恐怕这意味着我不仅是情动于中，而且是为自己写，只用我特有的艺术形式之笼赋予作品以必要的形态。"[1] 无独有偶，德国儿童文学作家、童话《永不完结的故事》的作者米歇尔·恩德也曾讲过类似的话，他以森林舞蹈家蜈蚣面对自己的上百只脚，想总结出自己美妙舞姿的规律来——究竟先迈哪一只脚、后迈哪一只脚时，反而失去了舞蹈能力的寓言故事来表明儿童文学作家创作活动的主观性。也许这些都是比较极端的例子，但是保持艺术个性的独立肯定是任何文学艺术创造的前提。在此，我无意去否定关于儿童的年龄阶段特征与儿童文学体裁形式、题材主题、形象刻画、结构手法等等之间关系的研究，事实上，这对于从某种实证角度去研究儿童文学与儿童的关系、加深从某些方面对儿童文学的认识，自有其独特的意义与价值，但是我想说明这类研究与我们所谈论的儿童文学创作的主体性并不能够混为一谈，而且我们也无法用类似于商品经济中的市场供求关系去规定儿童文学的美

---

[1] 毕冰宾译：《长满书的大树》，湖南少儿出版社1993年版。

学特征。

2. 视野相交

在儿童文学创作中，作家必须保持独立的艺术个性，但这并不等于说，儿童文学的作家与读者的两种审美意识只能是两相对立、各不相干、井水不犯河水的。说到底，儿童文学在本质上毕竟是成人与儿童于审美领域的生命交流，而交流的前提是沟通，如果双方的审美意识不能够相通相融，双方的审美视野不能够相交相接，那么也就谈不上双方的交流。正如我在前面将成人的审美意识与儿童的审美意识比成两个圆，它们之间既不是简单重合、合二为一，同时也不是各自对立、互不相干的，实际上它们之间应该是部分地相交相融的，因为儿童文学作家的创作只有通过作品与读者进行审美交流，才能真正实现其价值和意义，而要达到与读者的交流，又非需要作家与读者双方的审美意识、审美视野在一定程度上相交相融不可，因为在成人与儿童之间存在着一个显而易见的由思维、情感、性格等心理发展水平及阅历的差异所造成的审美意识落差，这个落差从一般意义上讲决定了他们之间对事物的感知、理解、判断和审美趣味倾向、审美感受能力等的明显差异，这些差异在一定程度上就成为少年儿童阅读欣赏儿童文学作品时的主要障碍，而一旦不能理解、领会和欣赏作家在作品中表现出的审美情趣，他们便会远离儿童文学作品。所以，儿童文学美学特征的极其重要的一点就在于作为成年人的作家与作为儿童的读者两种审美意识的对立统一，可以说，对立统一是实现儿童文学审美价值的首要前提，因而也是儿童文学美学特征的基础。

但是，这里所提到的两种审美意识的对立统一、相互交融，并非指的是领导与被领导、俯视或仰向的关系，无论是成人的审美意识，还是儿童的审美意识，都各具个性特征，都各具一整套在思维、情感、经验等方面相互关联的内在运作规律，亦即内在审美机制；并且，在审美过程中，创作主体与欣赏主体双方，不论成人还是儿童，都握有审美的主动权，并无主次尊卑之分，无须任何一方俯视或仰向另一方，因为这是不符合审美规律的。

两种审美意识之间真正的相互交融应该是自然而又必然的，是一个双向同化和顺应的交流过程。实际上，在成人的审美意识与儿童的审美意识中，也的确存在有某些特殊的潜在的相互区域，作为成年人的作家应该努力去接近和发掘这些潜藏于审美意识深处的区域，在这些区域中，成年人与儿童在精神活动方式上能够达到某种天然的联系与沟通，这种联系与沟通或者是以人格叠印的形式，或者是以同构复演的形式，或者是以互逆互转的形式，总之是某些属于成人和儿童共同拥有的或相似的精神活动形式。譬如，童年情结就是一个典型。如前所析，童年情结是成年人与童年人生的诸种联系沟通形式中最富于体验性、最具感性色彩、最富于激情的一种，同时也是最富历史感和较深刻的一种形势，而且更重要的，是它的本质——与真实的现实客观童年之间同构复演，这正是它最易引致成人和儿童双方沟通及共鸣的根本原因，可以说，童年情结是一座重要的精神桥梁，一条沟通成人与儿童、成年与童年的捷径。

许多世界著名的儿童文学大家们，如安徒生、卡洛尔、斯蒂文森、马克·吐温、林格伦、克斯特纳、盖达尔、叶圣陶、冰心、张天翼、严文井、松谷美代子等等，他们的作品大都有这样的特点：它们既是属于儿童的，也是属于成年人的；它们既表现了儿童的情感与思想，也表现了成年人的情感与思想；儿童可以迷恋于其中新颖奇异的故事情节与氛围，成人则为其中或悠远的情思或深邃的理趣所打动。而他们的作品成功的奥秘，就在于他们找到了一条沟通作为成年人的作家与作为儿童的读者（或主要读者）情感、思想、趣味的捷径，找到了一种真正既适合他们自己独特的创作心态，又适合他们的读者理解、领会和接受的艺术表达方式，找到了一方介于成年人的精神世界与儿童的精神世界之间的共同领域。

因此说，儿童文学真正的美学特征就在于成年人与儿童的两种审美意识的互融互渗、对立统一，儿童文学的美学魅力也正在于成年人与儿童两种审美意识的对立统一。这种对立统一的结果，造就了儿童文学复杂的美学表现形式，或者说，使儿童文学在其美学特征方面呈现出与其他文学门类不同的双重性格。

二　双重性格

作为儿童文学作家的成年人和作为儿童文学读者的儿童两种审美意识是各具自己的个性特征、各有自己的一整套内在运作规律的，是两种相对独立的精神本体，当它们通过儿童文学这一环节在某些方面"兼容互渗"之后，其各自原本的个性特点及其各自的内在运作规律并不因之完全改变或消失在对方的特点之中，而是在一种新的条件下自我显现，在一种新的结构中交叉运作，从而重新寻找各自的位置，调整二者的关系。这种在统一之中保持个性的相对独立，又在保持个性的同时相互兼容乃至相互渗透的情形，造成了儿童文学在美学特征方面独具的双重性格，或者说，这种双重性格正是儿童文学美学特征的基本内涵。

要深入了解儿童文学美学特征，就必须了解成人的审美意识和儿童的审美意识是怎样在统一中保持个性的，以及它们各自是怎样在新的审美结构中运作并且兼容和互渗的。换句话讲，就是要弄清成人与儿童是从何种途径、从何种角度、以何种方式介入儿童文学的。

1. 与成年人的创作心态相呼应

很多儿童文学作家都曾提及儿童文学是他们表达自我的最适宜的文体形式，正如英国童话作家、童话《狮子、女巫和魔橱》的作者C. S. 刘易斯所说的："儿童文学是表达我的想法的最佳艺术形式，这就是我写儿童文学的唯一理由。"（《儿童文学的写法三条》）我国著名作家、翻译家叶君健先生也曾提到过："有某些思想和感情，只有通过儿童文学的形式才能表达出来。"[1]

这些作家的话表明，儿童文学的确是一种适宜于某些特殊创作心态的特殊文体，儿童文学作家班马曾经讲过他自己是携了"童年的梦、少年的情、成年的悟"走向儿童文学、投入儿童文学创作的。[2] 这实际上概括地说出了大多数儿童文学作家的创作心态。这种特殊的创作心态可以说在相当的程度上决定了文体的特殊性，也就是说，儿童文学的文体形式不仅仅是儿童文学作家特殊创作心态的适宜外壳，更是这种创作心态、创作思维的适宜表现方式。

首先是童年情态。

---

[1] 叶君健:《春节杂忆》，载《我与儿童文学》，少年儿童出版社1980年版。
[2] 金燕玉:《中国童话史》，江苏少年儿童出版社1992年版。

这是儿童文学所独具的美学特征最主要的表现形式之一。儿童文学的童年情态主要由这样一些因素所构成：

（1）童年生活场景。这里面包括学校场景、家庭场景、社会场景及自然场景等各种与童年生活密切关联的场景，在这些生活场景中，儿童的活动即使与成人的活动相互交织，也往往占据中心地位或主要地位。比如儿童小说、儿童散文、童话、儿童报告文学、儿童叙事诗等儿童文学中的叙事体裁类作品，像张天翼的小说《罗文应的故事》和童话《宝葫芦的秘密》、徐光耀的小说《小兵张嘎》、洪汛涛的童话《神笔马良》、孙幼军的童话《小布头奇遇记》、郭风的散文诗《小郭在林中写生》、任大霖的系列散文《童年时代的朋友》、柯岩的童诗《"小兵"的故事》等等，都是十分典型的例子，这些作品无一不是围绕儿童的生活环境展开的，无一不是儿童生活场景的生动描绘。即使是以动物为主角的童话作品，其中大部分作品（特别是以低幼儿童为读者对象的作品）仍然是以模拟儿童的生活场景为主的，如冰波的童话《秋千，秋千……》。

（2）童年人物形象。童年人物形象是大多数儿童文学作品所不可缺少的，童年人物的性格、际遇及其命运往往是儿童文学作品故事的焦点。比如林格伦的童话《长袜子皮皮》《淘气包艾米尔》《小飞人卡尔松》等，都是以塑造独具一格的儿童形象为重点的。又比如常新港的小说《独船》，少年张石牙的悲剧命运始终令读者为之震撼。秦文君的小说《男生贾里》，全部喜剧式的琐事描绘、轻松的调侃，无不烘托、凸现着一个聪明、单纯、善良且平凡的20世纪90年代城市男孩的性格。而前面提到的那些儿童文学作品，都塑造了性格生动鲜明的儿童人物形象，可以说，儿童人物形象（包括童话中的拟人形象、超人形象等）是儿童生活场景中最生动、最能够吸引读者注意力的因素。

（3）童年视角和童年感情。童年视角是儿童文学极其重要的一种叙事角度，在童年视角的观照下，童年的特殊感受、体验都渗透在作品所描述的事件之中，作品也呈现了一种童年情感的自然流露。这种童年视角的参与不仅对儿童文学作品的故事情节、人物塑造产生着深刻影响，而且对作品的表现手法、语言、格调氛围等都具有深刻的影响。如林海音的小说《城南旧事》，虽然作品描绘的是传统的北京四合院中普通百姓——主要是成年人的生活悲欢，然而由于小说通篇是以一个小女孩英子的视角看出去的，是从英子的观察、感知、判断的角度去叙述和描写的，因而这篇小说便充满一种儿童的感情色彩和童年体验的独特氛围，具有成人小说所不具有的一种特殊的美学格调。再比如任大星的《三个铜板豆腐》，也是以一个少年的观察、回忆和感受的角度，将20世纪30年代江南农民的生活非常细腻和富有感情地描绘出来。童年视角当然并不仅仅限于那些回忆童年的作品，其他现实的或想象的题材与体裁的作品，也往往带有鲜明的童年视角的特征，比如刘心武的小说《我可不怕十三岁》、孙幼军的童话《小布头奇遇记》、任溶溶的诗《爸爸的老师》等等，都是这样的例子。

儿童文学的童年情态是作家童年情结自然流露的结果，是作家童年情结外化而成的特殊审美意象系统。由于童年的生活体验在作家的记忆中总是和童年时代所见所闻的事物、童年时代一起嬉戏过的小伙伴、童年时代对周围世界的种种好奇和猜测、一知半解的懵懂感受及童年时代各种喜怒哀乐的情感等等紧密联系在一起的，因此童年情结的激活往往也意味着这些童年情态在记忆中的复演。

童年情态的复演恰恰正是作为成年人的作家与儿童文学这种特殊

文体之间的直接纽带。一方面，作家借助于将童年情态外化为一系列独特的艺术形象、表现形式和艺术氛围，来宣泄自己的童年情结，表现自己的艺术个性；另一方面，这些外化了的童年情态又以某些基本形式反复出现乃至相对固定下来或约定俗成为儿童文学所特有的审美意象系统，并由此而构成了儿童文学所特有的率直、活泼、稚气、浪漫等美学基调，儿童文学的审美意象系统及其美学基调则又反过来给儿童文学作家们提供了适于宣泄、表现其童年情结的特殊渠道。

因而从某种意义上可以说，儿童文学这种特殊的文体——审美意象系统与儿童文学作家以童年情结为核心的特殊创作心态恰恰是相辅相成、相互依存的。

并且，又由于童年情态在儿童文学美学特征中所占的重要地位，作家童年情结外化而呈现出童年情态的丰富性、逼真性和独特性，这于儿童文学作品的审美魅力有着极重要的关系。换句话说，儿童文学作家在作品中所描绘的童年生活场景、童年人物形象、童年情感、童年视角越接近于客观童年的原生态，则越易获得读者的认同，而这些描写越是对客观童年生活独具一格的发掘，则也越易具有某种特殊的情趣，这些正是儿童文学美学特征的体现。譬如著名作家张天翼的童话《大林和小林》中关于小林的日记那一段描写：

星期五。起来拿早饭。后来剃胡子。后来做工。后来挨打。后来我哭了。后来睡。

星期六。起来拿早饭。后来剃胡子。后来做工。后来挨打。后来我哭了。后来睡。

星期日。起来拿早饭。后来剃胡子。后来做工。后来挨打。后来我哭了。后来睡。

　　星期一。起来拿早饭。后来剃胡子。后来做工。后来挨打。后来我哭了。后来睡。

　　星期二。起来拿早饭。后来剃胡子。后来做工。后来挨打。后来我哭了。后来睡。

　　在这里，作者精确地捕捉和运用了儿童语言的特点：结构单纯、词汇贫乏及"后来……后来……"的反复记叙口吻，在惟妙惟肖地呈现出一种原生态的童年情趣的同时，又巧妙地切合着作品揭露旧社会童工生活之残酷、单调的题旨。

　　又譬如邱勋的儿童小说《NO！NO！NO！》中的这一段描写：

　　每次放学，小伟总需要个把小时才能到家。他先到商店柜台前周遭儿检阅一遍，又到楼前拐角参观老头儿缝鞋。等来到电杆跟前，他拣起几块石子儿，又开始了新的功课。你不要以为他要用手扔石子儿打电杆，他不，那样不够高级。他用双脚夹起一块石子儿，身子猛然跃起，两脚一蹬，石子儿就稳稳地朝电杆射出去。这还不算高招儿，他还要背过身子，用两只脚后跟夹起石子儿，头也不回地朝身后一甩，石子儿就会不高不低、不偏不倚飞出去，落到电杆离地面五十公分的铁箍上。

　　……

　　像这样的描写给读者呈现的就是一幅逼真的童年生活场景，其中的童年人物行为、心理状态、性格特点等栩栩如生，而这两篇作品所呈现出的艺术魅力很大程度上也在于作者笔下童年情态的生动真实。

其次是成年思悟。

我在第二篇"人格叠印"一节中已谈到，儿童文学作家固然是在童年情结的驱使下投入儿童文学创作的，但是作为成年人，他的坎坷阅历决定了他已不可能具有一颗"原装"的童心，他的童年体验也不可能完全属于原生状态的，因此，作为成年人的儿童文学作家们所带给儿童文学的，就不仅仅是往日的童年情结所伴随的童年情态，这其中不可避免地还有成年人的思悟、成长过程中的情思积淀。所以儿童文学的美学特征就往往是童年情态与成年思悟相伴相渗，这一对矛盾的对立统一，才构成儿童文学美学特征的完整性。

许多儿童文学作家都曾经把追求纯净天真的童心王国作为儿童文学创作的极致，而事实上，几乎没有一位儿童文学作家能够真正完全地跳出成年人的思维方式，成人的人生感喟在儿童文学中随处可见。例如在中国第一本由作家独立创作的艺术童话集《小白船》中，这种感喟是十分明显的，像《小白船》一篇中迷路的孩子与陌生人之间的三问三答：

"鸟为什么要歌唱？""要唱给爱他们的人听。"

"花为什么芳香？""芳香就是善，花是善的符号。"

"为什么小白船是你们所乘的？""因为我们的纯洁，唯有小白船合配装载。"

这些对话已明显地超出了儿童的水准，而是作家从成年人的角度发出的对童年人生的由衷感叹。又例如冰心的著名系列散文《寄小读者》中，成人的种种感喟更是无处不在。即使是写给低幼儿童的作品，作家们在创作时仍难免以曲折的方式表达出某种对人生的特殊感受和见解，譬如孙幼军的低幼童话《小狗的小房子》，通篇描写的就是一只娇宠任性的小猫和一只憨态可掬的小狗之间活泼有趣的游戏交往，然而据作者自己讲，他创作这篇童话的灵感部分地来自他对成人生活中女人与男人（如夫妇、恋人等）相处时微妙的矛盾关系的某种感悟和有趣联想。

除了作家本人在作品中对人生的直接感喟以外，很多儿童文学作家还通过对成人形象的刻画来传递作家的种种人生见解。比如刘健屏的短篇小说《我要我的雕刻刀》中的班主任老师，这个内心充满矛盾冲突的成年人，以关切和忧虑的目光注视着他的学生独立不羁的个性，是作者本人这一代经历了"文化大革命"浩劫之后的矛盾性格、关注、忧虑、思考的再现。又比如陈丹燕的《女中学生之死》里面那位年轻的女记者、《青春的谜底》里面那位扮成中学生模样混入女生世界的年轻女教师、《青春的选择》里面那位中年女作家，以及《黑发》中插过队的姑姑等等，这些成年女性大都以一种过来人的复杂目光和心态观察着、揣摩着那些豆蔻年华的女孩儿们明澈如水又丰富多彩的精神世界，那目光和心态中有着掺杂在一起的慈爱、关怀、惊叹、理解、同情、快乐、羡慕和些许嫉妒与苦涩。这些形象难道没有体现着、传递着同样作为成年女性的作者本人对曾经走过的少女世界的种种复杂感受和思索么？再比如晏苏的低幼童话《哈！熊公公》中那个对小动物和蔼可亲、总是乐呵呵、细心又风趣的熊公公，实际上正是所有富于童心的成年人的缩影，"熊公公假装胆小，是为了让小狗黄黄觉得自己'浑身是胆'，特别勇敢；熊公公假装笨笨的，是为了让小家伙们在玉米地里玩得开心,'快快活活地拾玉米穗';熊公公假装粗心,其实是为了让小猫花花在家里就能'闻到田野的味儿',让她的病好得更快。"[①]作家塑造的这一童话人物形象,鲜明地体现着成年人对儿童的一份由衷的喜爱、关怀和指导。

正是由于作为成年人的作家将人生阅历中积累的种种思索感悟注入到了儿童文学创作之中,便使儿童文学在具有童年情态审美表象系统的同时,也具有了成年思悟的深层美学内涵,这就形成了儿童文学所独有的以最单纯明了的艺术形式来表达最深刻的人生内涵的文体特征,这正是儿童文学这种文体特殊的美学魅力之所在(关于这一点,我将在"表述方式"一节中详述)。如前所述,所谓有童心的成年人毕竟不是真正的儿童,经过阅历酿造过的童年情结也不可能把他再拉回到真正的童年,所以儿童文学这一创作文体吸引成年儿童文学作家的自然不仅仅是童年情态的天真可爱,更多还在于儿童文学独具的那种审美表象系统与深层内涵、艺术表现方式之间微妙的关系,童年与成年之间绝妙的结合叠印、矛盾统一,这恰恰非常适宜于那些"携着童年的梦、少年的情、成年的悟在夏日的太阳下走向儿童文学"的作家们的创作心态。世界上那些优秀的儿童文学作品都绝不仅仅表现单纯、天真、明快、稚气、浪漫的情态表象,而同时还包含了深邃隽永的人生哲理内涵及人类普遍思维方式演变的积淀等等,此二者的相互交融、相辅相成才是儿童文学美学特征之真谛。

[①] 汤素兰:《爱是人类最美丽的语言》,《幼儿故事大王》1994年第6期,浙江少年儿童出版社1996年版。

2. 与儿童内在生命韵律相呼应

现在我们已经了解到，成人的审美意识在儿童文学创作中的运作规律对塑造儿童文学的美学性格起着极其重要的作用，而同时，儿童的审美意识在儿童文学创作与阅读过程中的运作规律，同样对塑造儿童文学的美学性格起着不容忽视的作用，因为儿童的审美意识不仅是激活作家童年情结的重要因素以及影响作家选材的重要因素，而且还通过阅读欣赏过程中的反馈来对儿童文学的创作和实现过程发生作用。儿童的审美意识对儿童文学创作及欣赏的这种渗透与影响，可以从儿童文学自身体现出的特殊美学气质中见出。当然反过来也可以说，儿童文学所以能够吸引儿童的阅读欣赏兴趣，又恰恰在于其相当程度上与儿童内在生命韵律相呼应的独特的艺术韵律，因为审美毕竟是作品的艺术韵律与欣赏者的内在生命韵律之间共振共鸣的过程。

（1）感知型

儿童心理发育的水平决定了儿童的审美心理活动具有自己特殊的规律，感知型则是其中重要的一种。外国的美学家曾做过有关儿童对绘画作品的审美实验，许多实验表明，从6岁到10岁的儿童，当他们回答为什么喜欢某些画时，他们只会提及画的内容——也就是列举这些画中所描绘的特定事物，而画的构图、形式这些因素对儿童则没有什么明显的吸引力，至少儿童尚未意识到这些因素的影响。瓦伦丁曾在《美的实验心理学》一书中举了一个生动的例子：一位很聪明的9岁小女孩，当问及她为什么喜欢某幅风景画时，她回答："因为我看到各式各样的花朵、房屋、大海和一个挽着花篮的小姑娘。"问及她为什么喜欢一幅表现一位骑士的画时，她回答："因为他戴着漂亮的帽子和耳环,有美丽的卷发,穿着潇洒的黑外套。"可见,儿童,尤其是年龄较小的儿童在欣赏美术作品时,往往出于感知型的本能而采用一种朴素的写实主义态度,即注意到绘画内容与其客观生活的熟悉程度。此外,内容的新奇性对他们也有强烈的吸引力,甚至超过了他们所熟悉的内容。但是即使是年龄稍大的儿童,他们除了较多关注色彩、形状之外,仍很少关注构图、细节及其他技巧。[①]

这种感知型的审美心理活动规律无疑也在相当程度上制约着儿童的文学审美活动。比如说,儿童大多倾心于叙事体裁的作品,这是因为叙事体裁的作品中具体的形象多于议论、抒情体裁的作品;而在叙事体裁的作品中,儿童又大多倾心于幻想色彩浓重的,如童话、科幻故事等,这是因为这类作品中新奇的形象多于一般的生活故事、小说的缘故。那么相对地,儿童文学在审美意象系统方面普遍追求的形象与色彩的丰富性、新奇性,故事细节的可读性等等,以及儿童文学所特有的以具体单纯的形式蕴藏抽象深刻的思想内涵的美学特质,都恰恰迎合了儿童这种着重于感知和体验的审美心理活动规律。比如安徒生的童话《海的女儿》,其中关于华丽的海王宫殿、绚烂的海底世界、体貌优美的人鱼公主、令人恐惧的海巫婆及其住所等等环境细节的丰富多彩的描绘,以及人鱼公主借助于巫婆的神药将鱼尾变成人腿的神奇情节,这些具体而生动的审美意象已经在相当程度上给予了儿童们极大的美感,即使他们尚不能完全理解这篇童话在人道主义和宗教、哲学方面的深邃内涵。

(2)动态型

好动,是儿童的一个突出特征,这是由儿童的生理发育状况所决

[①] C.W.瓦伦丁:《美的实验心理学》,周宪译,北京大学出版社1991年版,第72~76页。

定的。新陈代谢的旺盛、骨骼肌肉正处在生长阶段，运动便是儿童本能的肌体欲望，而注意力的不易持久等神经系统发育的特点又使这种运动欲同时内化为一种心理活动的动态型特征。这种动态型特征对儿童（尤其是年龄较小的儿童）审美活动的影响主要表现为：易为新奇事物所吸引但兴趣又很容易转移，对事件的发展过程极感兴趣，而对于人物的内心活动、细微的情感变化、四周静态的景物等等的耐心体察、细致观赏，则只有年龄较大些的少年才可能做到。儿童（尤其是较年幼的儿童）这种"好动"的生理及心理特征投射到他们的审美心理活动中，其突出的表现便是："我们希望出事，而且要快！"因此，儿童在阅读和欣赏儿童文学作品的时候，往往对"事"的兴趣比对"人"的兴趣更大、对"变化"的兴趣比对"静止"的兴趣更大。在很多时候，由于儿童被作品中的"事件"所激动着，并急切地想知道事件进展的结果是怎样的，因此作品中的人物心理描写、环境景物描写、抒情议论的描写，甚至冗长繁赘的对话之类往往是被儿童匆匆翻过、无暇顾及的部分。这种审美心理活动的规律尤其体现于儿童对作品情节"可读性"——紧张性、曲折性、惊险性、新奇性、刺激性等等——的选择上。一个突出的例子便是前几年郑渊洁童话在少年儿童中获得的广泛欢迎和反响，同时，以郑渊洁童话为代表的"热闹派"童话也普遍受到儿童的喜爱，这其中最主要的奥妙便在于这些童话大多具有或曲折神奇或紧张惊险的故事情节，同时这些童话又大多都避开了过细和静止的人物心理刻画、景物描写之类。可以说，这一类型的童话作品在美学特征上，迎合了儿童审美心理活动的某一个重要方面。儿童的审美心理活动的这一规律也在一定程度上表现在他们对儿童文学作品体裁形式的选择性喜好方面，例如大多数儿童更倾向于欣赏叙事性体裁的作品，如故事、小说、童话等，而较少倾向于欣赏纯抒情性、议论性体裁的作品，如诗（特别是抒情诗）、杂文一类，这是因为叙事性作品通过外在情节（事件）的进展而更多地体现出一种运动感，其中主人公的命运变幻又使情节的进展具有较强的戏剧性，而抒情性、议论性体裁的作品则更多是内部的、静态的心理情感的抒发。所以，儿童文学作品在美学表达上更多地重视"动感"，这种动感除了以故事情节、人物命运的变幻发展等来体现之外，往往还体现于在抒情性作品中频繁地变幻审美意象，体现于在抒情性作品中叙事性因素仍占有一定的地位。

（3）体验型

体验型作为儿童审美心理活动的重要规律之一，是与儿童生理心理发育过程中感知能力占相对优势，及其肌体运动系统发展相对旺盛等特点紧密相关的。在儿童的审美活动中，这一规律突出地表现为儿童的审美活动常常伴随着某种亲历亲为的"扮演"性质。儿童，尤其是年龄愈幼者，常常模糊自我与审美对象之间的距离，常常难以像成年人那样面对审美对象冷静地观照和客观地分析，而是往往要将自己下意识地置于特定的审美环境、审美氛围之中，乃至将自己下意识地参与到特定的角色位置之中去，去体验、置换角色所遭遇的一切奇情怪遇，这就与成人审美所具的思辨性、观照性、情绪净化、理想升华等有很大不同，而更倾向于游戏，尤其是角色扮演性质的游戏，游戏的同时，角色就是他自己，他自己就是角色，他与角色融为一体，他的幻想和他的激情的参与，赋予了角色及其遭际更丰富、更具个性化的内容，正像瑞典儿童文学作家玛丽亚·格丽佩所说的："早年的经验给人以困惑，谁也难以弄清什么是自己的真正经验，什么不过是故事而已。对很小的孩子来说，故事本身就是一种直接经验，特别是当孩子把自己也卷进故事中去时更是如此。叙述根本不占有他们的头脑，字词和说话人并没有生命，有生命的是那些画、那些事和感情等等。"因此，"体验"就是内化了的身体扮演。

又比如儿童的泛灵观念，从某种角度来看，实际上是儿童体验型审美心理活动规律的一种表现。所谓泛灵观，是指儿童与原始人类在思维特征上有某种相似性，都以为世上万物同自己一样具有生命、灵魂、情感、思想，因此儿童特别喜欢运用拟人化手法创作的童话故事，一如原始人用拟人化创造出神话，此外，儿童在游戏中也总是把小猫、小狗、玩具娃娃之类当作自己的有生命的伙伴，与它们对话、同它们玩耍，人们常把这类现象通通归于儿童的"泛灵观念"。在实际生活中，一个5岁左右的学龄前儿童虽然津津有味地和他（她）的玩具熊、布娃娃玩过家家，给它们喂食，哄它们睡觉，但是我们很难说这个儿童真的相信玩具熊、布娃娃与他（她）自己一样有生命、有思维、会讲话。事实上，在日常生活中，几乎没有哪个5岁以上的儿童还像在童话世界中一样把现实与幻想搞混，实际上他们区分得一清二楚，而且很少会上大人的当。他们的所谓"泛灵观念"仅仅表现在游戏中，文学欣赏对他们来说也是一种广义的游戏（我自己的孩子在4岁时就已相当明确地将各种玩偶及动物与人区分开来了，但这并不妨碍她热衷于上述游戏），而儿童文学的读者对象大部分都在5岁以上。事实上，尽管我们不排除在年龄相当幼小的儿童思维中还较多残存有原始思维遗迹——这种集体无意识中当然也包括泛灵观念，但是，大多数儿童的审美心理活动更多的是受体验型审美心理活动规律制约而不是受泛灵观的制约，这种拟人角色的游戏，由于具有某种"扮演"的性质而令儿童深深地沉醉其中。一个有动物、植物、玩偶等等参与的童话世界之所以让孩子们着迷，因为这恰恰应合了其假想中"扮演"的游戏氛围。正如成年人中那些较少写实和思辨色彩而具更多浪漫型审美心理的人们深深地沉醉于想象类作品一样。

正因为这样，儿童文学又是一种提供"体验"——戏剧化人生——的文学，可供儿童体验的戏剧化故事、人物、场景等等，构成儿童文学特有的美学景观，而抽象化、平淡化、空洞化——凡是与"戏剧化"相悖的东西都是被排斥的。

（4）成长型

成长，是一切生命根本的内在驱动力。在生命的成长过程中，反压抑、克服限制、冲破旧的平衡、追求创新，这都是生命成长的内驱力使然。

儿童时期是人类个体发展的初级阶段，无论从肌体方面还是从精神方面，都正处于一个成长发育的时期，其各种内外器官、肌体的各个系统都在不断地完善化，其各种心理过程（感知、思维、情感、意志、性格等）也都在不断地走向成熟和复杂化。从整体上来看，由于处在成长发育的旺盛期，儿童的心理趋向总的来看是呈"向上"的状态的。这种"向上"的成长型心理状态必然会对儿童的审美心理活动规律产生深刻影响。

譬如说，绝大多数儿童拥有强烈的好奇心、探索欲，这正表现了儿童在成长型的心理状态驱使下，下意识地强烈地企望冲破自身生理心理发育的局限，企望走出"家庭——学校（幼儿园）——家庭"的生活小圈子，企望挣脱家长、老师日复一日的严格约束，企望扩大有限的认识视野，等等。儿童在其文学审美活动中，也明显地表现出这种强烈的好奇心和探索欲，比如儿童大多对于文学作品中新奇、幻想、陌生的内容及夸张、滑稽幽默、富创造性的表现手法极感兴趣，尤垂青于童话、科学幻想小说、传奇故事、历史故事等等，这些无不属于此种审美心理活动规律的必然反映。

又譬如说，大多数儿童向往摆脱目前的幼稚状态，向往参与、干预成年人的生活。儿童对成人生活的向往、参与最初是以模仿的形式来表达的，比如学龄前儿童的过家家游戏、角色游戏、打仗游戏，5岁的孩子缠着父母买书包、文具渴望当一名真正的小学生，刚进入青春期的男孩子偷偷地模仿叔叔吸烟，女孩子则悄悄地试穿母亲的高跟鞋，更有一些少年人，已能独立地外出旅游探险，或独立地参与科研活动（如发明创造），独立地参与艺术活动，或独立地参与社会经济活动，等等。这些都在一定程度上反映出儿童在成长型心理状态中逐渐脱离幼稚，尝试人生，走向社会，从而一步步完成社会化的过程。这种渴望长大、渴望独立的成长型的心理状态反映在儿童的审美活动中，就出现了某种"向上"的情形，即如儿童文学作家班马在《中国儿童文学理论批评与建构》一书中所提出的"儿童反儿童化"规律，也就是指大多数儿童到了小学中年级以上，便希望更多地读到有关成人世界的内容而不是有关小弟弟、小妹妹、小猫、小狗的内容，他们希望获得更多"成人"的体验。或如另一些研究者曾谈及的少年儿童的"英雄崇拜""偶像崇拜"，也是这个意思。

再譬如"成长的烦恼"，这是一个泛化的概念，泛指少年儿童成长过程中必然遇到的一系列身心失衡、思想困惑、感情失落等等精神问题。这些问题几乎是每个儿童都会遇到的，并且在儿童成长的每个阶段，都有不同性质、不同形式的"烦恼"存在。比如4岁儿童的

"第一反抗期"，青春期少年的"第二反抗期"，等等。而这些"烦恼"大多是由于儿童成长型的心理倾向与其实际身心发育水平之间的矛盾引起的，因此儿童除了希望在文学作品中获得"成人"的体验之外，还有一种从文学作品中获得自我认同的潜在需求，只有这种需求得到满足方能使之在"成长"的过程中不断自我调整，走出"烦恼"。当代儿童文学尤其少年文学对"成长的烦恼"所倾注的大量关注正是基于少年儿童的这一审美心理活动规律，比如"早恋"题材小说，比如少男少女心理小说，比如战争或和平时期的"苦难"小说，前两者更多侧重于精神上的，而后者更多侧重于物质上的，等等。

凡此种种，儿童的审美意识通过上述各种特殊的内在生命韵律与儿童文学达到相适、呼应。

仔细想来，儿童文学的双重美学性格实在是个玄妙的事物，它其实在某种意义上正是人类自身性格的写照。所谓"双重"，绝不是机械的一半对一半的均衡概念，绝非用平常手段可以精确地测量出的，它不是有关尺度的概念，而是有关艺术气质的概念，我们无论如何也无法从中求取一个绝对的平均值。"双重性格"甚至是一个有极大弹性的概念，从广义儿童文学的三个组成部分——幼儿文学、狭义儿童文学、少年文学，我们都可谈及它们的"双重性格"。可是它们的"双重性格"绝不是一个常量，这一点我们从多年来关于"儿童化"和"成人化"的争执中便可以见出。由此而知，"双重性格"实在仅是我们思考儿童文学美学特征、审美内涵结构的一个起点、一种思维走向而已。

三　表述方式

儿童文学作为一种特殊的文体，它不仅仅是一种社会内涵的适宜外壳，更是某种特殊的思维形式、创作心态及生命韵律的表述方式。儿童文学的内在主体：过去的儿童——成人和现在的儿童，他们各自的生命韵律、各自的审美意识在"童年""成长"这两个基本的界域中共振共鸣，其独特的重奏和声便构成了儿童文学所特有的双重美学性格。这确是文学家族中的一种奇观，而使这奇观能够为人们所欣赏的，唯有儿童文学独特的表述方式。

1. 作为本质外化的表述方式

独特的表述方式对儿童文学的基本意义就在于，它是儿童文学之所以区别于成人文学的最外在的途径和标志。实际上，我们仅仅从外在的体裁形式上很难对儿童文学和成人文学做出根本性的区分，像诗歌、小说、故事、散文、传记文学、报告文学这些体裁自不必说了，无论是成人文学还是儿童文学都无法将之据为专有。即使寓言、科幻作品、动物小说之类，也从一开始便属于双栖类。譬如，中国先秦诸子寓言、希腊伊索寓言、法国拉封丹寓言、俄国克雷洛夫寓言及现代儿童文学作家们专为儿童创作的寓言之间，除了某些表现手法的不同以外，作为文体它们有何根本的不同？又譬如，凡尔纳的《气球上的五星期》、威尔斯的《火星人》与郑文光的《神翼》和《飞向人马座》、童恩正的《五万年以前的客人》、肖建亨的《布克的奇遇》等之间，除了幻想事件的差异外，作为文体它们又有何根本的不同呢？再如杰克·伦敦的《白牙》《野性的呼唤》与汤姆·西顿的《狼王洛波》之间，发表在《儿童文学》杂志上的《第七条猎狗》和发表在《人民文学》杂志上的《野狼出没的山谷》之间，除了情节描述的差异外，作为文体又有什么根本的区别呢？甚至童话，儿童文学的最后这张王牌，也非儿童文学所独有，在古印度的《五卷书》、阿拉伯的《一千零一夜》、法国贝洛的《鹅妈妈的故事》、德国格林兄弟童话集，乃至中国的《西游记》《聊斋志异》这些为成年人而作的童话与安徒生童话、小川未明童话、林格伦童话、叶圣陶童话等等这些为儿童而作的童话之间，作为文体又有何根本的差异呢？甚至更进一步，人们常将童话文体的本质特征归于幻想，可大而言之，一切体裁的文学创作，就其本质来说，难道不是幻想、不是对世界对人生的虚构吗？另外，从古老的神话传说、源远流长的民间童话到20世纪的荒诞派文学、魔幻现实主义文学之类，幻想作为一种文学表现手段不是始终被广泛地使用着吗？

除去体裁形式之外，从作品的内容方面如题材主题、人物情节等等，我们仍然难以对儿童文学和成人文学做出根本性区分。譬如题材，在成人文学中，有关于历史斗争、时代运动的重大题材，也有关于凡人小事的一般性题材；在儿童文学中，同样地，也有关于历史斗争、时代运动的重大题材，也有关于凡人小事的一般性题材。像吴强的《红日》、杨沫的《青春之歌》与徐光耀的《小兵张嘎》、周一良的《我们在地下作战》同样都是描写战争题材和白区对敌地下斗争题材的；像描写中华人民共和国建立初期改造资本家的艰巨斗争的成人小说《上海的早晨》与描写中华人民共和国建立初期解放军进藏与反动奴隶主残余势力斗争的儿童小说《绿色的远方》，也同样都是对那一特定历史时期重大社会生活题材的反映；像茹志鹃的《静静的产院》与张天翼的《罗文应的故事》，又同样都是对有缺点的普通人生活的细腻描绘；像刘白羽的《长江三日》、杨朔的《荔枝蜜》与冰心的《寄小读者》、金波的《天绿》、郭风的《搭船的鸟》等作品，同样是对大自然的热情歌咏；而鲁迅的《从百草园到三味书屋》、丰子恺的《给我的孩子们》与任大霖的《童年时代的朋友》不同样是对童年生活的深情怀念么？等等。我们确实难以从题材上将它们各个划分为成人文学类或儿童文学类。更何况自20世纪80年代以来，我们的儿童文学不断地冲破各种题材方面的"禁区"，儿童文学的笔触已从幼儿园、学校、家庭广泛地伸向社会生活的各个领域，正面的、反面的，不一而足。可以这样说，成人文学能够涉及的题材，基本上都能够出现于儿童文学之中。

再看人物形象的塑造。毫无疑问，儿童文学自然要塑造大量的少年儿童形象，但同时儿童文学中也塑造了大量成年人的形象，正如成人文学中亦免不了有许多少年儿童形象出现一样，儿童与成人原本就是生活在同一时空中的，是相互依存、不可分割的，由此方构成完整的人生。譬如儿童文学中固然有小兵张嘎、罗文应、王葆、人鱼公主、丘克和盖克、长袜子皮皮等天真可爱的儿童形象，但也有《小兵张嘎》中的罗金保叔叔、《汤姆·索亚》中的波莉姨妈、《玛丽·波平斯》中的玛丽·波平斯阿姨这些鲜明生动的成人形象；成人文学中固然有朱老忠、林道静、祥林嫂这些成人形象，但也有《悲惨世界》里的珂赛特、《城南旧事》中的小英子等天真可爱的儿童形象。

如此种种，我并不是要说成人文学与儿童文学之间毫无区别、毫无二致，事实上，当我们面对林林总总、浩如烟海的文学作品时，其中大多数作品究竟属于成人文学还是属于儿童文学，是能够大致上一目了然的，那么作品又是通过什么样的特殊方式来提醒我们这一点的呢？也就是说，什么是儿童文学这种特殊文体本质的外在标志呢？

是表述方式。是儿童文学独有的表述方式。

这就是说，决定了一部作品属于成人文学还是属于儿童文学的，主要不是作者"写了什么"，而是作者"怎样写的"。

2. 成长——永恒的母题

过去，人们常把儿童文学看成是爱与美的王国，是表现人类情感至圣至洁至纯至美之境的文学，而这一切皆源自人们相信童年的天真纯洁、无忧无虑。但是，现代人们越来越看清了童年的生命本相并不等同于天真纯洁、无忧无虑，这种看法实际上是把童年看成了一个固定的无生命无发展的事物；况且，爱与美作为人类的理性追求和价值取向，并不仅仅为儿童文学所专有；近些年儿童文学创作在题材主旨上日益扩展拓深，也使其主题题材、艺术格调等呈现出更加复杂多样的趋向。爱与美并不能真正体现出童年的生命精神，无法涵括和制约儿童文学的整个表述体系。

从本体上看，儿童文学是这样一种文学：它基于人生长河中的某一特定年龄阶段——童年（现在的和过去的），然而无论是现在的还是过去的童年，都是人的生命中最富孕育性的一个阶段，任何生命都不可能永远停留在童年阶段，不可能永远停留在初始状态、幼稚状态，生命总是不断成长的、不断发展的、不断走向成熟的，生命一代代发展下去，童年也一代代发展下去，无论是"现在的"童年生命的走向，还是"过去的"童年生命的走向，无不是成长、发展。所以童年的真正生命精神是成长，主宰整个童年的主旋律是成长，那么，以童年为基点的儿童文学的永恒母题、内在精神也是——成长。

成长作为一种文学母题，一种内在精神灵魂，可以说深深地渗透在儿童文学的整个内容系统中，它既制约着儿童文学的表述方式，又为儿童文学所特有的表述方式所体现着。这种渗透和制约，可以说从创作的选材过程就开始了，并且更集中地体现于作品的题材、主旨、人物、情节等"内容"系列的加工营造之中。

譬如儿童文学的题材，大多不外乎围绕着"回忆中的童年生活"和"现实中的童年生活"两大类，这其中，或是由蒙昧顽劣转向混沌初开的童年，或是意外磨炼导致早熟的童年，或幸福的童年，或苦难的童年，或战斗的童年，或思索的童年，或好奇探险的童年等等，无论描写的是哪一类童年生活，总是围绕着成长的坎坷、成长的见闻、成长的喜悦、成长的烦恼、成长的困惑、成长的得失等等一幕幕成长的悲喜剧而展开。像少年报告文学、儿童传记文学、儿童散文、儿童纪实文学等，往往更是着眼于人物的幼年、少年成长历程进行选材，如《少年鲁迅》《我的弟弟萝卜头》《赖宁的故事》等等。而像儿童诗歌，除了咏叹自然（多为用儿童成长中的心理感受去体会和抒发）之外，也仍是从儿童的生活中选取与成长密切相关的、最能体现成长意味的片段、情感、思绪作为抒写的素材。童话也是现实生活的一种巧妙的模拟。总之，如果我们把眼光从"成长"放开去，会发现儿童文学中成长的涵括面的确十分宽广。

又譬如儿童文学作品中的人物形象，其重点大多集中于人物的行为、心态、性格的变化轨迹中所透露出的"成长"意义。例如颜一烟的长篇小说《盐丁儿》，就是通过刻画一个清末大家庭的女儿怎样从一个备受封建家长歧视虐待、孤苦无助的小女孩成长为一名坚定成熟的革命战士的性格发展来体现"成长"的。又如刘健屏的长篇小说《初涉尘世》，也是通过刻画一位家庭突遭变故的农村少年怎样在闯荡社会的过程中从天真幼稚、脆弱到日益坚强深沉的性格变化来体现"成长"的。再如刘心武的短篇小说《我可不怕十三岁》，则通过描写一位都市男孩在青春期到来的发育中一系列细微的心理变化及随之所引发的行为、思想、性格的改变乃至对其家庭的深刻影响来体现"成长"的。无论作家笔下的人物是男孩还是女孩，无论他们分布在城市还是乡村，亦无论他们处于何种时代环境，"成长"往往是这些人物形象的基本格调。也由于此，这些人物的性格中大多存在着幼稚与成熟的矛盾冲突，幼稚是成长不可缺少的起点，成熟则是成长所追求的既定目标，介于幼稚与成熟之间的少年儿童在成长的过程中几乎每时每刻都面临着这种矛盾冲突，这种矛盾冲突便是成长的正常形态。因此，儿童文学中就有了一大批这样的少儿形象：如《宝葫芦的秘密》（张天翼）中徘徊于诱惑与自责之间的王葆，如《微山湖上》（邱勋）中审问黄牛的小驹子，如《小兵的故事》（柯岩）中揪下帽檐儿扮海军的小哥俩，如《告别裔凡》（秦文君）中隐姓埋名与女同学通信的男孩子等等。

又譬如儿童文学作品主题的提炼，也常常围绕着成长——人的社会化乃至人在社会中的自我实现化——来展开。社会化过程是一切高等群居动物"精神成长"的必然过程，而在社会中的自我实现化则是高等动物"社会化"的最佳境界。首先是自我意识和语言的实现，随之而来的便是对社会群体行为规则及其所代表的价值观的接受，社会群体的行为规则又分为初级的和高级的，初级的规则仅涉及人的社会性行为的初级形式，如讲卫生、懂礼貌、守纪律等进入社会、人际交往的最基本的外部行为规范，而忠诚、道义、守信、仁爱、宽容、机智等等则已属人类社会群体行为规则的高级形式了，属于社会伦理范畴了。然而即使是接受了社会群体的高级行为规则，仍与完全彻底的社会化乃至自我实现化有着很长一段距离，因为人类社会中实际上并存着多种不同的行为规则体系，在不同的时间、环境条件下各体系之间不断地摩擦出各式各样的矛盾冲突，而人只有在各种矛盾冲突中不断经受击打和磨炼，不断寻找和把握各种规则体系之间的微妙张力与平衡，并最终保持和实现自我的价值，"成长"才真正完成，而这一成长的过程有时是要持续人的一生的。不过，就儿童文学来说，其所涉及的多为一个人成长中最基础的东西，即群体行为规则的接受和树立信心——对所接受的行为规则的信心和对自我价值的信心。我们在大量的低幼文学作品中看到的正是那些最初的和最基础的行为规则的演示，以及通过对自然界中，儿童游戏中呈现的和谐之美的赞颂而含蓄地暗示对人类社会中正义、善、仁爱、诚实、俭朴等传统正面行为规则体系的肯定和信念。正因为此，儿童文学尤低幼文学常表现出相当的功利性，它表现的正是代与代之间的意识信息传递。在迈出成长的第一步后，儿童们将开始面临和体验冲突——不同的价值观及其相应的行为规则体系之间的冲突，如善与恶的冲突、性格与环境的冲突等等，在儿童文学尤其是少年文学中这种主题亦大量出现，这类冲突有时外化为人物行为之间的矛盾，有时内化为人物心理的困惑失衡，但最终都会化为人物成长道路上至关重要的一个台阶。

"成长"之所以能够成为儿童文学永恒的母题，就在于它所包容的无限时空，虽然每一代人的童年所遇到的成长问题都不可能毫无二致，但是一代代童年在时空的叠印中毕竟有着那么多"复演"的机会，可以说,"成长"是成年与童年相互连接、沟通、交叉往复的纽带,它所蕴涵的是过去、现在及未来的多重时空,因此成长的母题正是儿童文学双重美学性格的一个绝好的表现方式。

3. 寓言结构

伊索寓言中,有一则脍炙人口的《狐狸与葡萄》的故事,讲的是一只狐狸,见到熟透的葡萄不禁垂涎欲滴,无奈葡萄藤架太高,狐狸几次三番想尽办法均够不到手,于是狐狸悻悻然道:"这葡萄肯定是酸得不能吃的!"说了方心安理得地走掉。在中国先秦时代,也有一则尽人皆知的寓言《守株待兔》,讲的是某农夫,偶见急奔的野兔仓促间一头撞死在树下,从此便不事耕作,每日专坐在树下等候其他自己送上门来的兔子,日复一日,第二只兔子始终没有捉到,而田地庄稼却早已荒芜殆尽了。

从这随手拈来的两则中外寓言中,我们可以见到什么是"寓言结构",即以一个虚构的故事作为外在的形式框架,这个外在的形式框架是由人物(无论是拟人化的动物还是常人)关系、细节等因素构成,而其外在形式框架中的内在结构则可看作是对人类生活的某种形态的描述或解释。譬如《狐狸与葡萄》,其外在的形式是一只狐狸想吃葡萄而不得反诬葡萄酸的故事,其内在结构所描述或解释的则可以是人类社会中某些心地狭隘、嫉妒乃至毁谤的小人之形态,亦可以是某种阿Q式自我麻醉的心态,也可以是其他种种。而《守株待兔》,虽其外在形式框架是一农人懒于劳动而坐等野兔送上门来的故事,其内在结构则描述出的或是某些看不清环境变化而拘泥旧说、墨守成规的保守者之心态,或是那些只知坐等时机,不肯积极努力的懒人们的可悲情形，或更深的有关偶然与必然的哲理思索，等等。由此可知，寓言结构是一种疏而有致的开放的审美结构，其内在蕴涵性可以是相当广泛而丰富的。

广义地说，一切文学创作都是以外在的符号形式来表达、对应内在的认识和情感，都是作家对生活、对世界、对自我的某种审美把握的形式化表现，因此也可以广义地说，寓言结构就是一切文学作品的天然审美结构。但是从狭义的角度来讲，寓言结构指的是单纯、简约的外在形式与深刻普遍的内在思想的精妙组合，而且，寓言结构作为一种特定的文学符号形式，它追求以最单纯最简约的外在形式来表述蕴涵最深刻、最丰富、最具普遍意义的人生形态和思想内蕴，这是寓言结构的审美价值指向，事实上，很多文学作品做不到这一点，或者说有不同的美学追求。

寓言结构作为一种文学结构非常适宜于儿童文学，它恰恰与儿童文学的作者和读者，创作和阅读之间的特殊关系同构对应。儿童文学作家是被童年生活中最为单纯、天真的一面所吸引而激起重造童年的冲动的，但是儿童文学作家的重造童年又绝不仅仅是为了再现童年的单纯与天真，他是以自己丰富复杂的人生感受与哲理思考去破译童年生命那为单纯天真所掩盖着的密码、去填充童年生命那为蒙昧混沌所笼罩着的意义空间，当儿童文学作家用饱含几十年风雨沧桑的目光或温柔、或冷峻、或欣喜、或感伤地回视童年的时候，童年的单纯、天真和明澈就再也不是它原来的那种单纯、天真和明澈了，而已被儿童文学作家目光中携带的时代沧桑、文化积淀所浸透和填充过了。因此可以说，儿童文学由童年意象组成的单纯简约的外层结构中，浓缩着来自创作主体的种种复杂深厚的社会、历史及文化内涵。可以说，寓言结构的这种外层结构与内层结构之间的微妙合作与张力，对儿童文学作家具有极强的吸引力，也正是儿童文学特殊的表述方式、特殊的美学魅力之一。譬如刘丙钧的童话诗《绿蚂蚁》，从外层结构上看，它所讲述的是两只蚂蚁的故事，一只黑蚂蚁，一只黄蚂蚁，本来普普通通，可一旦它们被绿叶的汁液染成绿色，不再为各自的家族所接纳时，它们之间便由互相仇视的敌人变成了同命相依、荣辱与共的战友，并由于罕见的绿色"包装"而摇身一变为招摇过市的"贵宾"。这首童话诗的外层故事形式是单纯而有趣的，甚至描绘了儿童游戏交往中的一些常见细节和情态，其语言形态也表现了某种来自儿童的朴拙与单纯，而它的深层结构所透射出的对人类生存文化中的某些怪圈或人性中的某些误区的犀利思考与嘲讽则又是复杂而冷峻的，这两者在《绿蚂蚁》这首童话诗中新鲜巧妙的结合充分显示了寓言结构的美学魅力。

从儿童文学的读者角度来看，儿童意识的相对综合性状态，思维的线性运作方式、直观形象化等等，与寓言结构的外在形式同构，因此儿童文学作品作为一种具有单纯、形象、线性形态的审美符号体系很容易为儿童理解接受和引发其共鸣，而蕴涵其中的有关社会、人生、自然的种种复杂丰富的哲理性深层内涵则使这种审美符号体系如同一颗颗植根于儿童意识深处的寓于美学生命力的具有再生力的种子，在儿童的精神成长过程中潜移默化地释放能量。另外，寓言结构也使不同年龄的读者能够从精美的儿童文学作品中领悟和感受到不同的美学魅力。

为什么人们历来把童话看作儿童文学最典型的体裁形式？因为童话是最能够体现儿童文学之寓言结构的一种体裁形式，例如，叶圣陶的童话《一粒种子》《瞎子和聋子》、张天翼的童话《大林和小林》、严文井的童话《唐小西在"下次开船"港》、金近的童话《狐狸打猎人》《凤凰的秘密》、葛翠琳的童话《野葡萄》，以及周锐的童话《九重天》等等，无不是外层结构的单纯简约与深层结构的丰富深厚的完美结晶。当然这并不是说，寓言结构仅限于童话创作之中（虽然童话的幻想性质在这方面的确帮了大忙），实际上，寓言结构是一种适宜于儿童文学（成人文学中也并不排斥）的叙事结构，但我们切不能把它仅仅看作某种"寓义""载道"的工具形式，寓言结构的意义在于，它使作品获得了某种可以无限丰富延伸而又与表层叙事结构浑然一体的审美价值内涵。班马在他的《中国儿童文学理论批评与建构》一书中这样描述儿童文学的叙事结构："在故事的外形之中，寄寓着一颗哲理内核，以及一个可读的故事，透露着可懂可不懂的第二理解层，这样的寓言形态复合层次显然正是'形式挪前'的艺术趣味所追求的。我又以为在此重要的一点就是，故事与哲理是一种真正的复合形态，故事本身就是这'形式'的体现，更成功的追求无疑能够表现出：故事就是故事，寓意就在故事，作用于儿童的也就在这故事。"对于这种叙事结构的特殊意义，班马进一步阐明为："使儿童读者在早期就已能熟悉许多人与世界的根本性主题，将有可能使儿童文学获得较高层次的价值内涵。"

4. 两种语态的交叉

文学是语言的艺术，语言是文学的基本材料，是读者从文学作品中能够直接接触的物质实存，语言又是使过去的事件、人物、思想、情感等一切往事重新再现的基本方式，只有语言，才能使人类内外生活中的每一细节留驻下来。文学作品的种种差异，最直接、最基本的就是语言的差异,这种差异在于诸如词汇、句式、语法、修辞等等,又不仅仅在于词汇、句式、语法、修辞,而更在于所有这些具体语言要素的整合效果,即语态,任何一种现实存在于文学作品中出现的方式、情态都是由某种特定的语态决定的,可以说,儿童文学与成人文学的基本差异之一即为语态上的明显差异。举例来说,我们可以随便从列夫·托尔斯泰的长篇小说《安娜·卡列尼娜》中找出一段文字:

卡列宁四点钟从部里回家,照例没有时间到房里去看安娜,他走到书房里去接见等着他的来访者,在秘书拿来的一些公文上签了字。吃饭的时候来了几个客人(平日总有几个客人到卡列宁家来吃饭):卡列宁的老表姐,一位司长和他的太太,一个被推荐到卡列宁部下任职的青年。安娜走到客厅里来招待他们。五点整,彼得一世的青铜大钟还没有敲第五下,卡列宁就穿着燕尾服,佩着两枚勋章,系着白领带,走了进来,因为一吃完饭他就要出去。卡列宁生活中的每一分钟都预先排定,都有活动。为了完成每天摆在他面前的事,他总是严格遵守时间。"不紧张,不休息。"——这是他的信条。他走进客厅,向每个人点头致意,一面向妻子微笑,一面匆匆坐下来。

我们还可以从阿·林格伦的童话《屋顶上的小飞人》中随便挑出一段文字来与上面的文字进行对比:

卡尔松是个非常自以为是的胖小人,而且他会飞。要是坐飞机或者直升飞机,那谁都会飞,可卡尔松是自己飞的。他只要一按肚子上那颗按钮,背上一个精巧的小马达就开了。卡尔松一动不动地站着,等螺旋桨好好转动起来，等到马达一开足劲，卡尔松就飞起来了。他飞起来有点儿摇摇晃晃，那样子又神气又得意，活像一位校长——当然，要是诸位能够想象出一位背上有螺旋桨的校长的话。

……

小家伙很高兴跟卡尔松认识。卡尔松一飞来，各种奇遇就开始了。卡尔松一准也很高兴跟小家伙认识。不管怎么说，孤零零一个人住在一间小屋子里，而且是住在一间谁也没听说过的小屋子里，那是不太痛快的。当你飞过的时候，也没人对你叫一声："你好哇，卡尔松！"那多难受啊。

从上面所引的两段文字中，我们可以感受到两种叙述语态的迥然相异，其中词汇、句式、语法结构、修辞等等具体的语言要素多多少少有一些差异，但使这两段文字体现出审美风格上乃至文体特征方面鲜明反差的却是它们明显迥异的叙述语态。在成人文学与儿童文学之间，这种叙述语态的差异与不同文学体裁（如小说、诗歌）之间语言表达上的差异有很大不同，后一种差异更多是在词汇、句式、语法及修辞这些具体语素方面，而前者更多在于作者与读者之间交流时特殊的心态和情感，一句话，在于成人叙述语态与儿童叙述语态的兼容互渗。

儿童的语态是由两方面构成的：一方面，由于儿童生理心理发育尚不够成熟，第二信号系统正逐步发展起来，心理过程相对简单肤浅，因此其词汇量较之于成人相对较少，其句式较之于成人相对简单，其修辞手段较之于成人相对不够丰富，因此其语态较之于成人的语态相对来说显露出某种稚气、单纯；另一方面，由于儿童的言语句式较短、词汇简单，没有过于冗长、过于繁复的修饰成分，因而在言语节奏上比较明快，显示出一种单纯明朗和勃勃生气，这又恰恰体现了儿童身体生长发育迅速、新陈代谢旺盛、肢体活动的频率较高且幅度较大、心理的外向、探索欲强等异于成人的生命活动规律。

作为成年人的儿童文学作家，当他在作品中重造童年的时候，复活在记忆中的不仅是童年的往事、童年的生活情态，还必不可少地复活了童年的特殊语态，因为语言是往事复现的唯一途径，而语态则是一种生存状态的特殊标记。试想，除去大字报、除去毛主席语录、除去"造反有理"之类的口号等这一系列所构成的特殊语态，我们虽然也可以用今天的语言去客观地描述出"文化大革命"十年的大致情形，但我们又怎能真切地复现出、重新体验到那不平凡的十年中活生生的社会氛围？同样，我们也可以用成年人的句式冗长、修饰繁复、逻辑严谨的语言（比如王蒙小说的语言）去描述童年的生活，但童年生活中那一种稚气、淳朴、生龙活虎的生命氛围却无论如何是复现不出的。

固然，儿童语态是伴随着童年生活情态的记忆一同复现于作家脑海中的，但如前所析，儿童文学作家的重造童年既已酿造过了童年经验，也会酿造他记忆中的儿童语态，所以严格地说，作家笔下的儿童语态已不纯粹是"原装货"了，而是一种经过改造的，或者说渗透着成人语态的混合体，正是这两者语态的混合体，方应和着了作为成年人的儿童文学作家那种既含有深刻的童年烙印又含有深刻的社会、历史、文化、人生等成年烙印的特殊心迹。

在儿童文学作品中，这两种叙述语态的交叉互渗往往呈现如下规律：以儿童叙述语态为表层结构，成人叙述语态为深层结构。换句话说，儿童言语中体现儿童思维、情感等心理特征的词、句等语言素材以及体现儿童活泼、稚气等生命韵律的语言节奏往往构成儿童文学作品叙述语言的表层结构，同时，儿童文学作家则以对儿童言语素材的精心组织（修辞等）使作家本人的情感、思考通过渗透、积淀形成儿童文学作品叙述语言的深层结构。张天翼是将两种叙述语态巧妙结合运用的行家里手，例如他的儿童小说《蜜蜂》，全篇是模仿一位小学生给其姐姐写信的特有语态，其中有一段描写小孩子眼里看到的敌人：

兵由子真多呀。兵由子都真很凶呀。他们还有一个体操老师，在兵由子面前巴的巴的走来走去。兵由子的体操老师肚子中间挂一把很长很长的裁纸刀。

在这段描述语言中，从表层看很明显的是儿童的语态，句子大都是很短的简单句，而且无论"兵由（油）子""体操老师""巴的巴的""裁纸刀"之类的词汇都确确实实体现了一种儿童的观察方式、理解水平和儿童所熟悉的概念和称谓，几乎带着刚刚出自儿童之口的活泼、纯真、稚嫩的气息，但是透过这些表层的语素我们仍然能够清晰地感受到它们深层结构中所渗透的作者主观的深沉爱憎和幽默讽刺的尖锐锋芒，这是因为，通过作者巧妙的组织搭配，这些出自儿童的言语素材构成了一幅有关旧时代反动军队的讽刺漫画。

除此以外，还有儿童语态与成人语态交叉互渗的情况，实际上，两种语态交叉互渗的情况在儿童文学中是相当普遍的，例如周锐的童话《两个王子和一千头大象》中的开头：

国王招来石匠，让他在天宫前雕出一株石柠果树。

国王祈祷道："天神啊，我不想多活，就让我活到这树上的石头果实掉下来的时候吧。"

国王拥有一片富庶的土地，还有两个儿子和一千头大象，他很留恋这一切。

石树雕成了，尽管很坚实，但没有人敢摸一摸它。碰巧一头大象走过，它对着石树发一阵呆，然后就伸出那有力的长鼻（它只是由于好奇），咔巴一声……

国王瞧见了掉在地上的石杧果，叹了口气道："我应该说话算数。"于是闭上眼倒下去，很重地发出一声响，死掉了。

在这段文字中，我们见不到十分刻意的表面化的儿童言语，通篇几乎是流畅、简洁、通俗的成人化叙述语言，但是当读者稍为仔细揣摩时就会发现，在这段叙述语言中，成人与儿童的两种叙述语态其实是极其巧妙地糅合在一起的，比如叙述中词汇、句式的极其简约单纯，象声词的运用，明快流畅的节奏、动作，对话多于环境、心理等描写，以及国王"闭上眼倒下去，很重地发出一声响，死掉了"和后文"国王虽然很想要一个豹皮烟袋，但一个人既然死了，就不能随随便便站起来"等文字，既呈现出儿童游戏式的天真活泼、滑稽情态，又呈现出成人讽刺虚伪者特有的沉着、幽默意味。

四　开放的文体

由于作者与读者（一般概念上的）之间鲜明的年龄差异，带来了两种不同审美意识交融之下特殊的创作机制（成年与童年人格叠印、时空叠印、人生叠印）、特殊的美学性格（成人与儿童各自不同的内在生命韵律的重奏共鸣）、特殊的表述方式（外在的单纯简约稚气与内在的深刻复杂成熟相结合），等等，这些所谓特殊的因素促使现代儿童文学实际上已不可能再长久地自我封闭于儿童的一方小天地了，作为一种文体，它拥有某种天然的开放性。

这种开放性或表现于题材选择的多向性，或表现于手法的多样化，或表现于审美内涵的多层次，或表现于文体功能的多方面，总之，这种开放性不同程度地渗透于现代儿童文学从目的到手段、到审美价值取向、到创作及接受的各个环节之中，并带给现代儿童文学更大限度地发展和表现自身审美潜质与魅力的空间和机遇。

1. 文学潜意识中的同构复演

新时期以来，西方现代派文艺思潮及其作品大量涌入中国文坛，给沉闷了多年的中国读者打开了一扇了解世界的文坛之窗，同时也使我们惊异地看到现代成人文学与现代儿童文学之间有着某种过去一直为我们所忽略了的相似相通之处。

例如卡夫卡的荒诞小说《变形记》，描写银行小职员戈里高利某一天早晨醒来时发现自己变成了一只面目可憎的大甲虫，然而他却还保持着人类的心理结构、思想感情，这一不由自主的、灾难性的变异给他带来了巨大的痛苦直至死亡；又例如尤奈斯库的荒诞剧本《犀牛》，描写"某个无名小城的居民一夜之间竟然都以犀牛为美而竞相畸变成犀牛……在《犀牛》的结尾，唯一拒绝变成犀牛的主人公绝望地高叫：'我绝不投降！'然而结局却那样顺理成章地明摆着：如果他不合于'潮流'改变自己的本质，那么在已经异化了的族类眼里，继续以人的形貌出现的他也就是一种异己和异化了的怪物了。"①这两篇荒诞派的文学作品无疑是从不同的角度抒写着20世纪中期最为广泛流行的、最具有普遍性的现代文学母题之一——人的异化，这是一种深刻的形而上的哲学主题。不过从这两篇作品所采用的荒诞变形手法描写现实生活中不可能出现的事物来看，它们竟与传统的童话手段如出一辙，像安徒生童话《海的女儿》、卡洛尔的童话《爱丽丝漫游奇境记》等都描写到了人或动物变形变异的情节。又例如巴西作家加西亚·马尔克斯的魔幻现实主义小说《百年孤独》，行文之中常常打乱正常的时空秩序，让早已故去的某人与尚活着的人相遇、交谈，让过去的某一时空与现在的或将来的某一时空交织混合在一起，如同电影的蒙太奇剪接手法，制造出令人眼花缭乱、不知身在何处的魔幻效果。这种时空倒错、幻想境界与现实世界荒诞组合的手法，我们在各种奇遇记式的童话中都能够见到。而另一位巴西作家安德拉德在他的《花，电话，姑娘》中，描述了一个"聊斋志异"式的鬼魂故事："一个家住墓地附近的姑娘因为无聊，常去墓地散步，有一天她随意从地上摘了朵小花，又不经意地随手丢掉了，再不去想它。但是她刚回到家里，忽然来了一个奇怪的电话，说话声音听起来非常遥远、缓慢、低哑：'把我的花儿还给我，我要我的花儿！'以后，每天在固定的时候，同样内容的电话就会准时响起，永远是这么几句话，像是哀求。直到姑娘心力衰竭死去，那个令人毛骨悚然的电话，才销声匿迹。"②此外，

---

① 张擎：《绞架下的世界和秋千上的梦》，载《中国儿童文学大系·理论卷》，希望出版社1988年版。
② 张擎：《绞架下的世界和秋千上的梦》，载《中国儿童文学大系·理论卷》，希望出版社1988年版。

如黑色幽默小说《第二十二条军规》和现代寓言小说《蝇王》，前者采用一种极度夸张的手法来表现一种浸透着荒诞感的深刻嘲讽，它在具体手法方面颇令我想到周锐的童话《宋街》（亦以极度夸张来嘲讽现代人仿古复古之附庸风雅），而《蝇王》运用象征手法来表现一幅浓缩过了的人类社会本质之图像，又使我很容易将之与张天翼的《金鸭帝国》（亦以象征手法阐释资本主义发展历史）作某种联想。

这类文学表现手法、艺术形式方面的相似相通现象在现代派文艺与儿童文学之间早已是屡见不鲜，一个重要的显而易见的原因来自现代派文艺所内含的某种深刻的复古情绪。从19世纪后期开始，现代派艺术家们对机器工业文明越来越强烈的恐惧和异化感，以及对理性主义空洞的完美规范越来越强烈的失望和叛逆情绪已经在创作中初露端倪，现代派艺术家们迫切地想要超越古典主义之封闭、呆板、烦琐、令人窒息的旧框，想要寻求一条能够充分宣泄、表现其世纪末情绪的崭新艺术途径。然而任何时代超越现实的艺术理想往往首先是从过去寻找到相应之参照的，因为未来毕竟尚属虚构，还未被其真实地占有，而真实的依据却仅仅是其曾拥有的过去，因此复古情绪很可能就是创新本身，至少包含了创新的意识，正如16世纪的人文主义艺术家为了挣脱中世纪神龛的桎梏，而从古希腊艺术中寻求人之尊严的复兴一样，现代派艺术家们对机器工业社会的不满与批判首先导致了他们回归"原始"的愿望，于是他们几乎不约而同地将曾经被古典主义、浪漫主义等种种艺术规范训练得近乎完美的审美器官转向了希腊的酒神、非洲的原始部落艺术、东方的庄禅哲学及南美丛林中的巫术文化等等。这些原始的、物我不分的、怪诞的、魔幻的、巫术般的，甚至野性的、官能的艺术氛围恰好对应着现代派艺术家们充满对现代机器工业文明的异化感、绝望感的世纪末情绪，对应着他们渴求让生命本体力量冲破旧寰时在无奈中奔突宣泄的无政府状态。这种复古情绪使现代派艺术家们从最原始的艺术思维中发掘到了最现代的意识、方法和情感，寻找到了超越古典主义、理性主义和重建现代人精神家园的艺术新天地。

而这种蕴涵于现代派艺术中的复古情绪从某个方面看恰恰介入了与现代儿童文学在文体语言方面同构复演的文学潜意识。在人类艺术的发生阶段和早期的发展脉络中，所谓儿童文学实际上经历了一个与成人文学相濡以沫的共生阶段，在这一共生的阶段中，原始的民间的神秘艺术正是孕育儿童文学与成人文学的温床。从某种意义上看，儿童文学颇像原始神秘艺术的活化石，首先是它所擅长的魔、幻、梦等远离理性而更接近本体冲动的艺术表现形式，这些无疑是它由原始时代继承而来、通过个体尤其是儿童期的生物遗传和文化预设而代代存留下来的原始思维之遗迹，其中当然也包括那些沉积于文体形式之中、来自原始思维和原始生活方式的各民族文化之原型；其次是它以特有的寓言结构，即寓复杂于简约之中，寓深刻于浅显之中，寓理性于荒诞之中，寓对人性、社会、历史、文化的探索和阐释于生命自然形态的描绘之中等等，这些也无疑是来自原始思维所特有的形象感知大于理性分析、原始艺术长于以简约单纯的自然形式表达对世界丰富且混沌的综合认知等特征。那么，现代派艺术在文体形式方面向古代艺术特别是原始神秘艺术的复归，自然就与现代儿童文学之文体形式之间构成了某种奇妙的默契。透过这种默契，我们可以看到现代儿童文学所具有的某种与生俱来的开放特性，看到在儿童文学与成人文学之间在相当的程度上存在着相互渗透、相互影响、相互借鉴的某种天然的可能性。

当然，这种默契并不能表明在儿童文学与成人文学之间已不存在任何界限，虽然二者在文体语言方面的同构复演使其有可能在一定程度上互相影响、渗透、借鉴与交流，但它们毕竟是着眼于不同人生阶段的文学，分野主要在于不同阶段的生命状态所带来的感悟，例如同样是寓言结构的表述方式，《第二十二条军规》《蝇王》等所传递的是20世纪存在主义哲学等对世界、对人生看破红尘式的绝望感、幻灭感，笼罩着整个作品的是极度的悲观、虚无和没落；而《小飞人卡尔松》《永不结束的故事》《大林和小林》等所传递的则显然是源自成长内驱力的乐观向上、充满希望、改造旧世界和重建新生活的自信。这种由不同的生命感悟造成的分野决定了任何时代的儿童文学永远不会落入没落、晦暗和绝望。

2. 1+1＞2

既携带着原始艺术古老神秘的遗传密码，又契合着现代世界文学的先锋气质，现代儿童文学由于成人与儿童双重审美意识的交融互渗，使来自成年和童年的两种生命境界、审美境界碰撞到了一起，构成了一个既不等同于童年世界又不等同于成年世界的相对变形了的世界。根据任何一个大的有机系统之性质、级别都必然大于两个子系统相加的原理，现代儿童文学这个有机的文学系统由此所产生的审美内涵及其魅力就绝不会仅仅等同于两种审美意识的简单相加，即它所具有的丰富的审美潜能就绝不仅仅是成年人的指导教育主旨加儿童情趣这样一种简单的合二为一，实际上，两种审美意识的协调运作为现代儿童文学提供了审美实现的多种可能性。

从本质上说，现代儿童文学是成人与儿童在审美领域的生命交流，在这一交流中，童年因有成年的接续与延伸而拥有了人生的厚度和凝重，成年亦因有童年的回忆与重演而拥有了人生的悠远和清纯。童年，作为人类生命中最接近大自然的阶段，具有一种天籁之韵和浪漫气质；成年，作为人类生命进入社会深层的阶段，则具有一种理性精神和务实特征。现代儿童文学通过观察人生的复演所折射出的是一个相对变形了的世界，这个世界有两扇洞开的门，一扇通向童年，一扇通向成年，童年到这里嬉戏、探险，成年到这里憩息、寻根，因而人类生命的两个不同阶段、两种不同状态都能够在现代儿童文学的文体形式中得到焕发光彩的机会。儿童文学之所以贯穿着成长的永恒母题，正因为"成长"是一个最能沟通和联结童年与成年的概念、视角和思维方式。

若从现代儿童文学的创作机制来看，其核心——人格叠印——正是以一种表面的限定给儿童文学作家提供了透视人性的更大自由度。例如20世纪20年代初，面对满目疮痍、民不聊生的旧中国，叶圣陶不由自主地将他的童话《稻草人》笼罩上了一层"成人的灰色云雾"，使那个富有同情心、行为单纯如儿童的稻草人成为20年代良心未泯却无可奈何的中国小知识分子的典型，虽然稍后另一位作家郑振铎对此提出了有关儿童文学文体"本位"纯洁性的异议，但实际上，正是儿童文学自身独特的创作机制，赋予了作家以多向探索人性及多样形式表现的机会与权力。即使是20世纪50年代以最大限度地释放儿童狂放不羁之"纯粹"天性及最大限度地肯定童心的自由和创造力著称于世界儿童文坛的瑞典女作家阿·林格伦，其所塑造的那个肚子上有按钮、背上有螺旋桨、自由自在地飞来飞去、兴高采烈地从事各种恶作剧的胖小人卡尔松,在淋漓尽致地宣泄着一个顽童所能有的全部好奇、冲动、冒险欲、贪馋、自我中心、小聪明之类"天性"的同时,也仍然几乎毫无遮拦地流露出精神流浪的现代人在饱尝了自由泛滥的生活方式之后,对家庭、亲情、关怀、理解等传统人伦情感归宿的向往与渴望。这类介乎于儿童与成人之间的矛盾人格、双重人格不仅在童话中,在儿童文学的其他体裁如儿童小说、儿童诗歌等之中亦常见到,而这些又恰恰是儿童文学的创作机制造成的。

寓言结构也是现代儿童文学文体开放性的本源之一。寓言结构的开放性在于它寓繁于简、寓深于浅、寓抽象于形象、寓理性于荒诞、寓悲剧于喜剧、寓社会人生历史于自然生命形态的包罗万象式的哲学特质,这使现代儿童文学在更广阔的范围内及更丰富的层次中去处理外与内、深与浅、趣与理、自然与社会等关系时获得一份愈发收放自如的洒脱。诸如叶圣陶的童话《一粒种子》、张天翼的童话《金鸭帝国》、金近的童话《凤凰的秘密》、包蕾的童话《三个和尚》、周锐的童话《宋街》、冰波的童话《狮子和苹果树》、刘丙钧的儿童诗《绿蚂蚁》和《麦子、草莓和猕猴桃》、秦文君的小说《四弟的绿庄园》、曾小春的小说《空屋》等等,这些作品表层形态的简约、单纯、浅显和趣味之中所涵括的丰富的人生意象与哲理意蕴,均不同程度地超出了我们过去传统概念中的儿童文学审美范畴。

作为现代儿童文学第二信号系统的叙述语态或许是这种文体开放性最直接最表面化的形式,两种叙述语态的交叉正是两种人生、两种生命氛围、两种感情心迹的交融,颇有对话的意味在内,而"对话"——不在形式的表面,而是在内涵的深层——则正是现代儿童文学两种审美意识交融互渗所构成的真正格局。比如我们在秦文君的小说《少女罗薇》、陈丹燕的小说《黑发》中，所见到的就是这种深层的对话。

除了现代儿童文学自身独特的创作机制和表述方式之外，儿童文学在现代少年儿童生活方式、文化环境中的位置与关系也对儿童文学文体的开放性有着越来越深刻的影响和推动。

在传媒技术迅速发达、日新月异的电子时代，少年儿童与外界的联系方式已经甚是了得，别以为他们只对电子游戏机感兴趣，越来越多的电视节目、广播节目、热线咨询、计算机网络、多媒体、卫星传播、信息高速公路……报纸杂志一统传媒天下的时代早已一去不复返了。作为教育者的成年人（教师、家长、作家等等）已经不再是少年儿童获得信息的唯一或权威性来源，多样化的现代传播媒介使他们与这个世界的联系方式也变得多样化了，他们能够通过各种不同渠道更直接更主动地去获取更广泛更复杂的信息，并加以比较、判断和筛选，教师们在面对那些满脸稚气的少年人的抬杠时万万不能掉以轻心，因为他们对这个世界上每日发生的事情了解得并不比你少多少。他们甚至能够自己发布信息，成为信息源。譬如北京的学通社、史家胡同小学红领巾电视台、上海的《小主人报》和《我们一百万》等等，此外，各种少年儿童自办的文学社、刊物、墙报，不少小诗人、小作家、小发明家如雨后春笋般一茬一茬冒出来等等。

儿童文学在这种日益开放的文化环境中，面对开放程度越来越高的接受群体，其自身文体的开放性显然已不仅仅限于审美内涵、表述方式，还更应表现于与周围文化媒介环境的协作关系。

3. 安徒生的启示

正如我在前一节曾提到过的现代派文艺的复古情绪，近几年来，国际上不大不小的安徒生研究热使"安徒生"这个名字比以往更加频繁地出现在儿童文学作家的口头上，也正是在儿童文学的文体意识比以往任何时代都更强烈之时。作为世界儿童文学史上第一位以自己的独立创作宣告一个新文体诞生的经典作家，安徒生所给予后人的启示几乎是一个取之不尽的宝库。

安徒生童话启示之一：征服童年又超越童年

安徒生曾经说过："我在用我的一切感情和思想来写童话，但是同时我也没有忘记成年人。当我写一个讲给孩子们听的故事的时候，我永远记住他们的父亲和母亲也会在旁边听，因此我也得给他们写一点儿东西，让他们想想。"[1] 这段话虽然在安徒生谈论自己童话创作的大量言论中常常不为人所注意，但它却道出了安徒生童话创作获得不朽艺术成就的极其重要的内在原因之一。安徒生大概是世界上最早直言不讳地宣布他并不把儿童文学彻头彻尾地看作是儿童专利的人，正因为如此，他从一开始就为自己的童话创作、为世界儿童文学定下了开放的文体基调，为自己的童话创作、为世界儿童文学奠定了与成人文学一样广阔的艺术天地。他的成功在于，他心中的儿童文学既是属于儿童的，同时又是属于各个年龄读者的。借此，安徒生为儿童文学灌注了骄傲和自信："我相信无论老头子、中年人，还是小孩子都喜欢读我的童话。小孩子可以看到那里面的

---

[1] 叶君健：《安徒生童话全集·译者前言》，上海译文出版社1978年版。

事实，大人还可以领略那里面所含的深意。"①

安徒生童话为开放的、高艺术品位的儿童文学文体树立了一个不朽的典范：温馨优美的、明快幽默的交融着儿童与成人两种不同叙述语态的语言系统；以能够深深吸引童心的简洁鲜明奇异的感性形象及传奇动人的幻想故事蕴涵高度哲学化、宗教化、人性化的"大人"题旨；追求纯粹的审美价值，那么收放自如，游刃有余，征服了童年又超越了童年。

的确，安徒生的童话虽然描绘了大量真实的儿童生活细节，描绘了真实可爱的童心童趣，但是，他笔下的儿童总是被置于一个广大的人性背景之中，他所描绘的儿童生活总是在相当广泛的程度上与成人的生活相融合，他笔下的儿童形象（更多的是年轻的小人物形象）大多是成人与儿童双重人格的叠印，他从题旨上明显地追求某种人性的广度和深度，追求某种普遍性和大气。以其代表作《海的女儿》为例，安徒生童话最主要的三方面主题——人道主义、爱情与宗教全部囊括于其中，虽然安徒生童话在表达社会主题的深刻性和独特性方面并未超过与他同时代的其他成人文学作家们，但他显然把握着他们所不及的特殊艺术表现方式和途径，而其中最突出的莫过于儿童文学所最擅长的寓言结构了。《海的女儿》几乎有着童话所拥有的一切秘密武器：色彩斑斓的海底仙境、拟人化的动物形象、巫婆、王子、公主、爱情、魔术变幻、传奇的故事。然而安徒生使这篇童话成为世界上最为人倾倒的儿童文学作品之诀窍却在于：就像小人鱼执着地追求着真正的人的灵魂一样，他执着地追求着儿童文学文体中真正的艺术灵魂——真正的艺术灵魂是能感染人一辈子的。

---

① 浦漫汀:《走自己的路》,《儿童文学研究》第14辑。

安徒生童话启示之二：文体的自觉，在于作家主体意识的自觉

安徒生一生在多种艺术领域里刻意追求、惨淡经营，却于不经意之中在童话的创作上声名大噪，童话竟使他在丹麦第一次获得了真正作家的地位。对于童话创作，安徒生并不是没有过疑虑，并不是从一开始就十分清楚和自觉，他甚至一度"甘愿停止童话创作"，但是他毕竟意识到"童话偏偏从我内心夺路而出"，并决定"用我的一切感情和思想来写童话"[①]。从安徒生的全部童话作品来看，他始终如一地忠实于自己内心的感情所向、忠实于自己艺术的灵性所归，他的每一篇童话，无不是从其灵魂深处流出来的，带着他的血液的鲜浓、带着他的生命的律动，因此具有丰富隽永的艺术魅力。安徒生在童话创作上似也属于"无心插柳柳成荫"的一类，这种传奇性的经历迄今也早已融为世界儿童文学经典的一个重要组成部分，它至少说明：真正的儿童文学作家是上帝专为儿童文学创造的人，其内在的特定艺术灵性、其与儿童文学文体相应的特定创作心态、其某种深刻的童年情结对于儿童文学文体的形成具有非同小可的意义。一位作家，当他不再压抑自己的艺术个性，不再左顾右盼于种种规范、条框，而用自己的"一切感情和思想"来创作儿童文学的时候，他便进入了儿童文学主体意识的自觉状态，这正是儿童文学文体获得最大限度的关注、发扬、充实和独创性的必要条件。

---

① 安徒生：《我的一生》，四川少年儿童出版社1983年版。

外一篇 追寻理想

我认为，我们大多数人都是由于怯懦，由于缺乏艺术的勇气，才获得那种和谐的。我们没有跌倒过，因为我们没有攀上过有跌倒之虞的高度。我们把攀登勃朗峰的任务让给了别人。我们小心翼翼地防止折断脖子，但我们也摘不到只在山巅和悬崖旁边开放的阿尔卑斯山的花朵。

——勃兰兑斯[①]

一 感伤的叛逆者

1984年6月，文化部在石家庄召开了第一次全国儿童文学理论座

[①] 勃兰兑斯（1842—1927），丹麦著名文学史家，引自其名著《十九世纪文学主流·德国的浪漫派》，人民文学出版社1980年版，第8页。

谈会，在这次会议上，有两位年轻人的发言对于20世纪80年代中期及以后的中国儿童文学有着非同寻常的意义，其一是青年儿童文学作家曹文轩的题为"儿童文学家必须有强烈的民族意识"的发言，论及中国新时期儿童文学应负起重新塑造国民性格的时代重任；其二是青年儿童文学作家班马的题为"视角研究——中高年级儿童文学的审美特点"的发言，提出了"儿童的反儿童化的审美特点""成人与儿童的文学对话"等儿童文学美学观念。彼时，人们对于前者投以极大的关注和高度重视，乃至"重新塑造民族性格"成为一个时代的儿童文学旗帜，而对于后者，人们却并未引起重视，未能给以敏锐的关注，这主要是由于彼时的中国儿童文学正处于从"文化大革命"中恢复、重视的头几年，人们的注意力更多被题材、主题等"内容"方面令人目不暇接的"创新""突破"牵引着，尚无暇顾及儿童文学的审美形式方面所造成的。而实际上，这两个发言在相当的程度上较精辟地概括和预示了20世纪80年代中期前后中国儿童文学"第四代"在内容与文体形式方面的巨大变革，例如恰恰是在20世纪80年代中期前后，中国儿童文学在题材、主题上的一系列"突破禁区"行动及"塑造80年代少年典型形象"等呼声达到了高潮，几乎是在同时，关于儿童文学创作"成人化"的种种批评也接踵而来。"重新塑造民族性格"和"儿童反儿童化"无形之中从创作内涵与审美形态两个基本方面几乎成了这一代儿童文学作家或明显或潜在的叛逆宣言。正如"重新塑造民族性格"这个口号式片语所表示的那样，这一代儿童文学作家同时也在塑造着他们自己的性格及其理想中的中国儿童文学之性格。

如果说叶圣陶、冰心、张天翼等在中国儿童文学草创时期为儿童文学奠定了坚实基础的老一辈作家可被称为中国儿童文学的第一代作家的话，那么自20世纪三四十年代起活跃于儿童文坛的陈伯吹、金近、严文井、包蕾、贺宜、苏苏、黄庆云等则可以看作是中国儿童文学的第二代作家，而中华人民共和国成立以后即五六十年代成长起来的一代儿童文学作家如刘真、任大星、任大霖、杲向真、葛翠琳、洪汛涛、郭风、柯岩、金波、孙幼军、鲁兵、圣野等则可以看作为中国儿童文学的第三代作家，那么从新时期开始崭露头角的又一代中青年儿童文学作家则可以算是中国儿童文学的第四代作家了（当然，在这里，"第四代"并不是一个绝对的生理年龄概念，它包括那些年龄差异虽大但在儿童文学观念上有着当代共识的"同代人"）。每一代儿童文学作家的崛起之时都适逢历史的重要转折关口，因此每一代儿童文学作家的创作观念及创作实践都带有鲜明的时代烙印。

中国的儿童文学到了第四代恰恰又赶上了一个蜕变的、新旧事物交替的时代，而与20世纪"五四"时代彻底推翻封建统治、40年代抗敌救亡、50年代社会主义建设一派欣欣向荣均不同的是，这一代作家生活于、成长于一个与以往极不相同的社会文化背景之中，他们最初的人生观和思维方式是在文化的极度封闭与政治的剧烈动荡中形成的，以及在上山下乡热潮里从中国最底层生活近乎残酷的"再教育"中形成的，1979年以后他们所面对的又是一扇骤然洞开的世界文化之窗和一个从观念意识形态到经济生活方式都正在变得日益陌生化的社会，因此这一代儿童文学作家在总体精神性格上大不同于他们的前辈。他们是思想观念错综复杂、左右奔突的一代，是内心波动不宁的一代，是不肯轻信的一代，是充满矛盾疑虑的一代，同时又是渴望创造的一代，是叛逆的一代，又是感伤的一代，因为他们被历史推到了这样一个令人痛苦的关口，注定要求他们肩负起扭转中国儿童文学陈旧观念、帮助中国儿童文学脱胎换骨的重任，大有硬要将他们与其文学母体撕裂开来的架势（颇像哈姆莱特所面临的时代使命一样），而这既是历史使然，又是他们与前辈截然不同的生活经历、文化背景使然，他们别无选择，这是这一代儿童文学作家的沉重情结。

从20世纪70年代末到80年代末，历史的时光已流过了10年，这是最痛苦也最激奋、最艰难也最畅快的10年，是探索的10年、创新的10年、新事物层出不穷的10年、责任感强烈的10年、才华横溢的10年。这10年终于让世人正视了中国儿童文学第四代的存在，他们与其上一代的区别绝不仅仅是题材内容、人物形象的刻画及某些文学表现手法，最重要的区别是他们对儿童文学的本质、功能等一系列基本价值观念、审美理想的不同理解。我在这一篇中所要做的，就是对这一代儿童文学作家的精神历程来一个匆匆巡礼。

1. 童年情结的爆发

从1979年方国荣的儿童小说《失去旋律的琴声》开始，年轻的第四代儿童文学作家们以其特有的敏锐和锋芒开拓出一系列崭新的、极富时代特色的创作题材与主题。"文化大革命""上山下乡"等特殊的磨难与洗礼，造就了这一代作家与其前辈所不同的思维方式、价值观乃至感情模式，特别是其中大多数人经历了痛苦的信仰蜕变的过程，这一切发生在他们从青少年走向成年的关键几步中，伴随着他们的身心成长，几乎成了一代人的"童年情结"，于是这一代儿童文学作家们实际上是通过儿童文学题材主题的开拓倾吐着他们在成长过程中积累起来的对社会、对人生、对传统、对未来的种种思悟。在最初的追诉"文化大革命"政治灾难给一代少年人造成的精神创伤的所谓"伤痕文学"之后，年轻的第四代儿童文学作家们很快就勇敢地向传统和现实的某些方面发出了酝酿已久的挑战。这种挑战首先是通过一连串尖锐的"问题"来表达的：究竟什么样的儿童品行是我们应当鼓励的（王安忆《谁是未来的中队长》）？进一步来说，我们的教育体系所培养的是具有独立个性和创造精神的下一代，还是人云亦云、盲从的下一代？我们如何接受"文化大革命"中群众盲从的教训（刘健屏《我要我的雕刻刀》）？以及，如何对待有缺点但要求上进的孩子、能否向成长中的儿童要求十全十美（罗辰生《白脖儿》）？请客送礼之风在官场上盛行，肥了个人私囊却损了公家利益（罗辰生《吃拖拉机的故事》），走后门及某些基层干部的擅用职权使普通老百姓深受其苦（丁阿虎《祭蛇》），等等。在对传统与现实进行反思和批评的同时，第四代儿童文学作家们从自身的童年情绪出发，比以往任何时候都更关注少年儿童内在的精神世界，于是有了早恋题材的石破天惊（丁阿虎《今夜月儿明》、肖复兴《早恋》），而更多的作家则从表面的兴奋点转入更深层、更广泛的青春期心理研究：关于十三四岁少男少女让家长教师为之担忧的生理心理变化（陈丹燕《上锁的抽屉》、刘心武《我可不怕十三岁》），关于处在青春敏感期的少年人的系列心理问题（谷应《危险的年龄》、孙云晓《旋涡里的自白》、刘保法《女中学生的感情世界》、陈丹燕《女中学生三部曲》），关于两代人之间由不同的心理年龄特征、不同的时代背景与文化环境所造成的价值观方面的矛盾冲突（秦文君《少女罗薇》、程玮《街上流行黄裙子》、陈丹燕《黑发》），关于青春期少年人性别意识萌生后其生命的诸多感触和审美化的人生体味（韦伶《出门》《寻找的女孩》、班马《野蛮的风》《康叔的云》、梅子涵《老丹行动》《咖啡馆纪事》）等等。

在上述一连串的题材与主题的开拓中，尤其是在20世纪80年代中期以前，批判性的反思是其主调，血气方刚的第四代儿童文学作家们从自身颇多磨难的童年情结出发，对"文化大革命"、对传统价值观、对过去的教育观念及体制等提出了大胆的质疑和尖锐的批评，其锋芒之锐利充满了初生牛犊不怕虎的叛逆味道，显露出其冲破旧观念、旧框框的勇气和势头，迸发出这一代人长久以来在"文化大革命"的政治运动中、在社会底层的生活中所积蓄和压抑着的心理能量，宣泄着整整一代人特殊的"童年情结"。80年代中期以后，这种锋芒毕露的宣泄和迸发逐步变得越来越沉着和深入，第四代儿童文学作家们在直面人生的基础上更进一步深入地剖析和表现人生的复杂性与人性的多重多向性，这种种的复杂性既存在于家庭、学校，更存在于广阔的社会生活之中。作家们不再仅仅停留于尖锐地提出问题、明确地表示对某些社会现实弊端的声讨、往平静的水面投掷批判的石头以求轰动效应的层面上，而是更注重描绘五色斑驳、复杂而又真实的人生画卷，有意识地引导少年儿童去分析和认识自己及周围人们的生存状态、生存环境，透过表面现象来观察和研究人性内部深处的奥秘，在矛盾与冲突之中判断和选择正确的人生观、价值观。由此我们见到关于偏执对人性的可怕扭曲与戕害（常新港《独船》），关于平凡的生存状态对比中体现的渺小和伟大（陈丽《遥遥黄河源》），关于家庭的破裂与少年人格分裂时期的渡过（张抗抗《七彩圆盘》），关于纯洁的生命天籁与复杂的社会观念网络之间的矛盾冲突（秦文君《四弟的绿庄园》、丁阿虎《黑泥鳅》），关于校园内外严酷的生存竞争与少年人生道路的抉择（刘健屏《初涉尘世》、张微《雾锁桃李》、夏有志《普莱维梯彻公司》），关于商品大潮中现代都市文明与传统田园文化的冲突与交融

（曹文轩《山羊不吃天堂草》），等等。这种关注人生与人性的创作倾向，深深地渗透于从创作题材的选择、主题的开掘、性格的刻画到表现形式、语言技巧等各个具体的创作环节之中，这一代儿童文学作家大起大落的特殊精神阅历，使他们比起他们的前辈们来更执着于童年情绪、时代思考的表达，有着强烈的自我表现欲，这一切都给新时期的儿童文学带来了某种程度的"成人化"倾向，也是新时期儿童文学创作大多定位于少年文学范畴的重要原因之一。

儿童文学中人物形象系列的变化从另一个重要侧翼体现了第四代儿童文学作家在童年情结驱使下介入新时期儿童文学创作以来探索的成果及认识的发展和变迁。同任何时代怀有强烈历史责任感的中、青年作家群体一样，第四代儿童文学作家对儿童文学的时代使命有着自己的共识，"重新塑造民族性格"既然已被他们划定为当代儿童文学的"天职"，那么通过儿童文学作品来表述新时代的人格理想就是必然的了。在重新塑造理想人格的初级阶段，这种表述主要体现于对一系列所谓"新质型"少年儿童主人公形象的塑造，或曰"塑造20世纪80年代少年儿童的典型形象"。这尚是个充满理想和亢奋情绪的阶段，作家们的心都变成了一张张鼓满理想的风帆，于是从他们的笔下便跃出了一连串惊世骇俗的人物形象：聪颖活泼、单纯得如水晶般透明、富有艺术灵气、不肯向世俗低头的"红衣少女"安然（铁凝《没有纽扣的红衬衫》），泼辣敢闯、顶着世俗的偏见把县城里一支少年女子足球队搞得有声有色的15岁女孩汪盈（庄之明《新星女队一号》），性格独立得近乎孤傲、远大的抱负深埋心底、我行我素的14岁少年章杰（刘健屏《我要我的雕刻刀》），多才多艺、富有组织才能和强烈表现欲的初中男生张汉光（李建树《蓝军越过防线》），憨直自信、疾恶如仇、求知欲旺盛的少年熊荣（范锡林《一个与众不同的学生》）、勇敢地攀登别人没有攀登过的高山、历尽艰辛后为自己是"第一个知道山顶上没有古堡的人"而自豪雀跃的山村少年森仔和山儿（曹文轩《古堡》），等等。在刻画这些"20世纪80年代少年儿童典型形象"的"新质"时，这一代儿童文学作家表现了惊人的一致：独立、自信、聪颖、正直、富于创造精神、敢想敢干、求知欲强烈、绝不媚世流俗等等，几乎是这时期所有儿童文学作品中小主人公的正面性格特征。这表明了人们对于所谓"时代精神"的某种理解和阐释，表明了某种"性格比才能更重要"的超越艺术的理想追求。第四代儿童文学作家们正是通过这些少年形象身上浓郁鲜明的"当代性""新质"把他们自己与他们的前辈区分开来了。

　　围绕这些少年形象，无疑产生了很多矛盾和争议，但这些矛盾和争议几乎无一例外地来自外界，来自文坛、教育界和社会其他方面的不同价值观念，至于这些形象的内部世界，则单纯明朗、静如止水，仿佛一切惊世骇俗的个性气质皆属与生俱来，作为新时代民族性格的某种理想模式而被设定。虽然作家们有意识地做出了努力，避免将这些少年儿童形象刻画成十全十美的理想人物，并描写了他们这样或那样的缺点和毛病，诸如汪盈"假小子"式的简单和粗鲁、章杰独立中的孤傲、张汉光的"偷鸡前科"、森仔在登山过程中差一点半途而废的软弱，等等，可是这些少年形象仍然透射出耀眼的理想主义色彩，即使作家刻意地描绘了某些缺点，其效果也仍然类似于断臂的维纳斯，反而更加突出了"有缺点的完美"。这种理想主义由于融入了作家们过多的主观臆想而终于显得有些虚浮。

　　从精神素质看，毕竟第四代儿童文学作家是经历过并对"文化大革命"时代的虚浮政治风雨深恶痛绝的，因此很快作家们的注意力便开始从塑造理想化的少年儿童形象转向塑造现实社会中正在受到传统的与现代的、本民族的与外来的多种文化冲击的、性格更趋复杂也更真实的少年儿童形象，从树立一种典型、一种人格偶像转向表现一种生存的普遍状态，从直接端出目标转向描绘成长过程中的苦乐酸甜，从外在的矛盾冲突（人物个性与社会传统观念之间）转向内在的矛盾冲突（人物面对生存挑战时性格自身的某些弱点和困惑），这种形象的刻画既是当代的，体现新质的，同时又是非英雄化、非偶像化的，它的内在基调已从"理想"转为"成长"，既有成长的挑战和探索，也有成长的苦恼和迷惘。例如陈丹燕《女中学生之死》中的宁歌，聪明、敏感、独立但又过于孤傲、脆弱，向往自由浪漫的生活而又把自己严密地封闭在个人的感情小圈子中，以至深深地陷于与家庭、学校制度之间的各种矛盾和自己的感情苦闷之中不能自拔；例如夏有志的《普莱维梯彻公司》中的劳格达及其领导的一行"部下"，为了追求成年式的独立生活，而自筹组建了家庭教师服务公司，在初次走向社会、走向商品经济市场的过程中，少年们尝到了种种冒险、新奇、艰辛、成功与挫折，他们不仅见识了家庭、学校以外的更多人生内容，而且在家教的过程中更进一步地理解了自己的同龄人；又例如曹文轩的《山羊不吃天堂草》所描写的江南乡下少年来到大都市闯荡谋生，离开了宁静淳朴的田园式生存环境，进入到一种光怪陆离的、金钱至上的商品经济社会旋涡中，其固有的幼稚的尚未定型的价值观、感情和思维模式都受到了严重的冲击，乡下少年在新奇和失望、冒险和挫折之中不断领略着人生的新境，不断调整着自己的心态，不断寻找着自己的最佳位置和人生道路。此外，还有刘健屏的《初涉尘世》《今年你七岁》、程玮的《街上流行黄裙子》《豆蔻年华》、秦文君《十六岁少女》、常新港的《青春的荒草地》、陈丹燕的《青春的翅膀能飞多远》、赵立中《金秋还遥远》、董宏猷《十四岁的森林》……这些作品所塑造的大多是处在生活的挑战之中、处在成长漫途之中关键路段上的少年儿童形象，从这些形象中所蕴含的"成长"的因素大于"理想"的因素来看，这一批作家的创作观念已开始变得更加沉着，更加脚踏实地。

2. 浪漫主义复兴

随着第四代儿童文学作家们对新时期中国儿童文学题材、主题、人物塑造等的探索和创新，有一个重要的概念被旧话重提，它直接或间接地引发了新时期儿童文学创作观念及创作实践的一系列重要变化，这就是"审美"。作为文学的一个重要本质特征及其功能的审美，本是数百年来一直流传在世界各国文学家、批评家、美学家乃至哲学家口头上的古老话题，但是恰恰在20世纪六七十年代的中国，它被淹没在政治至上、教育工具等极端的功利主义观念之下。20世纪80年代初关于儿童文学审美功能的讨论，促使人们开始正视儿童文学的"文学性"问题，并使那些早就厌腻了儿童文学中的教训滥调，又在大学中重温了一肚子中外文学经典的青年作家们不免跃跃欲试起来。在这种"审美大于教育"的朦胧的理论氛围中，一股特异而新鲜的文学潜流悄然漫入了新时期的儿童文坛，这就是久违了的浪漫情调。这种浪漫情调与过去人们常提到的"革命浪漫主义"并不等同，后者实际上是一种集体理想主义，而浪漫情调具有强烈的个性性质，并且它也不等同于"幻想""拟人"等具体的表现手法，而是一种创作心态和创作风格，这是这一代儿童文学作家童年情结的爆发和倾吐时独特的心态流露。

的确，从许多第四代儿童文学作家的作品尤其是小说中，我们常可感受到这种由浓烈的感情氛围、色彩鲜明的画面、充满内心冲突的人物和悲剧性、神秘性倾向等因素构成的强烈的浪漫情调。例如舒婷的诗化小说《飞翔的灵魂》，通过简洁的人物关系、淡化的情节、人物悲剧性的命运等刻意营造出一种朦胧的、流动着淡淡忧伤的诗化意境；董宏猷的《黄月亮》《大江魂》等小说中刻画了如油画般鲜明、凝重的画面和沉重的感伤氛围；曹文轩的小说《再见了星星》中，两个小主人公超凡脱俗的灵性、圣洁，以及晓雅面对初升的太阳陶醉地写生、星星冒着风雪下湖疯狂地捕捉金色鲤鱼等带强烈抒情意味的场面描写，描绘出一幅幅闪耀着生命绚丽色彩与光环的画面；常新港的小说《独船》中，人与人之间的心灵隔膜、内心激烈而抑郁的矛盾冲突、少年面对精神的和自然的灾难时殊死的搏斗、重复出现的死亡情节、生者的痛悔……所有这些形成作品孤寂、压抑、沉重、悲壮的色调和回旋不已、粗犷有力的感情冲击力；金逸铭的小说《月光荒野》、王左泓的小说《鬼峡》，前者诡谲，后者神秘，两篇都笼罩着激动不安、悲郁沉重的情绪氛围和神秘莫测的宿命色彩。其他作品如小说《你是一片云》(程玮)、《橙色》(秦文君)、《女中学生之死》(陈丹燕)、《第十一根红布条》(曹文轩)、《回来吧，伙伴》(常新港)、《牝狼》(沈石溪)、《丑姆妈，丑姆妈》(曾小春)、《拓荒》(常星儿)等等，以及某些童话如《长河一少年》(金逸铭)、《如血的红斑》(冰波)，这些作品往往揭示出各类深刻的内心体验，描绘出大起大落的感情震荡，充满激烈的内外部矛盾冲突，笼罩着沉郁、压抑、感伤的情绪，普遍出现了死亡或美的事物遭到毁灭的悲剧性情节等等。美学家朱光潜曾指出,"浪漫主义作家突出的特点之一是热衷于忧郁的情调",丹麦文学史家勃兰兑斯也曾说过浪漫派作家擅长于通过具有浪漫情调的作品"把心灵中一切沉思的、神秘的、幽暗的、不可解说的东西拽出来",日本美学家浜田正秀则这样解说浪漫主义的倾向:"情感地、奔放地、热情地、陶醉地以神秘、永恒之物为目标,有时是病态地、破坏地、虚无地、遁世和感伤地追求黑暗、死亡、疯狂、怪诞、可笑的世界……"应该说,上述带感伤色彩的浪漫情调突出地表现了第四代儿童文学作家由于动荡的时代交替而造成的复杂的文化背景及矛盾的文化心理,表现了这一代儿童文学作家由于与传统之间不可避免的背离及不可割裂的内在联系而产生的忧郁、激动、不安和苦闷。这一代儿童文学作家普遍具有较高的文化素养、敏感的艺术气质、丰富的情绪体验和深刻的童年情结,他们正是将自己的种种复杂心态和情绪外化为某种浪漫的、诗化的、感伤的审美效果。

但是,如果人们由此而认为第四代儿童文学作家仅仅追求悲剧的、沉重的、感伤的审美效果,那就绝对错了。实际上,这一代儿童文学作家在强度和自觉性方面,都有着甚于他们的前辈的追求轻松和娱乐的游戏心理,这种游戏心理由于在文化封闭和政治动荡的环境中受到长期的压抑而更觉强烈,因此在诗化的、感伤的浪漫情调大面积出现以前,第四代儿童文学作家们早已经在热烈地表述着他们的游戏心态了。如同他们在小说中流露他们的内心冲突、压抑和感伤情调一样,他们更主要的是通过童话来宣泄源自童年时代的狂野想象力、奔放的创造力和夸张的幽默感,如果说前者更多悲剧色彩的话,那么后者就更多喜剧色彩了。在这方面最突出的例子莫过于自20世纪80年代初开始涌现的"热闹派"童话,被认为是"热闹派"童话代表作家之一的郑渊洁以他的活蹦乱跳的、令人耳目一新的皮皮鲁系列童话向世人表白："我的目的是：丰富孩子的想象力；让他们解除一天学习的疲劳，让他们笑，让他们高兴。"于是就有了乘"二踢脚"上天的大闹天宫式恶作剧，有了"泡泡糖游行""巧克力乐团"等热热闹闹的童话节的设计，并且进一步有了"魔方大厦""红汽车历险""乔麦皮大侦探"等一系列冒险故事。在郑渊洁推出他的第一批热闹怪诞的童话之后，新时期童话的幻想闸门被猛地冲开来，彭懿的《女孩子城来了大盗贼》《五百个喜剧明星》、朱效文的《与敏豪生比吹牛》《蓝烟飘来……》、周锐的《勇敢理发店》《PP事变》、朱奎的《约克先生和小熊黑黑》、任哥舒的《太集活动兴衰记》、周基亭的《假面舞会》、郑小凯的《扑克大王流浪记》、郑允钦的《好蛇索索米》、方圆的《圣诞小人历险记》、葛冰的《老鼠蓝皮和脱发水》、戴臻的《侦探小说家和小偷》、武玉桂的《外星人收破烂儿》等等，以其大胆的幻想、奇特的夸张、怪诞的幽默、缤纷的色彩、迪斯科式的节奏将热闹派童话一浪接一浪地推向高潮。这显然是一代人积蓄已久的创作心理能量的另一个突破口，它以一种强烈突兀的方式表达了这一代人对儿童文学功能的某种见解，引出了关于儿童文学娱乐性的话题，引起了关于童话文体特征的种种探讨，成为新时期儿童文学的一大景观。

无论感伤也好、热闹也好、悲剧也好、喜剧也好，这两种看似南辕北辙的表达方式，实际上殊途同归，都是在审美意识复苏的前提下反映出第四代儿童文学作家创作主体意识的觉醒和崛起。在过去很长一段时间里，我们的儿童文学是漠视创作主体的存在价值的，各种现成的条框都在要求创作主体意识淡化、淡化、再淡化以至消失，而到20世纪80年代，执着于自我感情世界的浪漫主义作家们开始大胆地敞露心扉、儿童文学创作主体意识开始得到逐步强化——直到突兀地挺立于新时期的儿童文坛上，向世人宣告作为儿童文学创作主体的成年人活生生的存在。一时间，20世纪80年代的中国儿童文坛上涌现出了多少才华横溢、丰富敏锐、富于探索精神的艺术个性！它们卓然而立，异彩纷呈，共同组成第四代儿童文学栩栩如生的文学史形象，并使这一形象拥有了丰富的生命质感与喧嚣。让我从这令人眼花缭乱的众多艺术个性中随便推举一些为例：

冰波，典型诗人气质的童话作家，从《窗下的树皮小屋》到《如血的红斑》，一贯的温柔、纤细，加上美丽的忧伤，如诗如梦，构成他的永远沐浴在明澈月光中的童话氛围；

周锐，令人叫绝地"靠想象力打遍天下"，《九重天》上《天吃星下凡》，《赤脚门下》演《表情广播体操》，《生日点播》在《爸爸妈妈吵架俱乐部》，《PP事变》于《一塌糊涂专栏》，不动声色之中抖着极富品位的幽默包袱，简洁的文字间透出深厚扎实的文化功底，热闹派童话从他笔尖引人注目地跃上了一个艺术台阶；

曹文轩，执着于"重新塑造民族性格"的学者式使命感，却又在《再见吧星星》《蔷薇谷》《埋在雪下的小屋》《泥鳅》等小说中以深沉浓厚的激情、色彩明丽的画面、朴实倔强的男孩、清纯柔美的女孩共同营造了一个浪漫主义者的精神家园；

常新港，在将童年情结的苦涩一点点嚼出的同时，又将北大荒的粗犷、冷峻、深沉、剽悍倾注进他的少年小说，于是就有了白山林中撼人心魄的悲剧冲突，和一连串在贫困、屈辱之中，深一脚浅一脚但却咬紧牙关前行着的小男子汉形象；

张之路，最擅长关于教师和学生的话题，所以就有了《题王许威武》《夏雨》《第三军团》等小说，然而不论教师还是学生，到了他的笔下便都具有了某种极端的、质地坚硬的个性，或冷峻乖戾，或智慧得近乎天才，由此演出了一幕幕黑色幽默的悲喜剧；

陈丹燕，写少女，也写自己，从《中国少女》《上锁的抽屉》到《女中学生三部曲》，她把从女孩到女人这十余年间的生活一寸寸、一厘厘细细地品味过来，在年轻的都市女性那一份精致、优雅和高贵的后面是一团奔突不已、颤抖不已的激情；

秦文君，无论在生活中还是在小说中，都热衷于做少年朋友的"知心姐姐"，《少女罗薇》《告别裔凡》《男生贾里》，从取材到人物到文字表达，都有一份实实在在的沉着和随意，总像在和你对话，总像在温厚地看着你的眼睛，不时还发出一个会心的有点狡黠的微笑；

高洪波，向来主张儿童文学要有快乐的性格，"总把自己的心房当成爆米花的爆筒"，于是诗句活泼泼地蹦出来:《鹅鹅鹅》《我喜欢你，狐狸》……欢快、热烈、诙谐中透着机智和顽皮，即使在诉说孩子的烦恼，嘴角依然掩不住活泼的笑意；

班马，永远迷恋着大海、冰川、广原、星空、湖底大鱼、破海而出的怪兽等一切"大东西"，在《鱼幻》《迷失在深夏古镇中》《海风吹乱你黑发》等作品中，在原始人留下的神秘遗迹和现代宇宙飞船之间，游走着一个个孤独沉默、神色迷茫、目光穿透远古的流浪男孩，精致繁丽的文字对应着浓郁的江南古典文化气息；

梅子涵，于"最大的松弛"中时时冒出黑色幽默的独特语体，"信口开河地"宣泄着现代都市少男们毫无拘束的活力与煞有介事的潇洒，以具体有限的场景延伸出无限时空的叙事结构，"漫不经心地"流露出难以言传的象征内涵和哲学意味，《蓝鸟》《双人茶座》《老丹行动》《我们没有表》，如一连串节奏分明的流行音符；

……

使我感到非常遗憾的，是我无法在如此狭小的篇幅空间将第四代儿童文学作家中那些最富才华的、充满灵性的艺术个性逐一陈列。这些艺术个性也许并不都是那么完美无缺，但文学史却永远要感谢他们，正是这些虽不够完美但充满独创精神和自我表现之魄力的艺术个性为八九十年代的中国儿童文学平添了许多迷人的风景。更重要的意义也许还在于，第四代儿童文学作家在艺术个性方面勇敢的自我表现、标新立异，正是传统的儿童文学本质观、审美观、功能观、文体观等一系列基本观念变革的重要一环。在这个个性纷呈的时代中，文学的变革在很大程度上得益于甚至依赖于作家在艺术个性方面的大胆开拓。

3. 文体实验

1986年，一篇儿童短篇小说《鱼幻》的发表，引起极大的争议，一时间，儿童文学界沸沸扬扬，作者班马迅速成为众矢之的，似乎应了法国文豪雨果的话："最平凡的地带一旦成为战场，便会获得某种光辉：奥斯特里茨和马伦哥都是伟大的名字和渺小的村庄。"[①] 的确，在《鱼幻》发表以前，作者班马似乎尚属默默无闻一族，并未跃升为诸多讨论的主角，可这样一来，他成了第四代儿童文学作家里集中了最多最激烈批评的活靶子之一。其实说起来，班马在20世纪80年代后期的如此炙手可热倒不仅仅由于《鱼幻》这一篇小说，在那个时期，他连续发表了诸如《深夏迷失在古镇中》《野蛮的风》《海风吹乱你的黑

[①] 勃兰兑斯：《十九世纪文学主流·德国的浪漫派》，刘半九译，人民文学出版社1981年版。

发》《星球的第一丝晨风》《他们……》《最后一座红冰山》等等，这些作品的出现几乎使班马成为第四代儿童文学作家中最令人感到突兀陌生、困惑费解的一位，因而也成为获得最多，最激烈批评的一位，尤其是在1989年他发表了《你们正悄悄地超越》一文之后。这种现象在20世纪80年代中国儿童文学的探索创新进入高潮的时候出现，我们或可称之为"班马现象"，这是一个文学时代的符号，具有意味深长的内涵。

"班马现象"实际上表示着一场儿童文学文体实验的正在兴起，它率先吸引了20世纪80年代那一批浪漫派作家们的注意力，一时间，与传统的艺术表现方式大相径庭、陌生化了的儿童文学作品越来越多地涌现出来：《飞翔的灵魂》（舒婷）、《古堡》（曹文轩）、《神奇的颜色》《毒蜘蛛之死》（冰波）、《长河一少年》《一岁的呐喊》（金逸铭）、《绿蚂蚁》《麦子、草莓和猕猴桃》（刘丙钧）、《孩子、老人和雕塑》（程玮）、《空箱子》（张之路）、《一百个中国孩子的梦》（董宏猷）、《鬼峡》（左泓）、《红田野》（秦文君）、《蓝鸟》《双人茶座》《我们没有表》（梅子涵）、《空屋》（曾小春）、《迷人的声音》（鱼在洋）、《远古》《往事》（顾乡）、《牝狼》（沈石溪）……这些作家在对儿童文学文体进行着各种新异的纯形式的实验，这种实验并未如新时期开始人们在儿童文学的题材、主题、人物塑造等"内容"方面的创新那样产生轰动的社会效应，获得众多的反响和鼓励，相反，文体方面的创新几乎是默默无闻地低调地进行着，甚至往往因与传统的文学欣赏习惯相悖而受到排斥，陌生、费解似乎是文体实验所赋予人们的普遍印象。譬如，《鱼幻》"本意倒真是想写一篇感知性的儿童小说，运用感触性的画面语言，追求生理而非心理的效果，但由于其间写了一条表达上朦胧神秘的'大鱼',结果令人往'认知'上去玄想哲理意味和隐喻,反使小说归入了看不懂的一类中去"[1];还有如《长河一少年》充满"从太空从沙砾从古陶从龟壳从金属的卫星触角到蠕动的蜗牛触角来全景俯瞰中国文化精神的缤纷音画"[2],如《麦子、草莓和猕猴桃》"将哲理溶化于充满奇异感、突兀感又深深内在化了的诙谐节奏的诗体中"[3],如《蓝鸟》"在少年心态小说的写法上突然给了人一种充满随意性的艺术口述体,一种高级的胡扯,猛一下给人一种奇异,再一下使人感到黑色幽默"[4],如《毒蜘蛛之死》的"那种超验的视像感,字面的生理感知性"[5],等等,无不带给人们或多或少的陌生、费解、疑虑甚至争议、质询。其实,这些热衷于文体实验的作家们在此以前大多创作过符合传统审美欣赏习惯的颇获好评的儿童文学佳作,例如曾分别获过"园丁奖"等各种奖励的《江南,有一座永不忘的小屋》(班马)、《字典公公家里的争吵》(金逸铭)、《妈妈的爱》(刘丙钧)、《桃树下的小白兔》(冰波)等等,那么他们为何在20世纪80年代的后期开始着力于使儿童文学偏离传统的创作规则、在文体手法上标新立异呢?

让我们把眼光从身边放开去,看看整个中国文坛乃至世界文学的发展轨迹,其中有着影响到中国第四代儿童文学文体实验变迁的深刻原因。自文艺复兴以来,西方文学在人文主义、理性主义的旗帜下一直热衷于树立大写的人的尊严,热衷于营造一个逻辑严谨的理性世界,这个世界中的规则是目的大于过程,因此一切主要的文学观念都围绕

---

[1] 班马:《你们正悄悄地超越》,载《探索作品集》,江西少年儿童出版社1989年版。
[2] 班马:《你们正悄悄地超越》,载《探索作品集》,江西少年儿童出版社1989年版。
[3] 班马:《你们正悄悄地超越》,载《探索作品集》,江西少年儿童出版社1989年版。
[4] 班马:《你们正悄悄地超越》,载《探索作品集》,江西少年儿童出版社1989年版。
[5] 班马:《你们正悄悄地超越》,载《探索作品集》,江西少年儿童出版社1989年版。

着题材、主题、典型人物等属于"内容"的范畴展开，而20世纪以来的西方文学在非理性主义思潮和结构主义、语言学等分析哲学的影响下走的是一条从内容创新到形式创新的道路，差不多整个西方现代派艺术（从印象派描画追求视觉感官享受到新小说对叙述方式的实验）就是关于艺术形式创新的一场漫长的文艺运动，"在一个对象上只改变叙述方式就可以得到全新的结果，这项发现使现代艺术家们吃惊地看到，一座从未采掘过的宝藏袒露在那里。"① 这是一个"形式"的时代。

从新时期中国文学的发展来看，最初那种反宗教意识、恢复人的知觉的强烈心态所导致的文学"忧患意识""入世批判"和"寻根热"等现象，大多都集中在文学的题材广度、主题深度、人物的典型意义等"内容"尺度方面（新时期儿童文学最初的发展恰恰与此基本步调一致），而20世纪80年代后期开始的"王朔热"等现象则表明新时期中国文学的热点也已渐向艺术形式方面迁移。第四代儿童文学作家们在20世纪80年代的中后期也开始把关注的焦点从儿童文学的"内容"（写什么）逐渐移向儿童文学的"形式"（怎样写），实际上是审美意识的深化、创作主体意识的觉醒等一系列因素所促成的。

第四代儿童文学作家们大致从三个方向介入到儿童文学的文体实验之中，从中可以见出新旧交替的鲜明痕迹。

一是追求哲理化。

第四代儿童文学作家们比起他们的前辈来，好像普遍多了些许哲学气质，这与他们特殊的生活阅历和所处的历史位置密切相关，因此他们当中不少人的作品表现出相当浓厚的哲理化色彩。所谓"哲理"也是有层次之分的，其一是指人生中具普遍性的教训意义，有较明确

---

① 李洁非、张陵:《告别古典主义》，上海文艺出版社1989年版。

的具体针对性，如珍惜时间、劳动创造幸福，如同《守株待兔》《刻舟求剑》之类的寓言或《宝葫芦的秘密》（张天翼）、《唐小西在"下次开船"港》（严文井）、《狐狸打猎人》（金近）等童话所揭示的哲理那样；其二是指超出一般具体的人生过程，接近形而上的、超验的精神层次，涉及生命的价值、意义，生存的焦灼、苦闷等本体范畴，第四代儿童文学作家所追求的"哲理"大多属于这一层次的，如《古堡》（曹文轩）、《孩子、老人和雕塑》（程玮）、《魔树》（金曾豪）等小说，《远古·往事》（顾乡）、《他们……》（班马）、《狮子和苹果树》（冰波）等童话，《麦子、草莓和猕猴桃》（刘丙钧）、《感谢童年》（班马）等诗作所呈现的生命价值观与生存困惑，而同样的哲理我们还在诸如张之路的《空箱子》、沈石溪的《牝狼》、秦文君的《四弟的绿庄园》、梅子涵的《我们没有表》等作品中见到。此外，心理的深度和广度也是本体的一个重要方面，第四代儿童文学作家的创作在心理开掘方面有重大的突破，揭示着人生的内在深度。凡此种种，均流露出这个历史转折时代浓厚的哲学气质，它促使人们从"寓言结构"的角度去重新认识儿童文学的文体特征。

二是追求文化品位。

也是这一代人的特殊文化背景所决定的：处在一个政治大动荡、文化大冲撞时代，多数人念过大学、受过高等教育，同时又大多挣脱了"儿童文学作家——教师"的传统形象模式，他们不满足于儿童文学固有的教训、功利的狭小天地，普遍具有冲出教室、操场，走入广袤的自然、社会、历史、人生的强烈愿望。

于是有了关于人生挑战、民族性格的思索和撞击，"以儿童小说为例，曹文轩较早地表现出这种新型的气度，给了儿童文学以一种大地的意识，在他的《弓》《第十一根红布条》等作品中，冲击了传统儿童文学的甜腻味，触及了生活的苦难，民族的脉动，在儿童小说中思考起中国文化心理结构的问题。"[①] 另外，还有常新港关于北大荒少年悲剧人生的系列小说，董宏猷关于长江上闯生活的"小码头"系列小说，刘健屏的《初涉尘世》等，共同组成雄沉悲壮、荡气回肠之旋律；于是有了关于野性、蛮荒、原始冲动的大自然遐想，如金逸铭的《月光荒野》、班马的《野蛮的风》、左泓的《鬼峡》、韦伶的《红土道》等作品所展示的少年人与大自然的融为一体和生命启示；于是有了关于传统民族文化与现代宇宙文明的奇妙组合，如周锐的融入中国旧体诗词、传奇小说、历史典故、曲艺京剧等民族艺术知识与技巧的童话作品，如班马的将繁丽脱俗的古典诗文风韵、精致典雅的江南文化气息与空阔的宇宙意识、蛮荒气息突兀地交织在一起的小说。这些由完全不同风格的文化因素和惊人一致的当代意识组合而成的艺术倾向，明确地指向儿童文学文体的文化品位追求。

让我们以中国当代动物小说的发展来做个抽样分析，从中发掘出这种对文化品位追求的鲜明印迹。

在第四代儿童文学作家刚刚开始涉足动物小说这块园地的时候，中国的动物小说还只能算是动物题材的小说、故事兼散文，多为山林野趣的描绘，杂以有关动植物的自然知识，强调的是人与动物之间有趣的交流和浓郁的生活气息。《童年时代的朋友》（任大霖）、《逮猴儿》（浩龄）、《哨猴》《醉麂》（乔传藻）等则是其中的佼佼者。随着第四代作家们的纷纷加盟，这类动物小说很快发展到了炉火纯青的地步，并有了较完善的文体结构，如20世纪80年代初期的《第七条猎狗》（沈

[①] 班马：《你们正悄悄地超越》，载《探索作品集》，江西少儿出版社1989年版。

石溪)、《豹子哈奇》(李迪)、《小仓鼠花斑豹》(李子玉)、《猴王乌呼鲁》(郑文光)等。

1982年,就在人与动物的一片温情中,蔺瑾的《冰河上的激战》发表,将动物小说从上述温情脉脉的人类田园氛围中猛拽了出来:全篇不见一个人类形象,从头至尾是冰雪荒原上的野驴群与野狼群之间惊心动魄的殊死搏斗,壮阔的场面中充满了高原动物野性的号叫和溅血的戕戮。这是第一篇纯粹描写动物自身的生存竞争并着意刻画动物本体性格的小说,但它仍然笼罩了一层人类的"善战胜恶"的道德伦理色彩。20世纪80年代中期以后,动物小说渐渐深入动物的本体世界,沈石溪的《牝狼》《红奶羊》《残狼灰满》等一系列作品站在大自然"丛林法则"的立场去表现动物之间弱肉强食的生存竞争,并通过诸如母狼白莎历尽艰辛维护狼种的纯粹而不得、母羊千方百计想改造羊种的懦弱而终失败、断腿的残狼面临生死抉择等残酷的悲剧故事,将动物小说的美学观提升至生命的价值、原始的冲动、生存的困惑等具鲜明现代文化色彩的哲学境界。

20世纪八九十年代之交,李子玉的《海狼》《八脚海魔》等作品,又将动物小说推向了绿色和平、环境保护、适者生存等当代国际文化母题之一。他的《古猿人北征》尤为一部力作,出色的想象结合着冷静的、一丝不苟的、近乎纤毫毕现的工笔描绘出从猿到人的一部人类生物进化历史,其中有火种的保存、工具的制造、语言的产生、与巨猿的搏斗等情节,作者将大胆合理的想象与严谨的科学态度相结合,令人信服地揭示出人类进化过程与积极地适应环境、利用环境、保护环境密不可分的联系,等等。动物小说的上述变迁轨迹可谓第四代儿童文学作家们追求儿童文学文体之文化品位的一个突出例证。

三是现代艺术表现手法。

第四代儿童文学作家们在这方面可谓五花八门、各显其能：象征、意识流、荒诞、魔幻现实主义、感觉主义……这其中不乏对西方现代派文学表现手法的借鉴、模仿、移植（具体的例子参见前面一节），这些现代艺术手法从各个角度猛烈地冲击着读者长久以来被培养、被固定了的欣赏习惯，制造出种种陌生的审美经验，譬如象征手法的运用往往冲淡了情节的浓度（如《古堡》《孩子、老人和雕塑》），意识流手法的运用又往往模糊了人物面目的轮廓（如《蓝鸟》），荒诞的手法抹去了小说与童话的分界线而摆开迷魂阵（如《空箱子》《橡皮膏大王》《砍协秘书长》），魔幻手法的运用更使作品充满了奇异与迷离，如：

忽然一个声音在对岸响起来。

那声音撞在远处的山峦上，爆发出耀眼的火花，那红的光辉像鸟群在头顶盘旋着。金锁的头发立刻站立起来，像钢丝似的铮铮作响。他仰起头望着漆黑的夜空久久不动。

——左泓《鬼峡》

有一个很大的东西正在附近的水里游动，它并不激起什么浪花，船头上的探照灯这时打亮了，投射在船身这一边的河面上，光影中，有一个黑黑发亮的脊背在水里时沉时浮。你抓紧了船栏，心猛跳起来，因为这水中游物竟朝着你站立的地方笔直地疾游过来，灯光中河面不知怎么缭绕着云雾，使你一下子又涌起了那种临近感，直愣愣地望着那大鱼的神奇出现。水里的大鱼无声息地到了你脚下的船边，一刹那间它在你的面前蹿了一下，顿时变成丁宝的模样。

——班马《鱼幻》

此外，叙述语言的陌生化不仅使作品的整体艺术氛围更富张力，而且对作品题旨的表达也更丰富、更具再生力因此更显个性，如：

黄蚂蚁遇上黑蚂蚁，黑蚂蚁遇上黄蚂蚁，都觉得不痛快，气哼哼地不痛快。谁也没说什么，谁也不想说什么。

据说有仇据说有恨据说是对头。奶奶讲的？奶奶的奶奶讲的？谁也不清楚，谁也没有想要搞清楚。

——刘丙钧《绿蚂蚁》

那是个人山人海没有秩序有了坐票没有座位连厕所里也站满了人的年代。革命不是请客吃饭不是做文章不是绘画绣花不能那样雅致那样从容不迫文质彬彬那样温良恭俭让革命是暴动是一个阶级推翻一个阶级的暴烈的行动，乘火车就得像李大头那样喊一声冲啊然后死命地不顾一切地否则就可能火车开了你还在站台上。当然如果万一被甩在了站台上也没关系，因为那时乘火车可以根本没票，当然你也就什么车都可以爬了，不会有人来查你的票更不会有人请你下车，如果不巧真的又万一有了，那你只要记住一句话就可以了，那就是："革命无罪，造反有理"，或者也可以说另外一句话："我们革命小将可不是好惹的！"

——梅子涵《我们没有表》

如此种种，第四代儿童文学作家们对各种现代艺术手法的热衷，实际上正在潜移默化地对儿童文学的"语言"——儿童文学文体的表述形式、第二信号系统——产生着深刻的影响。

但是，这股文体实验的狂热所带来的社会效果并不尽如人意，一些作品获得了意外的赞誉，一些作品受到了强烈的批评，一些作品被冷落、被质疑。这种接受方面的众说纷纭其实是相当正常而具有内在规律性的，正如一些评论者在论及20世纪西方现代派艺术的特点时所指出的："我们如此肯定地指出，整个'现代派'艺术的特点在于它作为一次艺术语言革命而非思想革命，乃是有着十分可靠的实际依据的：只有'现代派'艺术才使人抱怨'看不懂'，问题恰好在于，一个只在'内容'上创新的作品则绝不会引起这类困难。'现代派'艺术使那种越过形式系统而直接知悉'内容'的阅读方式成为历史；正因此，本世纪以来艺术最主要的问题成为'阅读'的问题，而阅读理论也相应地成为这个时代文艺理论中首屈一指的组成部分。我们知道，历史上任何其他时候都未曾如此。"[①]第四代儿童文学作家们分明也已认识到他们所面临的强大的阅读反弹力，特别是在他们的部分实验作品引起相当激烈的争议之后，读者观念从未如今天这样汹涌地进入他们的创作视野，同时，由于20世纪80年代后期愈演愈烈的商业利润之风对于儿童文学的"阅读"矛盾起着推波助澜的激化作用，因此，第四代儿童文学作家的文体实验热潮在这种种关于"阅读"的思考之中开始逐渐变得冷静和脚踏实地。

应该说，第四代儿童文学作家的创作实践在总体上还是采取了"两条腿走路"的基本格局，即一方面极力向现代艺术空间扩张势力范

---

① 李洁非、张陵：《告别古典主义》，上海文艺出版社1989年版。

围，极尽新异艺术手法的大胆尝试组合之能事，而另一方面则更经意、更有效地保留和发扬着传统儿童文学的各种优势和长处，使之成为第四代儿童文学作家们借以赢得读者并获得探索勇气和膂力的强大后盾。这其中如周锐的《拿苍蝇拍的红桃王子》、冰波的《桃树下的小白兔》、高洪波的《鹅鹅鹅》、张秋生的《小巴掌童话》、罗辰生的《白脖儿》、詹岱尔的《埋在树下的笔》、夏有志的《我听见了自己的声音》、张微的《雾锁桃李》、韩辉光的《校园喜剧》、张之路的《暗号》等作品，甚至班马的《江南，一座永不忘的小屋》，都是与令人叫绝的现代文体实验作品同样令人叫绝的传统文体形态作品，而这些作品对传统的保留和发扬，实际上是一种在更高的起点上的保留和发扬，因此于浓郁的传统手法之中又透露出鲜明的时代气息。这种"两条腿走路"的格局使这一时期的儿童文学呈现出更加丰富多彩的艺术局面，并充分体现了新旧交替时代所特有的文体奇观。

二　探索启示录

第四代儿童文学作家是一个奇异的文学群体，他们由上一个时代孕育，自这一个时代脱颖而出，朝气蓬勃，带着一身叛逆的气息走来，在这一方文学广原上留下了太多的或热情、或感伤、或焦灼、或嬉闹的痕迹。出于强烈的精神自立欲望和丰富的文化气质，他们将自己塑造成怀疑的一代、思考的一代、寻觅的一代和实验的一代，他们不肯满足于、不肯轻信于那些已有的、给定的、天经地义的东西，他们的儿童文学实践是在相当清醒、明确的创新意识指导之下有条不紊地进行的，而他们的创新意识又具有较高的理论层次和相当的系统性，他们的观点与实践虽然在诸多方面不乏偏激和稚气，但却势不可当地创造出一段惊世骇俗、既成事实的文学史，同时也显露了一个潜在的新生代的现代儿童文学观念体系。

1. 寻找本质

正如每一代哲学家登上历史舞台总要以寻找世界的根本性答案——"人是什么"为开端一样，第四代儿童文学作家作为一个时代群体引起人们刮目相看的，首先便是他们对于流行了几十年、曾主宰了成就辉煌的20世纪五六十年代的传统儿童文学本质观——"儿童文学是教育儿童的文学"——发出的挑战。自1979年始，无论是《失去旋律的琴声》《谁是未来的中队长》《吃拖拉机的故事》《弓》《我要我的雕刻刀》等在题材上大胆开拓、直面人生的小说，还是《脏话收购站》、《哭鼻子比赛》这类艺术上大胆创新、摒弃说教的童话，都表达了这一代作家对于长期以来"教育儿童的文学"观念一统天下之格局的不满足和突破欲。"多少年来，我们的童话创作总是强调所谓'教育意义'，头疼医头，脚疼医脚。写来写去无非是这几个内容：别说假话，别骄傲，爱学习，别偷懒等等。"[①]"十多岁的孩子，已经不再满足于单纯地听故事，通过一个故事，去认识一个道德训诫。他们开始转向现实生活，对生活主题和哲理主题，对描写人感兴趣了，他们要了解生活，认识复杂的人，认识自己。"[②] 或者正如第四代儿童文学作家在理论上最早的代言人周晓所更加清醒地指出的："时至今日，我们绝

---

① 郑渊洁：《我写〈脏话收购站〉》，《儿童文学研究》第11辑，少年儿童出版社1982年版。
② 陈丹燕：《在摸索中前进》，《儿童文学研究》第14辑，少年儿童出版社1983年版。

不能把儿童文学单纯作为达到某种思想教育目的的直接教具。过去，那种把作品的教育意义和政治性等同起来的'左'的观点，已经窒息了儿童文学的创作生机；今天，我们如果把儿童文学的教育作用理解得过于直接、偏狭，仍然有导致忽视艺术规律和儿童文学作为文学的特点，回到'左'的老路上去的可能。"[1]他甚至更进一步尖锐地指出："儿童文学的服务对象在文学的需求上有自己的特殊性，是应该注意的，但其前提是文学的需求——对文学的需求，而不是其他，比如不是直接的教育的需求——和任何文学艺术一样，儿童文学教育作用必须通过'潜移默化'才能达到。"[2]这些，已可看作是第四代儿童文学作家树立自己的儿童文学本质观的前奏和思想准备。

  质疑带来了创作思想的松动，而突破则体现了创造力的解放。最初的突破主要体现在两个方面，一方面是儿童小说领域的题材、主题开拓，如前所述，"伤痕小说""问题小说""揭露小说""苦难小说""心理小说"等的大量出现，以不避讳现实社会中阴暗面的率直态度冲破了"教育儿童的文学"观中"正面教育"的自我封闭状态，因而拉开了儿童文学反映人生百态的帷幕，同时"重新塑造民族性格"的职能体认则在一个新的文化层次上对过于狭隘的"教育"（常限于思想品德教育）内涵进行了扩展；另一方面是童话创作领域以艺术上的大胆求新求异为特征的热闹派童话的初露端倪，从开发想象力、给儿童以轻松娱乐的角度提出扩大和延展儿童文学教育功能的问题："丰富孩子的想象力算不算有教育意义？对孩子进行真善美的陶冶算不算有教育意义？"[3]

---

[1] 周晓：《儿童文学札记二题》，1980年3月《文艺报》。
[2] 周晓：《儿童文学的报春燕》，1981年第4期《儿童文学选刊》。
[3] 郑渊洁：《我写〈脏活收购站〉》，《儿童文学研究》第11辑，少年儿童出版社1982年版。

在这种种对"教育工具"论的质疑、扩展、改造中,最富有建设性的、最能体现第四代儿童文学作家崭新的儿童文学本质观之起点的就是"儿童文学首先是文学"这一明确的理论命题。尤异《试论文化儿童文学的教育作用》、曹文轩《儿童文学观念的更新》等文章。通过这个命题,他们指出原有的将儿童文学本质视为教育工具的观念是如何错位和混淆不清的:"把教育作用当成我们儿童文学观念的出发点,在客观上却造成了儿童文学自身文学品格的丧失。"[1]

从"儿童文学首先是文学"这一基本命题出发,第四代儿童文学作家们迈出了他们探寻儿童文学本质的关键一步,即从"教育"的起点向"文学"的起点回归,并将他们对儿童文学本质的认识定位于"审美":"只有以审美为中介,文学的教育作用与认识作用才有可能实现……文学的本质只能是审美。"[2] 在这个重要的改变了人们对儿童文学基本认识的命题之下,作家们开始更多地从文学自身的艺术规律而不是纯粹从教育规律的角度去考虑儿童文学创作的种种问题,譬如儿童文学怎样才能写得更真实些、更贴近生活一些、更美一些、品位更高一些、艺术生命力更长久一些,以及怎样才能更好地适应读者的审美心理和欣赏水准等等。由此,他们顺理成章地发出呼吁,"我们赞成文学要有爱的意识""我们推崇遵循文学内部规律的真正艺术品""我们尊重艺术个性""我们赞同文学变法"[3]。越来越多的儿童文学作家在创作中显示出自觉的、富于个性的美学追求,一时间,儿童文学创作

---

[1] 方卫平:《近年来儿童文学发展态势之我见——兼与陈伯吹先生商榷》,《百家》1988年第3期。
[2] 引自刘绪源《对一种传统的儿童文学观的批评》,《儿童文学研究》1988年第4期。
[3] 引自《回归艺术的正道——"新潮儿童文学丛书"总序》,江西少年儿童出版社1989年版。

手法花样翻新,风格流派五色纷呈,譬如我在前文所述的种种现象,是为一斑。

从复归"审美"的起点出发,第四代儿童文学作家们广泛地辐射出他们关于儿童文学功能及美学内涵的思考,如"发展儿童的想象力""培养孩子高尚情操和欢快性格""让他们笑,让他们高兴"(郑渊洁),如"让孩子们通过文学将压抑的、受到局限的欲望痛快地得以释放,达到一种精神补偿"(班马),如给孩子"一种美的享受"(周锐),以及"旨在引导孩子探索人生的奥秘和真谛,旨在培养孩子的健康的审美意识,旨在净化孩子的灵魂和情感,旨在给孩子的生活带来无穷无尽的乐趣,而在这同时,它也给了孩子道德和政治方面的教育"(曹文轩),"除了教育作用、认识作用、审美作用、娱乐作用以外,还应有一个平衡作用,即帮助、引导小读者(这里主要是少年读者)平衡身心发育阶段紧张、倾斜的心理,使他们顺利地社会化,灵肉健全地走向人生"(王泉根)……

第四代儿童文学作家对儿童文学本质的探索,实际上是时代变迁的一种折射。从政治唯上的、整个意识形态变为政治图解工具的时代中走出,人们迫切地要求一切事物恢复其本来的面貌和性质,而这一代人之所以在儿童文学与"教育"的关系上,投注了较多的叛逆性,正缘于此。所幸的是,这一代人在思考"教育"与"审美"的关系时,在思考"文学"与"儿童"的关系时,正在越来越多地走向清醒与客观的立场。

例如刘绪源在《现代教育学对儿童文学的启迪》一文中所发表的见解就很有代表性:"然而儿童期又是具有二重性的:它既是相对独立的,真正的人生,同时又确是要向未来的成人社会过渡的。所以,包含一定教育价值的儿童文学,也自有它存在的理由。但这类作品应当同杜威与皮亚杰所强调的理论相一致,即不是成人作者将自己的结论塞到作品中去,而是让儿童读者在艺术形象中'自然地理解事物的意义','自动地发现现实'。"[1]

2. 对儿童文学特殊性的再认识

在对儿童文学本质的再认识过程中,"儿童文学首先是文学",曾经是一个十分重要而又十分奇特的命题(它的奇特在于它的近乎废话),"人们之所以一再强调'儿童文学首先应该是文学'这样一个常识性的命题,是因为他们痛切地认识到多年来过分强调所谓的儿童文学特点(在很大程度上即是将儿童文学视为教育儿童的文学、教育的工具)造成了儿童文学自身审美品格的丧失。因此,这一命题的提出和被确认在特定的文学现实语境中是必要而合理的。它意味着儿童文学在经历了审美的失落和贫困之后开始自觉地向文学的审美特性回归,向文学的普遍规律寻求认同。但是另一方面,还应该认识到,把儿童文学特点与文学的一般规律机械地割裂开来也是不恰当的。事实上,它们是辩证的统一体。"[2]的确,对于"文学性""审美"的强调,容易给人们造成一个印象,即第四代儿童文学作家忽视儿童文学区别于成人文学的特殊性,其实不然,第四代儿童文学作家们实际上以一种迥异于传统的思路和方式关注着儿童文学的特殊性问题。

譬如 20 世纪 50 年代陈伯吹先生论及儿童文学作家创作修养的那

---

[1] 刘绪源:《现代教育对儿童文学的启迪》,《浙江师范大学学报(社会科学报)》1993 年第 2 期。
[2] 方卫平:《中国儿童文学理论批评史》,江苏少年儿童出版社 1993 年版。

段著名的话:"一个有成就的作家,愿意和儿童站在一起,善于从儿童的角度出发,以儿童的耳朵去听,以儿童的眼睛去看,特别以儿童的心灵去体会,就必然会写出儿童能看得懂、喜欢看的作品来。有些同志认为这个样子会使作家倒退为老儿童,而儿童也永远是儿童了。其然?岂其然乎?作家既然是'人类灵魂的工程师',当然比儿童站得高、听得清、看得远、观察得精确,所以作品里必然还会带来那新鲜的和进步的东西,这就是儿童精神粮食中的美味和营养。"[①] 20世纪80年代初为"童心论"平反时,这段话一度被重新作为儿童文学特殊性的旗帜树起,应该说,它有着相当深厚的合理内核。

但第四代儿童文学作家在不同的时代、不同的理论前提下考虑儿童文学特殊性的时候,其思路也必然地发生了变异。这是一个强调文学本位的时代,一个强调充分发挥作家主体性的时代,一个比以往更强调文学变法和表现创作个性的时代。譬如我在本书第一篇中所列举的所有儿童文学作家关于表现主体意识的自述中,第四代儿童文学作家的自述就占了大多数,创作主体意识的觉醒是这一代人创作情绪的主要特征之一,创作主体意识的觉醒促进了儿童文学的开拓和创新,也促使作为成年人的儿童文学作家在儿童文学创作中去寻找属于自己灵魂的一方合法席位,由此出发,他们开始从一个迥异于传统的思路去考虑儿童文学的特殊性问题:

以往我们研究儿童文学的特点,最容易停留在对主题鲜明、情节生动、结构完整这些表层现象的阐述上。研究儿童文学有别于成人文

[①] 陈伯吹:《谈儿童文学创作上的几个问题》,载《儿童文学简论》,长江文艺出版社1959年版。

学的特殊性，还有没有其他途径？我们是否可以把兴奋点暂时从儿童的身上转移一下，将目光投注到成人的身上。因为一个明显的事实就是，儿童文学拥有许多成人读者，儿童文学作者都是成人。是什么原因使这些成人读者对成人文学不感到满足，却要对儿童文学寄寓"厚爱"？成人作者写作儿童文学难道仅仅是为了儿童，自己就丝毫不能从中获得精神上的满足？我想，通过对这些问题的探寻，或许可以窥见到儿童文学与成人文学的某些方面的文学差异。

——朱自强《"大狗"叫，"小狗"也叫》

儿童文学的接受主体是儿童读者。

儿童文学的创作主体是成人作者。

这一文学形态中，存在有一个无法回避的"代"的问题——主体的两代性。

长期以来我们偏重于对儿童主体性的关注，而对成人创作主体的研究探讨则显得极其不够，甚至，在我们的意识中对这种成人的主体性还似乎是不愿承认的，"成人"在儿童文学理论上一般总是一个被驱逐的身份，总是一个欲抹去的概念。成人在儿童文学事业中否定着自己的主体性的实际存在，而宁愿说存在着"童心"。

这是多么自扰和自我困惑。

——班马《中国儿童文学理论批评与构想》

坦率地说，如果要我丢掉"自我"去搞文学，我是决计不当作家了。丧失了"自我"的作家是无论如何算不上作家的。如果作品中表达的感情、感觉、感受不是"我"的，那何必要去表达！其实，作家在作品中表现的"自我"是早已经过选择了的,它不仅融合了自己童年的经验和感受,也融合了对当今少年生活的理解和认识。

——刘健屏《新时期少年小说特征之我见》

我总是一直要兴致勃勃地问,我们怎么也能完美地拥有这种既是儿童的又是文学的感觉呢?

表现伟大的纯真,但并不捏着鼻子学鸡叫鸭叫;表现极度的无逻辑,却包含了理性的净滤;是本能的梦幻思维,又是作家在成熟地叙述;是原始的泛灵心理,已经融入了诗的哲意。……这里重要的不是学态,学语言,而是要唤醒已经沉睡的那份生命冲动,在感觉上重新沉入儿童谜一般的生命形式,再经由作家精神层次所给予的美学净滤,最后形成为文学的表达。(重点号均为原作者所加——引者注)

——梅子涵《怎样写儿童文学》

很显然,第四代儿童文学作家们是将儿童文学的特殊性定位于作为成人的作家与作为儿童的读者之间审美意识的差异上了,应该说,这比起以往单方面地强调儿童的年龄特征来得更加全面,也更加深入了。同时他们早已意识到,由于年龄增长和岁月的磨砺,一个成年人无论如何也不再可能重返完全原生性的童年状态,因此两种有着巨大时间差的审美意识如何沟通和契合显然就成为儿童文学的特殊性所需要解决的核心难题。第四代儿童文学作家探索和创新的触角并未由此缩回,反而开始了"沟通成人与儿童心灵"(程玮语)的新的文学探险。这种探险单靠"以儿童的眼睛去看"是远远不够的了,他们急需一双儿童与成人目光交织在一起的"复眼",由此来观察他们无法仅由儿童的眼睛去观察的、积淀着无限历史文化的世界。从常新港、董宏猷、陈丹燕、秦文君、沈石溪、曾小春等人关于他们刻骨铭心的童年经历怎样影响、渗透和造就了他们的儿童文学创作的直言不讳的倾吐中，分明清晰地向世人揭示出"童年情结"这样一个特殊的事物在儿童文学创作中的特殊意义，它在一定的程度上能够引导作家"唤醒已经沉睡的那份生命冲动，在感觉上重新沉入儿童谜一般的生命形式"（梅子涵），因此它差不多已成为这些作家对"童心"的新诠释，成为他们所苦苦寻觅的通向神秘童心王国的一架新的桥梁。此外，有的作家如班马试图从成人的"传递欲""自我投射""游戏心态"和儿童的"走向成熟""未来实践""反儿童化"等心理倾向之间寻找某种双向对应、双向交流的内在审美结构，还有的作家则从儿童读者的年龄划分入手，指出"儿童尤其是少年都渴望成人，努力把自己表现得很成熟，如果给他们看的作品还写得很浅、儿童化，他们就会感到假，感到没有劲"（刘健屏），"儿童文学作家应该帮助孩子们更好地向成人世界过渡"（孙建江），等等，以少年儿童生命精神中的"成长"这一个永恒性的事物来作为沟通少儿与成人，或使他们互相接近的中介，等等。凡此种种，大抵是由"成人——儿童"双支点来透视儿童文学特殊性的内涵的，虽然在某些具体的阐释和实践中存在不同程度的过激和失之偏颇，但这种双向地研究儿童文学特殊性的基本思路应该说是这一代儿童文学作家探索精神的辉煌结晶之一，它给中国儿童文学的深层美学结构带来的影响是不可估量的。

3. 文体的自觉与重新定位

由于对儿童文学的本质、功能、特殊性等基本观念结构、内涵的重新体认，必然促使第四代儿童文学作家们对儿童文学的文体内涵及其美学特征进行重新思考和再认识。

对第四代儿童文学作家们的文体实验活动我在前文已叙述了不少，的确，这一代作家所表现出的文体意识比以往要强烈得多，他们倾注在文体实验上的热情和兴趣比起以往也要浓厚得多。那些来自意识流、象征主义、魔幻现实主义、荒诞派、后感觉派等西方现代派文艺创作手法的大量借鉴，和对中国古典笔记小说之类手法的古为今用，以及"儿童文学品种之间的横向渗透之后，出现了散文化的淡化情节小说、童话与小说双重结构互为渗透的童话化小说或小说化童话、多元体第一人称小说和新闻化的纪实小说等文体的新品种"[①]等等，给20世纪80年代的中国儿童文学造成种种五花八门、令人眼花缭乱的艺术景观，大胆地向人们长期以来习惯了的阅读经验发出挑战，表现了第四代儿童文学作家"对于文学探险的渴求和尝试"（金逸铭）。

然而这种探险和尝试绝不仅仅是为了增加儿童文学令人惊奇、令人眼花缭乱的猎奇效果，儿童文学文体实验的意义也绝不仅仅在于引进了多少新的艺术表现手法，这种意义及其对儿童文学不可估量的整体变革作用，更多地在于这种艺术手法的创新背后所显示出的观念的更新。作家们对此也有着清醒的自觉认识："今天的文学艺术已经发展到了这样一个时期，就是要打破旧的艺术规范，探索新的艺术规范。新的文学思想、艺术思想正在酝酿、正在成长，它必然要冲击规范，改造规范，吸收旧规范里好的东西，形成新的规范。"[②]

---

① 周小波：《儿童文学文体分类的历史性和新基点》，《浙江师范大学学报（社会科学版）》1993年第2期。
② 周基亭：《希望出现更多的"怪球手"》，《儿童文学选刊》1986年第5期。

让我们对第四代儿童文学作家的文体实验做一次抽样调查。

譬如20世纪80年代童话的艺术创新,最初主要是强调狂野的闹剧效果,即"运用瞳孔极度放大似的视点,夸张怪异;追求一种洋溢着流动美的运动感,快节奏,大幅度地转换场景,以长于接受不断运动信息的儿童读者,在令人眼花缭乱的类似电影运动镜头的强刺激下,获得审美快感;采用幽默、讽刺漫画、喜剧甚至闹剧的表现形态,寓庄于谐,使儿童读者在笑的氛围中有所领悟,受到感染熏陶"[①],"在它那欲罢不能的效果追求中,发出了现代的喧嚣,不是突然爆炸,就是灰飞烟灭;不是某种哲理给压缩进了罐头,就是某类超级先进武器竟装备了动物;不是在那索架游艺机式的唐突轨迹上迫使你尖叫,就是在那卓别林式的癫狂节奏中促使你发笑"[②],这种被称作"热闹派童话"的童话新潮在20世纪80年代上半期的涌现主要是针对长期以来"絮絮叨叨的外婆式童话"(彭懿)的古老气息而表现的强烈逆反,"在大变革的时代背景下,它率先冲毁了曾在中国儿童文学之中衍生的道学气,带来了久违的游戏精神"(班马),但当20世纪80年代中期"热闹派"童话达到鼎盛之势的时候,"一批思想敏锐,具有开拓精神的中青年童话作家,……他们的思索开始进入更深的层次,透视点更高的文学、艺术空间……探索者在重新思考:关于人的内心世界、无限宇宙的神秘力量;关于生命的意义、人的永不消失的欲望;关于真善美与假恶丑的交锋;关于孤独、痛苦;关于荒诞中的哲理……开始追求象征的多义性、广泛性,结构的高层次、多侧面,思想的辐射性、延展

---

① 彭懿:《"火山"爆发之后的思索》,《儿童文学选刊》1986年第5期。
② 班马:《童话潮一瞥》,《儿童文学选刊》1986年第5期。

性。"[①]"与热闹派童话拉开了一点距离，而更多一些悠远的意识"[②]，"这一潜行的新潮预示：作家开始向童话的深层结构探索，力求扩大作品的内涵辐射面和读者辐射面，悄悄地试图实现向更高更新的艺术标杆的超越。"[③] 这种从追求热闹效果到追求哲理内涵的演变过程，极大地扩展了童话文体的审美潜能，并且成为在新的儿童文学本质观指导下对童话文体乃至整个儿童文学文体的审美潜力、审美空间的一种强化性试探与发掘，如果我们把20世纪80年代的这种童话艺术的创新演变与同时期儿童小说等其他儿童文学体裁领域的艺术创新联系起来考察的话，就会加深这一印象。

在对儿童文学文体审美潜能的这种实验性扩张与开掘当中，最引人注目、最具现代美学气度的探索之一要算"寓言结构"（或称寓言形态）这一概念的出现。这一概念的出现源于第四代儿童文学作家强烈的扩展儿童文学审美内涵深度与广度的普遍欲求。"长期以来，儿童文学要走向深刻，要走向哲理，确实存在着儿童读者接受上的难题；然而，正像游戏的形式可以寄寓基本法则，玩具的形式可以表达高级智力，琥珀的形式可以显示出悠远情绪一样，儿童文学也可以通过寓言化的处理得以完成根本性规则内容的传递。"[④] "扬弃它的教训与劝世的陈腐，而提取它的复合结构层次的暗喻效果，对抗日趋纷乱的表层交叉写作手法，以使作品疏朗而意蕴无穷，以寓言化来囊括整个结构。"[⑤] 这种对"寓言结构"的追求反映了现代儿童文学欲冲出封闭的

---

① 冰波：《童话面临创新、深化》，《儿童文学选刊》1986年第6期。
② 班马：《童话潮一瞥》，《儿童文学选刊》1986年第5期。
③ 金逸铭：《童话，悄悄地实现超越》，《儿童文学选刊》1986年第5期。
④ 班马：《中国儿童文学理论批评与构想》，湖北少年儿童出版社1990年版。
⑤ 班马：《中国儿童文学理论批评与构想》，湖北少年儿童出版社1990年版。

儿童小天地、走向与成人文学相交接或以初始的形式表现终极境界的开放性美学追求。例如冰波的《狮子和苹果树》、班马的《它们……》、周锐的《王牌肥皂》等童话，秦文君的《四弟的绿庄园》、曾小春的《空屋》、梅子涵的《我们没有表》等小说，刘丙钧的《绿蚂蚁》等诗作，都是以简洁、疏朗和单纯的外部形式表述深而广的人生哲理内涵的典型例子。在这些作品中，作家们表现出了某种欲突破儿童文学原有的文体局限，挖掘"这一文体形态本身所含有的潜在因素"，寻求外部形式与内涵之间的最大张力，试图在一种新的格局中重建儿童文学的开放式文体美学结构的努力。

如果说"寓言结构"概念的出现和实践体现了第四代儿童文学作家文体意识中强烈的开放性倾向、寻找儿童文学与外部大千世界、与成人文学之间的联系沟通的话，那么他们在儿童文学叙述语态方面的新尝试则又从另一个方向体现了他们的文体意识中鲜明的本位性倾向、寻求能够与儿童的自我中心状态达到深层次沟通的最佳语体。例如陈丹燕的小说对少女心理的细腻描摹，可以说在极大程度上，她正是凭借着那满纸未必原装的少女口语但鲜浓地散发出少女生命中的浪漫、飘逸、灵秀、善感和音乐般旋律的叙述语态，将自己与少女的精神世界深深地沟通和融为一体。例如梅子涵的小说对少男心理的潇洒倾吐，可以说在极大的程度上也正是凭借了那满纸未必原装的少男口语但鲜活地散发着少男们生命中特有的勃勃生机、带幻想性的洒脱和大大咧咧、掩藏在冷静之中的温情和孤独感以及漫不经心的苦闷躁动的叙述语态，也将自己与少男们的精神世界深深地沟通和融为一体。类似的对叙述语态的刻意营造，我们从夏有志的《普莱维梯彻公司》中、从程玮的《来自异国的孩子》中、从秦文君的《男生贾里》和《女生贾梅》中、从班马的《六年级大逃亡》中，等等，也能够见到这种"语言体验与心理体验的内在转换，它们相互拥有并且充实了对方"[①]，从而使儿童文学更迅捷、更直接地走入当代少年儿童的精神世界深处，这便突出了儿童文学文体本位意义上的职能和审美特征。因此，对叙述语态的尝试与对儿童文学文体开放性审美内涵的探索在一定的意义上相辅相成，既强化了文体特征，又并非自我封闭，反映出这一代人有关儿童文学文体的观念结构之合理性与当代性。

随着文体意识的增强，特别是部分实验性作品在少儿读者的阅读反馈中褒贬不一和关于"成人化"问题的讨论日渐激烈，促使第四代儿童文学作家们开始提出儿童文学的文体分化问题，即把原来的"面向3—15岁少年儿童"的儿童文学划分为幼儿文学（适宜于3—7岁幼儿）、童年期文学（或狭义儿童文学，适宜于7—12岁儿童）、少年文学（适宜于12—16岁少年）三个层次[②]，而第四代作家们的文体实验则大多属于少年文学范畴，如梅子涵就曾提出"儿童小说实际上就是少年小说"的见解，吴其南也曾指出许多探索性作品的"隐含读者"为具有较高文化素养、心灵比较丰富、美学趣味品位较高的那一类少年，而班马的"儿童反儿童化"命题，则更是将儿童文学的文体探索定位于中、高年级儿童（或干脆就是少年）的年龄段上。虽然这些划分和对"少年文学"的偏重反映出第四代儿童文学作家文体意识的某种失衡现象，但也在一定程度上体现了第四代儿童文学作家们文体意识中的责任感。

[①] 郁雨君：《潇洒走一回——评梅子涵近期少年小说》，《浙江师范大学学报(社会科学版)》1993年第2期。
[②] 王泉根：《儿童文学审美指令》，湖北少年儿童出版社1990年版。

三　无穷的文学变法

麦子老人在读书。书没有名,是关于麦子的。

麦子老人要把关于麦子的书,交给一个孩子。

……

孩子读得很认真。孩子在书里读到的是草莓。

麦子老人说他把书拿倒了。把书拿倒了,就会把麦子读成草莓。

……

麦子老人对草莓孩子讲麦子,讲得很动情。草莓孩子在拿倒的书里读草莓,读得很激动。

……

麦子老人想得很多,想了很久,觉得可以在关于麦子的书里,写上一条草莓。

草莓孩子放下关于麦子的书,他要写一本关于草莓的书。

……

麦子老人来不及往书里写一条草莓。草莓孩子来不及写一本草莓的书,吃猕猴桃的娃娃走来了。

吃猕猴桃的娃娃会在书里读到猕猴桃。关于麦子关于草莓,他会怎么看他会怎么想,他没有发言,他还没有走上讲台,他要讲什么,他会讲什么,谁也不知道。

这是刘丙钧的寓言诗《麦子、草莓和猕猴桃》中描述的一幅景象,这景象我们在每个时代发生蜕变的关口都能见到,它反映了"代"

这样一个普遍而又微妙的事物。第四代儿童文学作家们在那辉煌的十年流过的最后一瞬，便意识到了这种交织着必然性与偶然性的蜕变。蜕变是不可避免的，是铁一般的客观规律决定了的，政治、经济、文化、社会、历史、时代，还有一批批源源不断走来的作家们，有了这些，才有了无穷的文学变法。

1. 走向新的艺术常态

这是方卫平在《走向新的艺术常态》一文[①]中阐述的一个观点："当最初的理论反思和实验过去之后，少儿文学作家在新的艺术哲学的基础上开始了对于一种更富有现实意义的艺术常态的构建，而且，这种艺术构建开始从主要体现理论观念的设想逐渐走向与当代社会现实和精神现实的更为密切的联结。"他是在对第四代儿童文学作家中最具先锋意识的两位实验派作家梅子涵与班马于1990年分别发表的两篇少年小说《我们没有表》《六年级大逃亡》做了一番比较分析之后得出这一结论的。"作为社会存在的文化环境、氛围与主人公的精神世界之间，已经开始实现了一种自然而深刻的沟通和联系。这是实验小说进入新的艺术常态并逐渐走向成熟的一个预兆。"

的确，进入20世纪90年代以来的中国儿童文学，正在从80年代的躁狂心态中逐渐沉静下来，且不说80年代童话界的那种喧闹热烈的气氛早已清淡了许多，80年代充溢于少儿小说中的那些激奋的、浓烈的、躁动的、一呼百应的东西也明显地减少了。这固然有商品经济的冲击、政治变迁的影响所导致的人们关注热点的转移，审美兴趣从纯文学向通俗的、纪实的、实用的方向转移以及由此而来的第四代儿童

---

① 方卫平：《走向新的艺术常态》，《儿童文学选刊》1991年第1期。

文学作家队伍的分化、蜕变等深刻而广泛的社会文化方面的原因，而另一方面，我们从这种创作的沉寂、冷却的走向之中仍然能够感觉到生活暗流的涌动和起伏，感应到作家们于冷静、淡泊之中显出的从容和成熟，这体现于作家们并没有放弃前些年轰轰烈烈的探索和实验，而是从容、冷静地将那探索和实验的成果在一个更高的阶梯上消化、加工、发扬，从而形成某种"新的艺术常态"。

譬如童话，20世纪80年代后期以来，那些曾经精力充盈、喧闹无羁、踢天打仙的童话精灵们似乎日渐变得深沉起来了，虽然热闹的童话仍然是这一领域中最受儿童欢迎的品种，但"热闹"在八九十年代之交已经不那么单纯地是一种审美情趣的宣泄了，而在原有的热闹基础上更多地流露着作者对世界、对人生的感悟。像戴臻的《侦探小说家和小偷》，其故事不可谓不离奇古怪、神乎其神，不仅充分地集惊险、滑稽于一体，而且从侦探小说家"半杯酒"被其笔下的小偷捉弄得忽而莫名其妙、忽而魂飞魄散、忽而自鸣得意、忽而无可奈何的窘境中，作者也毫不做作地抒发着某种哲理的感悟：现代人类往往陷入如此有意味的怪圈——人是自然之精华、万物之灵长，人能用自己的智慧创造出一切，但是人也会遭到自己的创造物（物质的或精神的）控制、支配和愚弄。随着现代文明的步步深入，这种现代人的"异化感"也在不断推陈出新。李少白的《三个和尚外传》在三个自私和尚云游四方的滑稽有趣的故事中描绘了人生的另一个怪圈——那种不图改变自我，而将改变生活境遇的希望寄托于外部环境的努力最终是徒劳的。此外，周锐的《元首有五个翻译》、黄一辉的《国王与猴》等童话也无不是在热闹有趣甚至令人捧腹的故事结构中自然而然地凸现着某种作家并不急于灌输给儿童的哲理内核。除了热闹型的童话，那些曾一度以充满文化风范的诗意和渗透远古气息的哲理为追求境界的童话作家们，也开始在抒情型、哲理型童话的创作中抒发着一些更接近现实的人生感喟，抒发着某种更富人情味的沉郁而温暖的艺术情绪。如也是发表于20世纪八九十年代之交的冰波的《月亮蛋》《神秘的眼睛》、葛冰的《舞蛇的泪》、方圆的《飞翔的圣诞树》、郑允钦的《镜子里的脸》、王蒨骏的《突然出现的电话》等作品，竟不约而同地以类似的方式表达了某种现代文明社会（特别是商品经济社会）所特有的精神主题：孤独与慰藉。传统儿童文学的"爱"的主题开始走出田园牧歌情调而逐渐伸入现代人孤寂的生存深处，那些格调复杂、沉郁、迷离的现代情绪对原本单纯、优美、明快、稚气的牧歌氛围的渗透，以及那种种拓宽童话原有思维领域、寻求更能与现代人心境沟通的表达方式，都反映出前十年追求现代儿童文学文体寓言结构的努力的结果，反映出一种定位于现代精神的艺术常态。同时，这些童话的创作也大都走出了前些年多少有些阳春白雪式的纯哲学玄想之境，而在现实与精神之间、童趣与哲理之间，寻求着一种更加有力的审美支撑点。

又譬如少儿小说，在经过了十年指点江山式的冲动、激昂和不无坎坷艰辛的探索、跋涉之后，少儿小说作者们已不再轻易地为发现了某个社会问题而激动呐喊，因此，那种浓烈的、亢奋的，乃至浮躁的笔墨自然也就少了许多。正像一个历经沧桑的人，用一副宁静和淡泊的目光看世界，而更接近成熟、平常的心态。这一点从八九十年代之交作家们对围绕"人生的倾向""成长的烦恼"来反映当代少年儿童生活的作品中便可看出。在这类作品中，作家的关注点已不是振聋发聩地提出划时代的问题和呼吁，而是沉潜到少儿精神世界的深处探幽，例如小民的《排行榜》，描写两位备受生活捉弄而有些黯然的小人物中学生，在班级的成绩排行榜上总是名落孙山，揣着年轻但已有了伤痕的心，戏剧性地相互扶持着从自暴自弃的边缘上振作起来，迈着并不轻松的步子，努力寻找人生的转机，调整着自己在人生排行榜上的位置，显示了一种无言而动人的韧性。与前些年的少年小说比起来，这样的作品色调并不十分浓烈撼人，既不象征什么，也不呼唤什么，没有振聋发聩式的悲壮，只有沉郁中的自嘲和淡淡的调侃，但却透出了一份成熟的沧桑感。类似的小说还有《小巷冒险家》（张雄辉）、《新鲜人物》（张北辰）、《扣儿》（谢华）等等，无不在冷静、自然的笔致中勾画着少年们的生活和他们的喜怒哀乐。在这种"人生的倾向""成长的烦恼"中，最有力度、最深刻地描绘出"社会存在的文化环境、氛围与主人公的精神世界之间……一种自然而深刻的沟通和联系"[①]的，当数梅子涵的《我们没有表》和班马的《六年级大逃亡》了，作家"在口述体的随意中尽可能容纳和表现出主人公心灵的原生状态，从而通过叙述形式本身直接实现了一种精神现实的展示"[②]，并透过这种精神现实去触摸人物周围的时代环境，这应该说是80年代儿童小说文体实验的有意味的继续。

新的文学常态从某种意义上来说也意味着新的文体规范的形成，这是任何创新的攀登所必然经过的平台阶段，只有创新的成果消化、完善，新的规范形成、烂熟，更进一步探索和创新的动力才会产生。

这也就难怪，20世纪八九十年代之交的儿童文学创作在题材、主题、人物形象、艺术手法等方面常令人有某种程度的雷同感，这在相

---

① 方卫平:《走向新的艺术常态》,《儿童文学选刊》1991年第1期。
② 方卫平:《走向新的艺术常态》,《儿童文学选刊》1991年第1期。

当程度上失却了往日的新鲜刺激,在艺术风格上也大致形成了热闹、抒情、哲理,或荒诞、悲壮、调侃等几种主要的定势。有不少作品单个看其艺术质量并不差,但放到大的创作环境中纵横比较,就会发现艺术面貌的某种重复。甚至一些引人注目的新人新作也时有似曾相识之感,譬如常星儿的《干草垛》《拓荒》,就颇令人联想到前些年的刻画北大荒山林中坚韧刚毅的小男子汉形象,以粗犷、冷峻、深沉的悲剧风格著称的常新港,而彭学军的《秋葡萄》《油纸伞》等,也与前几年以飘逸、灵秀之笔描绘女中学生细腻、敏感、迷惘内心世界的陈丹燕、秦文君、程玮等在构思、语体上颇多近似。这种艺术面貌的重复现象,又往往并不是以艺术质量的粗制滥造为前提的(虽然粗制滥造在任何时代都不会绝迹,但那毕竟是另一回事),这种创作的精致与重复只能是在"艺术常态"阶段才会有的现象。

2. 告别沉重

90年代初的儿童文学中有两部作品可算得上异军突起,这就是秦文君的两部系列小说:《男生贾里》《女生贾梅》。关于这一对双胞胎少年兄妹的生活琐事描写读来似乎并没有什么大起大落之处,它们与秦文君过去一向执着于沉重、深沉、忧患重重的文学风格(如《四弟的绿庄园》《十六岁少女》等)也显得格格不入,可它们就是那么引人注目,在这个儿童文学创作略嫌沉寂的年代甚至有些扎眼。

"贾里""贾梅"是两个十三四岁的城市中学生小人物。他们太普通了,普通得一钻进中学生堆里你就可能再也认不出他们来了;他们又太典型了(尽管如今人们对"典型"已有了新的看法),典型得一看到他们你就会对20世纪90年代的中学生有了个八九不离十的了解;

在他们的生活中充满各种各样层出不穷、不大不小的"成长问题",而哪一个又都够不上振聋发聩或摄人魂魄;在他们的性格中拥有纯情,拥有"老练",拥有懵懂中的思索,拥有幼稚的小聪明,拥有夸张的梦想,拥有脆弱的自信,可就是没有惊天动地的悲壮或荡气回肠的浪漫。

"贾里"和"贾梅"的故事琐碎而又平凡,单纯明快之中不乏幽默的起伏跌宕,但绝没有大悲大喜、大起大落、荡气回肠、浓烈奇谲,作家用一种轻松活泼又诙谐的叙述语言将中学生生活中那些最普通然而有意味的片段、场景、细节从容地铺展开来,与前些年沉浸在文体实验热潮中的那些"或者让人进行哲理的思考,或者让人在感情的大波大澜里荡涤,或者在古老而神秘的文化氛围中幽古探微"[1]的作品相比在审美价值取向上可谓大相径庭。

从"贾里"和"贾梅"的故事中流露出的这种有点久违了的轻喜剧式艺术格调,令读者感受到作家的那一份告别了沉重、告别了压抑、告别了挑战、告别了忧患的心境,以一种更平和、更坦然、包含着信赖和知心的目光关注着少年儿童的"成长",这是一种还俗的心境,一种走向平凡生活的轻快步履,一种"新的艺术常态"下的审美追求。其实,再早些时候,这种新的走向就已从《今年你七岁》(刘健屏)、《我们的头上有一片绿云》(葛冰)、《龙溪第一漂》(韩辉光)等作品中开始露出端倪了。比起《我要我的雕刻刀》的那种冷峻,《今年你七岁》虽然尚未完全脱尽深沉、忧患、使命感,但显然更重视生活的原生态和世俗化的面貌。

与《男生贾里》《女生贾梅》《今年你七岁》这类回归少年儿童生

---

[1] 闫春来:《宽厚的爱心喜剧的格调》,《儿童文学研究》1993年第3期。

活原生状态及世俗化的作品相呼应的，是20世纪90年代校园题材、师生关系题材的作品多了起来。校园，曾给20世纪80年代的儿童文学作家们提供过多少划时代的惊叹号，曾涌现过多少叱咤风云的人物！其中，尤其敏感尤其显眼的区域便属师生关系了，从50年代到80年代，这个区域曾被作家们反复耕掘，经历了盛极的热闹和悠久的烂熟，诸如五六十年代师生赛母子、70年代师生如宿敌、80年代师生之间迷雾重重，时代性问题峰迭峦涌，文学史的变迁几乎在这个区域中清晰可辨。而至90年代，儿童文学中的师生关系又有了一番逆转，前几年已成定势的剑拔弩张不知何时烟消云散，变得心平气和起来，而这种心平气和又并非50年代师生间甜甜母爱氛围的简单回归，而是呈现出一派更复杂的局面——有矛盾冲突也有沟通理解，既相互对立又相互依存，既相互交融又相互参照。在类似的驳杂交错之中，师生关系的底蕴则更接近生活的本来面目。

例如吕清温的《老K其人》，颇有意思地演示了师生关系逆转的过程：教师老K声色俱厉地追查抽烟事件，遇到学生马力十足的防范和抵赖；可是到小说的后半部，师生二人已悠悠垂钓于河边，且烟酒来去，畅谈人生，伴有马力真诚的忏悔，这种化干戈为玉帛的过程自然是从老K自动走下教育者高高在上的圣坛开始的，人无完人，人非神圣，意识到这一点，沟通就容易得多了。老K关于男孩子没有不想偷尝烟酒滋味那其实是跃跃欲试的成长心理等等一番善解人意的"揭底"，使师生间原本煞有介事的神秘感顿时融化在两个身份平等的男子汉的交流之中了。从这种表面的轻松和诙谐中，作家揭示了向来掩盖在师生关系中的深层的本质的东西——少年与成年人之间由"成长"联系和沟通着的关系。韩辉光的"校园喜剧"系列小说更是将这种师生关系中的"和平演变"用一种淳朴的夸张方式予以表现，虽然他并未回避矛盾和冲突，但矛盾和冲突也一并化入喜剧的熔炉之中，反倒产生了一种轻松之中的自嘲。像他的《愉快教育》所描绘的师生关系就透着商品经济时代特有的生活色彩：做教师的拉下脸来求助于班里常被罚站的调皮鬼，只为给自己待业的儿子找一份工作，调皮鬼居然很仗义，甚至指导起老师送礼的行情来。在师生同桌共饮并畅谈如何引进外国"愉快教育"的滑稽甚至荒诞的一幕中，师生之间的关系已还俗到商品经济社会中赤裸裸的不事雕饰。汤保华的《红眼牧师鸟》是另一个把校园中的喜剧推向极致的例子，然而正如俗话所说的"乐极生悲"，这幕几乎使学校中所有的教师和学生都卷入的"绰号大战"最终演变成了作家复杂的人生感喟和心酸的倾诉。

但是不再有沉重。或者说，作家们正在逐渐地避开沉重，正在更进一步地接近生活的平凡的原生态，从"贾里""贾梅"们到"校园喜剧"，这种努力是显而易见的。同时我们也可以说，在经过了10年的沉重的探索之后，儿童文学在20世纪90年代又开始试着回归传统——寻找那一份单纯，那一份平凡，那一份轻松的田园感、世俗感。当然，回归传统并非如想象的那样简单，这里的传统，已经是在一个螺旋上升了的新的台阶上，这个台阶便是前文所提及的"新的艺术常态"。

回首世界文学史的发展我们不难发现，任何时代的文学变革几乎总是由那么一些先锋派人物启动的，但最初的先锋派又总是以其过于超前的探索，与他们所处的实际环境大相径庭的审美趣味而不被人们理解、接受甚至受到强烈而广泛的排斥。但是，陌生的不会永远陌生，时代的前进最终会使一切过激都化解为谙熟和亲切，被启动的进化步伐是不会中途停下的，于是大部分人们，整个社会审美心理在反复的思考中开始缓慢地接受变化，最终由社会审美心理在先锋派与传统之间取一个中间值（中间值的大小亦在一定程度上取决于先锋派拓进的步幅之大小），去除掉先锋派之最生僻、最怪异、最超前的成分，糅进传统中最深厚、最令人流连的精华成分，而形成一种"新的艺术常态"。文学史就是踩着那一个个"新的艺术常态"之阶缓缓度过漫漫时空的。

3. 理想永无止境

从生物进化的角度来看，生命发展的内在动力即叛逆，有美学家指出："动物进化需要反感祖先的本能，它以一种巨大的心理力量为新物种和旧物种的杂交设置了障碍。这就像是进化长河中的一道道闸门，阻截着后退和混乱，保障动物定向进化而不至于倒退。"[①] 可见，生命要进化，要由低级状态不断向高级状态发展，就很需要叛逆的勇气，甚至是必须拥有的一种本能，一种能导致进化和发展的本能。人类个体之所以由小到大、由幼稚到成熟，就是不断蜕变、不断放弃旧有状态的结果。从某种程度来看，文化的进步也是如此，否则我们今天还在原始部落中茹毛饮血、刀耕火种呢，况且就连这刀耕火种也显然是对猿类采食野果为生的传统生存方式之叛逆的成果。

然而无论从生物进化的角度还是从文化进化的角度来看，叛逆都不是唯一的，物种的相对稳定性及文化的连续性使之也需要复制，如同需要叛逆一样，这就形成了一个表面上荒谬而实际上具有强大内在逻辑性的悖论——进化与复制互为因果、互辅互补、你中有我、我中有你。"有效的进化恰恰体现为有效的复制；当然，复制绝对准确，永

[①] 刘骁纯：《从动物快感到人的美感》，山东文艺出版社1986年版。

远不改变，也就无从进化，但是，如果复制差错过多，那么必然要遭到自然选择的淘汰。"① 就文化来说，集体无意识这一类超个体现象无疑规定着各个时期的同一文化系统中人的共通性，使人不可能完全摆脱其所属的文化系统，这种联系贯穿于每个种族、每个个体的发展之中，永无止息，历史便是这样一条割不断的文化链。

文学的发展同样也是叛逆与复制悖论的具体演示之一，因此有螺旋式前进之说。当我们回过头去反观轰轰烈烈几成往事的第四代儿童文学作家的探索，就会更加深刻地理解了其作为中国儿童文学发展史之一环的必然性和重要性。"儿童文学已拉开新的序幕，然而实际上，是老、中、青三代儿童文学作家一起拉开的。没有过去，就没有现在。而没有大胆超越过去的现在，也就没有注定要以否定姿态出现的明天。"② 这就是文化，至少要靠三代人合作维系的每个时代的文化之道。每一代人都是时间上的移民，是旧文化的携带者和新文化的探索者，因此就会有观念和实践的冲突，而"代"与"代"之间的文化联系就像血缘一样是永远割不断的。

人类文明就是这样地发展、前进的，在代与代的维系与叛离之间。

中国儿童文学到了第四代业已发生了观念和创作的巨大变化，这是这一代人理想的体现。

然而这对文学史来说远远不够，时代的不断交替，社会的不断蜕变，文明的不断进化、理想也在不断更新，一切永无止境。

---

① 李洁非、张陵:《告别古典主义》，上海文艺出版社 1989 年出版。
② 曹文轩:《儿童文学观念的更新》，《儿童文学研究》第 24 辑。

参考文献

《拯救与逍遥》，刘小枫著，上海人民出版社1988年版。

《镜与灯：浪漫主义文论及批评传统》，M.H.艾布拉姆斯著，郦雅牛等译，北京大学出版社1989年版。

《艺术创造主体论》，朱辉军著，辽宁教育出版社1988年版。

《美学新解》，H.G.布洛克著，滕守尧译，辽宁人民出版社1987年版。

《必要的丧失》，朱迪丝·维尔斯特著，张家卉等译，北京大学出版社1988年版。

《文化全息论》，严春友、严春宝著，山东人民出版社1991年版。

《从动物快感到人的美感》，刘骁纯著，山东文艺出版社1986年版。

《儿童心理学》，J.皮亚杰著，吴福元译，商务印书馆1980年版。

《儿童的语言与思维》，J.皮亚杰著，傅统先译，文化教育出版社1980年版。

《儿童文艺心理学》，姚全兴著，重庆出版社1990年版。

《思维论》，曹文轩著，上海文艺出版社 1991 年版。

《存在主义美学》，今道友信等著，崔相录等译，辽宁人民出版社 1987 年版。

《第三思潮》，弗兰克·戈布尔著，吕明等译，上海译文出版社 1987 年版。

《悲剧心理学》，朱光潜著，人民文学出版社 1983 年版。

《接受美学与接受理论》，H.R. 姚斯等著，周宁等译，辽宁人民出版社 1987 年版。

《阅读行为》，沃·伊瑟尔著，金惠敏等译，湖南文艺出版社 1991 年版。

《语言与神话》，恩斯特·卡西尔著，于晓等译，三联书店 1988 年版。

《情感与形式》，苏珊·朗格著，刘大基等译，中国社会科学出版社 1986 年版。

《符号学美学》，罗兰·巴特著，董学文等译，辽宁人民出版社 1987 年版。

《当代叙事学》，华莱士·马丁著，任晓明译，北京大学出版社 1990 年版。

《走向后现代主义》，伟克马等编著，王宁等译，北京大学出版社 1991 年版。

《西方现代派文学研究》，陈焜著，北京大学出版社 1981 年版。

《告别古典主义》，李洁非等著，上海文艺出版社 1989 年版。

《代沟》，玛格丽特·米德著，曾胡译，光明日报出版社 1988 年版。

《中国儿童文学大系·理论卷》，蒋风主编，希望出版社 1988 年版。

《中国儿童文学理论批评与构想》，班马著，湖北少年儿童出版社 1990 年版。

《儿童文学的审美指令》，王泉根著，湖北少年儿童出版社 1991 年版。

《中国童话史》，金燕玉著，江苏少年儿童出版社 1992 年版。

《中国童话史》，吴其南著，河北少年儿童出版社 1990 年版。

《中国儿童文学理论批评史》，方卫平著，江苏少年儿童出版社 1993 年版。

《探索作品集》，金逸铭主编，江西少年儿童出版社 1989 年版。

《十九世纪文学主流·德国的浪漫派》，勃兰兑斯著，刘半九译，人民文学出版社 1981 年版。

《长满书的大树》，阿·林格伦等著，毕冰宾译，湖南少年儿童出版社 1993 年版。

女性与理性
——读《现代儿童文学本体论》

曹文轩

汤锐的《现代儿童文学本体论》使人感觉到，一位女性只要她愿意去构建一种体系，且又得到了良好的知识武装，那么她在理性上所显示出的力量，足以使那些在逻辑中进行智力游戏、在构建大规模体系之中获得理性快感的男性感到震惊并觉得望尘莫及。

《现代儿童文学本体论》是一本专著。它要回答的是一个自有儿童文学史以来就反复发问的问题：儿童文学究竟是什么？汤锐发现以往的一切回答都是偏颇的。人们或是站在儿童的角度上来发问，或是站在成人的角度上来发问，其结果是各执一端，互为对峙，根本无法达成共识。在理论的争吵声中，她发现，以"成人——儿童"双逻辑支点来构建现代儿童文学理论体系的双向结构，才可能对回答这个问题取得突破性的进展。她在动手之前，就明确地为这本书找到"构思的焦点"。她开始了她的胸有成竹的论述。这种论述是规定在一种自足的框架里的，一切是可以预见的，她只不过是根据预先设定的范畴，进行各个侧面的揭示罢了。从这一节到下一节，从这一章到下一章，是一种逻辑性的演绎。像一部长篇小说一样，是不停顿的绝无断裂的滚动，一切都在意料之外，一切又都在情理之中。当汤锐写完最后一个字时，她也许意识到了，也许没有意识到，她为中国的儿童文学理论重立了一个体系，并且，这个体系是严密的。中国的儿童文学理论始终不发达，除了一些"专著"，实为杂凑，大多没有体系。汤锐的这本书，在荒凉的景况里，显得有点突兀，甚至显得有点清高、孤傲不群。这本书，即使是放在全部的中国文学理论的大局中看，也是无法忽略的。

汤锐的这本书，是理性的，却是女性的那种理性。她对她的对象，表现出了一种似乎只有女性才有的耐心。她去分辨它们，没有任何焦躁，也没有端一副观察家、分析家的大架子，只是一副很用心、很民主、很平等的样子。她看出了儿童文学所反映作家生活的三种时态互为渗透的关系，从而解决了"儿童文学到底写什么"的长久疑惑，使三种时态的写作都获得了理论的解释与支持，并使一些关系得到了心理学乃至哲学上的梳理。在《在谈儿童文学的功能》一部分，她对"教育""美育""娱乐""再现人生"四者的必然性和限定性的分析，表现出了一个人只有当他处于理性状态时才有的那种难能可贵的分寸。而这种理性确实是很女性化的，似乎只有女性才能避免那种偏执与极端以及叙述自己观念时的那种激烈表白与争辩。

这本书又不只是一味地限定于理性。在这本书里，她没有让理性成为情感的束缚，更不愿将情感当成是理性的阶下囚。她高看自己的情感，甚至提醒自己，不要因为自己的所谓"学术""学问"，而将自己只剩下一个逻辑化的动物。"我从来相信，理论也是一种创作，它和小说、诗歌之类一样，都是作者心性的一种表述方式，理论的写作固然是一件严肃的讲究逻辑的事情，但理论工作者也有想象也有激情，这一切其实完全不必把它严严实实地封锁在严肃的、逻辑的文字背后。"于是，我们看到了一个抒情的、富有美感的学术文本。这本书的全部行文都有着温暖的感情色彩，尤其是那些用另样的字体印刷出的散文化的段落，使一部学术性著作，既满足了人的理智的需要，又满足了人的情感与审美的需要。在这里，我们看到了理性与情感的令人向往的融合。

刊载于1996年6月7日《中国艺术报》

我们思想舞台上的优雅舞者

方卫平

在我们这个相对孤寂冷清的思想舞台上,汤锐以她轻盈而又坚实的思想舞步和几乎可以说是流光溢彩的思想舞姿,赢得了众多学术上的知音和喝彩者。对此,汤锐似乎没有太在意,更没有陶醉其间。这当然并不意味着她的孤傲和冷漠——我觉得,这正好标示了汤锐为人为文沉稳内敛、学术心灵清净大气的特质。

20世纪80年代初期,汤锐和一批跃跃欲试的理论新手们一起,挤进了儿童文学研究的学术领域。这批新人在知识结构、思想背景等方面,显然与他们的思想前辈们有了颇多不同之处。这使得他们的研究工作几乎从一开始就显露出了某些不同于其学术前辈们的天真而又执拗的学术心性和志趣。相比之下,汤锐在儿童文学研究舞台上的最初亮相显得小心翼翼。20世纪80年代前期,她在攻读硕士学位期间,曾在《浙江师院学报》上发表过一篇题为《一束小葩——读孙幼军童话近作》(1984)的论文。文章的选题、标题和论述格局,都表现得十分谨慎和低调。她在这一时期发表的理论批评文字大体上都表现出这样一种学习策略：不是急于摆开某种学术架势，而是致力于理论感觉的培育和学术底气的积蓄。1984年，当她以研究张天翼前期儿童文学创作的学位论文顺利通过毕业答辩时，人们从那篇扎实而流丽的研究论文中，隐隐感觉到了作者优秀的理论素质及其所蕴藏的学术潜能。

不过，汤锐理论才情的真正喷发，是从20世纪80年代中后期开始的。那个时候正是中国当代儿童文学创作思想最为活跃、创作面貌最为斑斓的时节。这既为儿童文学学术界提供了思想开发的机会，也向其提出了不容置疑的挑战。在由众多学者的理论描述、分析、判断、争鸣所构成的喧哗声中，汤锐的声音曾经引起我格外的注意。她的《不断丰富的童话创作》（1987）、《印象：一束浪漫主义者的心灵之光——〈曹文轩作品选·序〉》（1987）、《酒神的困惑——近年儿童文学速写之一》（1988）等文章的陆续发表，构成了一个具有独特灵性和才情的感悟世界。可以说，正是这些文字的发表，人们才开始清晰地辨识出汤锐理论批评的独特气质。

许多人都描述过那个时代的儿童文学身影。汤锐的独特之处在于，她对那个时代的思想跟踪和理论勾勒表现出了一种纯净、机敏、缜密的感悟品格；与这种品格相联系，她的理论表述也常常是简约而灵动的。她仿佛不用费什么特别的力气，就为我们描画了一幅幅简洁而漂亮的文学发展图景。在《不断丰富的童话创作》一文中，她以三千字的篇幅，高屋建瓴，勾画了20世纪80年代中国童话发展的基本艺术眉目。在《酒神的困惑》一文中，她同样以三千字左右的篇幅，对"悄然漫入儿童文坛"的"一股新的创作潜流"做了十分传神的勾勒："仿佛给人这样一种印象：20世纪80年代中国的儿童文坛诞生了一个酒神，它先是以婴儿般的活泼、新鲜、稚气和大胆的喧闹震动了世界，继而又逐渐有了个性的另一面，开始沉浸于神秘、多思、忧郁的青春早期的困惑之中。从喜剧走向历史剧、从明朗走向神秘、从单纯走向复杂，这或许就是酒神在走向成熟的昭示吧。"她的那篇篇幅稍长、自称是"一堆印象"的"杂陈"的《印象：一束浪漫主义者的心灵之光》一文，堪称是20世纪80年代儿童文学评论界在作家研究方面提供的具有某种经典品质的批评文本之一。这篇清幽而又俊爽、华美而不失典雅的批评文字对曹文轩艺术世界所做的精微、绵密、独到的感悟和分析，曾经引起过我不小的阅读兴奋。譬如她对曹文轩"二维交叉的文化心理结构"的点评，她对曹文轩"创作中忧郁情感体验"的分析等等，都是十分细腻、精妙而又坚实的。请看她对作家独特的气质和心灵的提示："从他对莫名激情和内心感受的偏爱的描写，从他对少年坚韧性格的夸张般的骄傲，从他对色彩的敏感以至近乎滥用，从他热衷于为自己作品织染的浓烈氛围中，他已经清楚地勾勒出了自己的心灵图像：激情、天真、神秘感、梦幻和忧郁，甚至还有些神经质。这些，都是浪漫主义者的典型心态特征。他可能不具备诗人的技巧，他的才华可能仅属叙事性的，但在本质上，他是个诗人。""这种鲜明的浪漫气质，使他无法将自己拘禁于统一规格的理想主义，却越来越快地走向个性的、心理的空间。"

有一次，我跟汤锐在一起谈论彼此学术写作的某些习惯时，汤锐告诉我，她不太喜爱写长篇大论，而喜欢写作3000字左右的文章。我知道，这种显现于写作篇幅或者说是写作秩序上的偏好，其背后隐藏的正是汤锐的认知习惯和学术心性上的某些特性。通常，当她面对那些纷繁涌动的文学现象时，她更习惯的是深入文本，含英咀华，借助心灵的会通领悟来鉴赏、把握儿童文学的艺术神采和发展潮流；而当她试图通过文学来阐述自己的艺术感觉时，她常常放弃了过度的铺陈、殷勤而多余的说明，而将思想浓缩在尽可能简约玲珑的文学表达之中。所以，虽然她经受过良好的属于学院派一路的学术训练，但她的学术研究与通常意义上的学院派有了很大的不同。简单地说,她保留了学院派庄重的研究气度,却少了些凝重、拘谨和呆板,多了些灵动、轻巧和洒脱。

对于将近20年来的中国儿童文学理论批评界来说,汤锐学术活动的价值恐怕首先就在于她为我们提供了一种良好的、独特的艺术感觉。坦率地说,当代儿童文学批评曾经经历过一段相当长时期的感觉麻木期,甚至是感觉剥夺期。因此,在同样是相当长的一段时期里,儿童文学批评界的艺术感觉能力是相当迟钝和紊乱的。从这个背景上看,可以说,汤锐带给我们的清新、通脱、精妙的艺术感悟是独特而宝贵的。

这种感悟品格的形成,除了汤锐自身的悟性和修炼之外,与她早期所倾心和接受的学术滋养也是分不开的。她曾经充满感念地这样回忆道:"记得在念大学四年级时,读到了丹麦著名文学史家G.勃兰兑斯的《十九世纪文学主流》,顿时自己像被磁铁吸引了一般,爱不释手,它是我那时唯一能像读小说、读诗一样如痴如醉的理论著作,尤其是其中的第二册《德国的浪漫派》,译者刘半九那漂亮得令人炫目的译文更衬出原著的灵性。稍后,我接触了尼采的《悲剧的诞生》,方叹知'理论'这东西原来也能够拥有如此流光溢彩的面目。像勃兰兑斯、尼采、宗白华、刘小枫等人的著作,读来真是一种艺术的享受,枯燥的理论宛如生出了鲜活的翅膀,那生命的活力分明闪烁在理论的外观与结构之中。"[1] 当然,20世纪80年代的批评界也是一个开始张扬批评个性的时代。汤锐学术个性的逐渐生成,与时代氛围的滋养和包容,也是密不可分的。

进入20世纪90年代,汤锐的学术活动也随之进入了一个新的时期。在已有的研究基础上,她选择了一些更为厚重、更具创造性的研究课题,陆续出版了《比较儿童文学初探》(1990)、《现代儿童文学本体论》

---

[1] 汤锐:《现代儿童文学本体论·后记》,江苏少年儿童出版社1995年版。

（1995）、《北欧儿童文学述略》（1999）等引人注目的学术专著。这些著作，确立了汤锐在中国当代儿童文学理论批评界的学术地位。

《比较儿童文学初探》是一部尝试构筑中西儿童文学比较研究新体系的理论著作。我们知道，中西儿童文学比较研究在中国现代儿童文学研究起步时期就受到西方人类学派研究方法等的影响而出现，赵景深、郑振铎等人对此均有涉猎。但由于种种可以理解的原因，当时的比较研究"应该说还是粗浅、零散的，有很大局限性"[①]。更令人遗憾的是，从20世纪三十年代中期以后，中西比较儿童文学研究就因为各种社会文化方面的原因而基本中断了。因此，《比较儿童文学初探》一书实际上承担了恢复和振兴比较研究这一儿童文学研究分支领域的理论的重任。而我们知道，中西儿童文学发展存在着巨大的历史时差和文化位差，比较研究谈何容易！但是，汤锐认为："当我们将中、西儿童文学各看作一个有机生命体时，便能发现，虽然二者之间有明显的时间差，虽然后者对前者产生过并仍在产生着重要影响，它们毕竟各有其从幼年走向成熟的完整而独立的发育过程，二者最根本的可比性特征正在于斯。"由此出发，《比较儿童文学初探》一书"将中西儿童文学的发展各理出一条线索，来研究各自的发展轨迹和特色"[②]。因此，该书不是对中西儿童文学发展的枝节和局部的比较研究，而是以历史为经线、以理论为纬线构筑了一个史论结合的中西儿童文学比较研究的新体系。早在七八年前，我在撰写拙著《中国儿童文学理论批评史》时就认为，汤锐"这部著作的出现为重建儿童文学比较研究这一分支领域的理论殿堂，举行了一个漂亮的奠基仪式"[③]。

《现代儿童文学本体论》是汤锐迄今为止十分重要的一部理论专著。

---

① 汤锐：《比较儿童文学初探》，湖北少年儿童出版社1990年版，第3页。
② 汤锐：《比较儿童文学初探》，湖北少年儿童出版社1990年版，第34页。
③ 方卫平：《中国儿童文学理论批评史》，第412页。

该书将学术触角伸向了现代儿童文学的本质、功能、美学特征、创作机制等一系列重大而基本的理论问题。汤锐试图突破以往仅以儿童（读者）为单一逻辑支点的封闭式的儿童文学理论框架，而努力以"成人——儿童"双逻辑支点为基础，建构新的、开放式的现代儿童文学理论体系。她指出："由'成人——儿童'为逻辑支点，这就必然会将思考的焦点引导到成人与儿童（作者与读者）两种审美意识的相互协调、双向交流上来，而这正是具有双向结构的现代儿童文学理论体系的关键环节。一旦我们把握住这一环节，现代儿童文学观念与实践中的一切主要问题都将迎刃而解。"[1]

从成人、儿童或作者、读者双重视点来认识、探讨儿童文学的特殊性问题，汤锐也许不是第一人。早在20世纪80年代，不少研究者对此已先后有所涉猎。例如，班马在写作于1985年的《对儿童文学整体结构的美学思考》（1987）一文中提出，应突破儿童文学原有美学观念上的"自我封闭系统"，走向一种儿童与成人（社会）之间有机对话的双向结构。吴其南的《从系统结构看儿童文学的创作思维》（1986）、杨实诚的《是奴隶，也是主宰》（1986）、黄云生的《简论儿童文学创作的读者意识》（1988），以及笔者的《儿童文学：在创作者与接受者之间》（1987）、《儿童文学本体观的倾斜及其重建》（1988）等文章中，都分别从不同角度论述过这个问题。但是，以"成人——儿童"双逻辑支点为理论核心和基本出发点，构建系统严整的理论体系，并使之具有巨大的社会历史感和广泛的理论涵盖力的，汤锐无疑是完成此项学术工程的第一人。

《现代儿童文学本体论》展示了一个融解、弥漫着良好悟性建构而成的精致、绵密的理论框架。在此书中，作者除保留并发展了她充满感性色

---

[1] 汤锐：《比较儿童文学初探》，湖北少年儿童出版社，1990年版，第18页。

彩和优美品格的研究个性外，还显示出了相当出色的理性分析和逻辑演绎能力。曹文轩教授曾经评论说："这本书使人感觉到，一位女性只要她愿意去建构一种体系，且又得到了良好的知识武装，那么她在理性上所显示出的力量，足以使那些在逻辑中进行智力游戏、在建构大规模体系中获得理智快感的男性感到震惊并觉得望尘莫及。"[①] 写到这里，我突然意识到，在较早的那些学术短章和《比较儿童文学初探》一书中，我们其实已经领略过汤锐那些从容流丽、不紧不慢的文字中所辐射出的坚实的逻辑力量和灼人的理性气息了。事实上，她始终是一名在感性和理性的交互相融的宽广舞台上徜徉起舞的思想者。感性和理性，思想和情感，在她的学术思考和学术文本中，得到的是轻巧而美妙的配合。

我们当然仍然能够在 20 世纪 90 年代儿童文学思想舞台的一些不同方位上看到汤锐的舞姿。例如她对儿童文学年度发展态势的精到点评，例如她对多媒体时代儿童文学发展的独特观察，都是在 20 世纪 90 年代儿童文学思想舞台上上演的漂亮节目。汤锐似乎并不乐意在这个舞台上抢风头，直到今天，她仍然是这个舞台上一名小心翼翼的舞者，至少在她的主观心性控制中，她是低调而谨慎的——尽管她的声音和身影一旦出现，便常常会招来她无法躲避的关注甚至喝彩。

人们不一定会同意汤锐的所有思想和观点，但是我相信，人们会无保留地欣赏汤锐的思想舞姿和风采，因为她的确是我们这个思想舞台上一名优雅的舞者。

[①] 曹文轩：《女性与理性——读〈现代儿童文学本体论〉》，《儿童文学研究》1997 年第 3 期。

初版后记

撰写这本书的念头是在十分偶然的一刻产生的。

1991年3月我出差去重庆,归途中乘船在长江上漂泊了三天三夜。观景之余,突发奇想:搞了十年的理论研究,要是我也来写一篇小说,会怎么样?于是煞有介事开始构思,甚至还写出了开头,童年、少年时代的往事潜流渐渐化作涌浪,阵阵拍击着我的心弦,恍惚中觉得若不赶快把那发生过的一切一切写出来,我的灵魂将永不得安宁……但是,就在此时,一个念头突然电光一闪般斜刺里跃出:儿童文学作家们究竟为什么而写?!这念头一经生出,竟似在我脑子里扎下了根,久久挥之不去。那篇差点儿当了真的小说构思从此流产,取而代之的是影影绰绰的有关儿童文学理论的新构想。同年4月,我到昆明去参加一个儿童文学研讨会,会上遇到了江苏少年儿童出版社文学编辑室主任刘健屏先生,他出现得可真及时!恰好向我那刚燃起的一星理论灵感吹了一股强劲的东风,于是这星火开始渐呈燎原之势。在近4年的写作过程中,曾因各种原因写写停停,真要感谢刘健屏先生的充分信任与不断鼓励，使我不敢懈怠，终使此拙著得以面世。

以"成人——儿童"双逻辑支点来构建现代儿童文学理论体系的双向结构，其实是很早以来就在我脑中萌芽并逐渐成形的一个梦想，也是本书的构思焦点，这个焦点主要的是通过对那些十余年来活跃在儿童文学创作前沿的我的同龄人们的长期近距离观察而获得的，我承认我对这一代人有点偏爱（这种偏爱常不自觉地流露于字里行间），因为我毕竟是他们中间的一员，我和他们有太多的共同之处。

人类的认识虽是在不断进化着的，但每两个质变的飞跃之间需要有一段漫长的历史时空作为思想助跑的跑道，譬如从牛顿到爱因斯坦就相隔了二百多年。从中国现代儿童文学的第一代理论研究者郑振铎、赵景深等开始，直到今天，中国现代儿童文学理论体系经历了从草创到逐步成形的过程，然而成形远远不是成熟，成熟需要质变的飞跃，如果我们尚不能够完成这一飞跃，那么也许就是这个历史的间隔还不够长的缘故。而且站在历史文化的任何一个时空，任何人的眼睛都不免受到能见度的局限，学识浅陋的普普通通的我则更如此，所以我从不认为我的理论探索已有结论，那不过是探索留下的痕迹而已，我唯有以法国科学家德布罗意的一段话来自慰自勉："我们任何时候都不应忘记（科学史证明了这一点），我们认识的每一个成果提出的问题比解决的问题还要多。在认识的领域内，新发现的每一片土地都可以使我们推测到，还存在着我们尚未知晓的无边无际的大陆。"

我从来相信，理论也是一种创作，它和小说、诗歌之类一样，都是作者心性的一种表述方式，理论的写作固然是一件严肃的讲究逻辑的事情，但理论工作者也有想象也有激情，这一切其实完全不必把它严严实实地封锁在严肃的、逻辑的文字背后。记得在念大学四年级时，读到了丹麦著名文学史家勃兰兑斯的《十九世纪文学主流》，顿时像被磁铁吸引了一般，爱不释手，它是我那时唯一能像读小说读诗一样如痴如醉的理论著作，尤其是其中的第二册《德国的浪漫派》，译者刘半九漂亮得令人眩目的译文更衬出原著的充满灵性。稍后接触了尼采的《悲剧的诞生》，方叹知"理论"这东西原来也能够拥有如此流光溢彩的面目。像勃兰兑斯、尼采、宗白华、刘小枫等人的著作，读来真是一种艺术的享受，枯燥的理论宛如生出了鲜活的翅膀，那生命的活力分明闪烁在理论的外观与结构之中。

说不清是不是因为上述理论家的文风长久以来对我潜移默化的影响，也许还由于这本书的缘起与一篇半途而废的小说构思有些瓜葛，这本书的写作对我竟有了些创作的意味，虽然写得很慢很慢，可每一沉浸其中，就常有一种宛如写小说写诗写童话一般的感受，就常有一些纯粹的理论文字包容不住的东西涌出来，溢出笔端。不知道这本书的读者是否能够接受我的这种逸出常轨。

最后，我想借此机会向这本书的责任编辑刘健屏先生，向出版"中华当代儿童文学理论丛书"的江苏少年儿童出版社表示衷心的感谢，感谢他们对中国儿童文学理论事业的这一份诚挚与支持。

1995 年 2 月 10 日于北京

重版后记

本书第一次出版是在 1995 年，出版后获得了北京市第四届社会科学成果二等奖（1996 年）、和教育部人文社科二等奖（1998 年）。

衷心感谢河北少年儿童出版社和本丛书主编方卫平教授，感谢你们让这本二十多年前写的书再次面世。

2019 年 3 月 31 日于北京

主编小记

方卫平

一

2018年初冬时节，趁着我在北京参加一个活动的机会，时任河北少年儿童出版社总编辑段建军先生（现为社长）、副总编辑蒋海燕女士（现为方圆电子音像出版社社长）、总编辑助理兼文学编辑部主任孙卓然女士（现为总编辑）专程从石家庄来京与我见面商讨工作，包括出版一套儿童文学理论丛书的计划。

许多年来，儿童文学理论、评论著作的出版，包括理论译著的出版，受到了不少出版社的重视。作为最近40余年中国儿童文学发展历史的参与者、见证者，我以为，相对于儿童文学的研究传统而言，20世纪80年代以来的中国儿童文学理论批评在研究领域、观念、方法等方面都有不同程度的发展与变化，留下了一批富有学术价值的理论著作。我想，以"中国当代儿童文学理论文库"的名义，陆续选择、保留这样一些著作，应该是十分值得的。

这个建议，很快得到了河北少年儿童出版社领导的肯定和重视。在各位学者的支持和各位编辑的共同努力下，我们看到了现在这样一套理论丛书。

收入本丛书的著作，有的出版于30多年前，有的则于10来年前面世。在我看来，这些著作或对当代儿童文学的理论观念有所更新，或于现代儿童文学的研究领域有所开拓，或在儿童文学的研究方法上有所探索。它们学术体量都不算大——考虑到各种因素，本丛书暂未收入"大部头"的著作——但都不同程度上富有学术的灵感、个性或创意，因而，岁月流逝，它们仍然具有相当的学术意义和阅读价值。

对我个人来说，这些著作曾经在不同时期给我以教益，或者成为我在课堂上常常向本科生、研究生们介绍评述的中国当代儿童文学理论著作。

二

此刻，令我感到非常遗憾的是，丛书作者之一的汤锐女士，已经看不到《现代儿童文学本体论》这部她曾经牵挂的著作的再版了。四年前联系、约请她加入丛书时的情景又浮现眼前。

2019年3月的一天，我通过微信与汤锐联系，恭请她携力作《现代儿童文学本体论》加入丛书。她当即答应，稍后又提及，是否可以将曹文轩教授对该书的评论《女性与理性——读〈现代儿童文学本体论〉》及拙文《我们思想舞台上的优雅舞者》（以下简称

《优雅舞者》)收入书中。经与出版社沟通后，这两篇文章以附录形式置于书中。

我由此想起了拙文写作的一些往事。

1999年秋天，上海的少年儿童出版社拟将该社主办的《儿童文学选刊》《儿童文学研究》合并为《中国儿童文学》继续出版。编辑朋友就刊物编辑事宜征求我的想法。我因此提出了一些建议，其中包括设立一个关于批评家的栏目——每期推出一位评论家一长一短两篇论文，另附一篇同行对该批评家的评介文字。编辑部接受了我的建议，第一期准备介绍我推荐的汤锐女士。10月下旬的一天，负责栏目的编辑朋友又找我说，既然是你推荐的，汤锐老师的介绍文章就由你来写吧，1500字左右。我听了之后马上说，1500字可能太少，只能印象式地点到为止，好不容易开设了这个栏目，建议给4000到5000字的篇幅。

大约是10月29日一早，我开始集中阅读、梳理汤锐的理论著作和多年来我对她的学术成果的印象和理解。汤锐在我们这一代学术同侪中，几乎是唯一的才女型学者，她的理论文字与她的为人一样，沉静、内敛、诗意、优雅。理清了思路，酝酿好了文气，10月31日下午3点半，我摊开稿纸，开始写作《优雅舞者》。那时候家里虽然早已买了一台386台式电脑，可是我这个"技术恐惧症"患者当时还是更习惯于用传统方式写作。也许是因为比较熟悉汤锐的理论文字和为人处世方式，到次日上午10点多，除了吃饭睡觉，算是一气呵成写成了4500字的《优雅舞者》一文。

我在这篇文章中认为："《现代儿童文学本体论》是汤锐迄今为止十分重要的一部理论专著。该书将学术触角伸向了现代儿童文学的本质、功能、美学特征、创作机制等一系列重大而基本的理论问题",并"出示了一个融解、弥漫着良好悟性的精致、绵密的理论构架。在此书中,作者除保留并发展了她充满感性色彩和优美品格的研究个性外,还显示出了相当出色的理性分析和逻辑演绎能力"。

我知道评论汤锐学术工作的文章太少,汤锐对此文是欢喜的。2009年,明天出版社出版四卷本"汤锐儿童文学理论文集"时,她以此文作为了文集代序。

几年前的那一天,她与我商量将此文收入这套丛书时,用微信语音留言说:卫平,我把你这篇文章放在我书中参考文献的后面行吗?我真的很珍爱你这篇文章。

我非常理解汤锐的心情,这里不仅传递了一份贴心的信任,也是对来自同行的专业呼应的一份珍视和体恤。

汤锐曾经笑着告诉我,她与文友打趣时说过:方卫平那样写我,我有那么小媳妇样儿吗?

这是因为我在文章中反复表达了这样的意思:"汤锐在儿童文学研究舞台上的最初亮相显得小心翼翼""汤锐似乎并不乐意在这个舞台上抢风头,直到今天,她仍然是这个舞台上一名小心翼翼的舞者,至少在她的主观心性控制中,她是低调而谨慎的"。当然,我是试图以此来说明拙文开头时出现的一句话:"这正好标示了汤锐为人为文沉稳内敛、学术心灵清静大气的特质。"

2022年8月18日晚上10点20分,我接到了曹文轩教授的电话。文轩用透着悲伤的声音告诉我,"卫平,汤锐走了"——汤锐女儿方歌刚刚告知,妈妈在一个遥远的国度飞去了更遥远的地方。

放下手机,一股难抑的震惊和悲伤淹没了我。当晚,我给台湾文友桂文亚女士打了电话。我知道，她们是闺蜜级的朋友。文亚说，汤锐与她告别过，她难过、流泪，已经好几天了。

文亚曾经常年为两岸儿童文学交流奔走，留下了大量与大陆同行往来的信函。近年来，她投入了很多精力和个人经费，聘请助理整理、扫描早年那些保存着两岸儿童文学交流历史和热络体温的纸质信件，并且一一归类入箧，寄还书信写作者本人保存。2021年春，文亚与汤锐商量寄还汤锐数十通手书信函一事。汤锐说，自己不便保存了。她们商定这些宝贵的信件先寄我保存。如今，那些以流丽的手书写就的信函停留在我手中，而斯人已逝，怎不令人怆然涕下！

我也把汤锐离世的噩耗告知了刘海栖先生。在我的印象中，汤锐生前的最后一篇评论文章，可能是为海栖长篇小说《小兵雄赳赳》写的《隐藏的文采》一文。此文对海栖新作的语言艺术做了精湛的分析，其中"看一个作家是否有天赋，要看他对文字的感觉，这一点，也正是我对海栖最认可的地方""他终于在文字中找到了自己""很多时候我们以为，文字的美是与辞藻的华丽程度成正比的，但其实更多时候，文字的美是与表达的准确程度成正比的"——这些分析、判断，真的是深得我心。

三

对于我而言，这套理论丛书的组织和出版，不仅试图保留一段中国当代儿童文学理论发展的历史成果，也是一段共同经历的学术前行和跋涉身姿的投影与存留。

我盼望《现代儿童文学本体论》与收入本丛书的著作，仍然能够在这个时代的儿童文学学术生活里，发挥作用和影响。

这也是我们对汤锐女士最好的缅怀与纪念。

谢谢河北少年儿童出版社，谢谢各位文字、美术编辑为丛书的出版所付出的心血和劳动。

2023年3月2日于余杭翡翠城